くてアダムの死を禁ず
想譚グリモアリス I

登場人物
教誨師《グリモアリス》
アコニット
誓護の妹
祈祝《いのり》
桃原グループの御曹司
桃原誓護《ももはらせいご》

流れのコック
加賀見《かがみ》
社長秘書
姫沙《きさ》
修道院長
シスター森《シスターもり》
君影？《きみかげ？》
新米シスター
シスター真白《シスターましろ》

『vive, memor mortis《生きなさい、死を忘れずに》』
(何が何でも守ってみせるさ。僕が、必ず……)
墓碑をにらみつけた誓護はそっと、
傍らの妹を見下ろした――。

# かくてアダムの死を禁ず

夜想譚グリモアリスⅠ

FM66-8
285

海冬レイジ

富士見ミステリー文庫

口絵・本文イラスト　松竜
口絵デザイン　朝倉哲也

# 目次

Episode 13a

# Prologue 【序幕《じょまく》、宴《うたげ》のためのソネット】

花びらのような雪のかけらが、ひらひらと舞《ま》い落ちる。

うす曇《ぐも》りの空は暗く、風は冷たく凍《い》てついている。夜が近い。針葉樹《しんようじゅ》の木立ちはしんと静まり返り、その中央には古びた修道院《しゅうどういん》がひっそりとたたずんでいた。レンガ造《づく》りの外壁《がいへき》は灰色《はいいろ》にくすみ、ツタ草が這《は》い、廃墟《はいきょ》のような趣《おもむ》きだ。

そんな、すべてがモノクロームに沈《しず》む陰鬱《いんうつ》な風景の中、ある一点だけが鮮血《せんけつ》をまいたように強烈《きょうれつ》な色彩《しきさい》を放っていた。

修道院を見下ろす、杉の大木——その樹上《じゅじょう》、針《はり》のような頂《いただき》に立つ人影《ひとかげ》がある。

少女だ。

肌《はだ》は雪のように白く、瞳《ひとみ》は血のように紅《あか》く、身に帯びた妖気《ようき》は黒檀《こくたん》のように黒い。長い銀髪《ぎんぱつ》がゆったりと風に泳ぐさまは、くねる大蛇《だいじゃ》を思わせた。髪《かみ》にはところどころ真紅《しんく》の房《ふさ》が混《ま》じり、まるで返り血を浴びたようにまがまがしい。

少女は凄絶《せいぜつ》なほど美しかったが、その横顔は物憂《ものう》げで、退屈《たいくつ》そうにしかめられていた。地上を睥睨《へいげい》する視線《しせん》に、軽蔑《けいべつ》と憎悪《ぞうお》、そして倦怠《けんたい》の色がにじんでいる。

ふと、その視線が一点にとまる。

墓地《ぼち》だ。そこだけ林がぽっかりと拓《ひら》け、墓石が整然と並《なら》んでいる。その一角、一対《つい》の墓標に白い花束が手向《たむ》けられ、大小二つの人影がぽつんと立ち尽《つ》くしていた。

どちらもふんわりと軽《かろ》やかな、同じ色の髪。手をつなぎ、寄《よ》り添《そ》う姿は兄妹《きょうだい》のように見える。兄は妹の手をしっかりと握《にぎ》り、妹もまた、何の不安もなさそうに、全幅《ぜんぷく》の信頼《しんらい》を寄せて、しっかりと兄の手を握りしめていた。

少女が憎々《にくにく》しげに眉《まゆ》をひそめる。その刹那《せつな》、黒い稲妻《いなずま》が少女の周囲に走った。焦《こ》げた空気が黒ずんだ霧《きり》と化し、少女の姿《すがた》を覆《おお》い隠《かく》してしまう。

やがて揺《ゆ》らめく霧が晴れたとき、少女の姿はどこにもなかった。

Episode 13b

墓碑銘《ぼひめい》の最後には『vive《ウイウエ》, memor《メモル》 mortis《モルテイス》』と刻《きざ》まれている。

ラテン語だ。日本語に直訳《ちょくやく》すれば、『生きなさい、死を忘《わす》れずに』となる。人間の命は有限《ゆうげん》で、お前もいずれ死ぬのだから、そのことを忘れるな、という警句《けいく》だろう。

桃原誓護《ももはらせいご》はこの文句《もんく》が嫌《きら》いだった。先に死んだ者が、まだ生きている者に、愚痴《ぐち》っぽく説教を垂《た》れているみたいだから。

（わざわざ墓参《はかまい》りにきてやったってのに、言うことじゃないよな）

それこそ愚痴のように口の中でつぶやく。知らず奥歯《おくば》を噛《か》み、誓護は墓碑をにらみつけた。

とうの昔に消えたはずの憎悪《ぞうお》の火種——それが再《ふたた》びくすぶり始める。

実父と継母《ままはは》が鬼籍《きせき》に入り、呪《のろ》わしい血の鎖《くさり》から解放《かいほう》されて五年。兄と妹の穏《おだ》やかな日常《にちじょう》は、今また別の人間によっておびやかされようとしていた。

（そんなことはさせやしない。何が何でも守ってみせるさ。僕《ぼく》が、必ず……）

そっと、傍《かたわ》らの妹を見下ろす。

八つ下の妹、いのりは来年一〇歳《さい》になる。『お人形のような』という比喩《ひゆ》の通り、つぶらな瞳《ひとみ》も、こぢんまりとした鼻も、ふっくらとした頬《ほお》も、自然にそうなったとは思いがたいほど美しく整っていた。兄の欲目《よくめ》か、群《ぐん》を抜《ぬ》いて可愛《かわい》らしいと思う。栗色《くりいろ》の髪、色白の肌、飴色《あめいろ》の瞳は兄妹におそろいのもの。身に着けた制服《せいふく》までおそろいなのは、同じ学園に通っているからで、兄は高等部の二年生、妹は初等部の三年生だった。

今、妹は自分のてのひらを熱心にのぞき込《こ》んでいた。ミトンの親指が名刺《めいし》大の紙切れを優《やさ》しく挟《はさ》み込んでいる。何かのカードだ。

「ん？　何見てるの？」

ぱっと両手を背中《せなか》に隠《かく》してしまう。どうやら、この兄にも秘密《ひみつ》らしい。

ふと、つないだ手を通して妹の身震《みぶる》いが伝わった。

「え⁉　いのり、寒い⁉」

いのりは毛糸の帽子《ぼうし》をかぶせられ、ロングブーツにダッフルコート、厚手《あつで》のミトンで固めていたが、平気、と強がる側《そば》から、再《ふたた》びぶるぶるっときた。

誓護は大あわてでコートを脱《ぬ》いだ。

「体が冷えたら大変だ！　ほら、これ着て！　マフラーも！　手袋《てぶくろ》も二枚重《まいがさ》ねで！」

いのりの小さな体は、たちまち男物の防寒具《ぼうかんぐ》で過剰包装《かじょうほうそう》された。ペンギンのヒナみたいにモコモコと着ぶくれ、ふた回りも大きくなる。

「うむ！　これでオッケーだ！」

満足げにうなずく兄を、妹は心配そうに見上げた。小さな唇《くちびる》が何か言いたげに動く。

「どうしたの？　まだ寒い？」

「お兄ちゃんが寒そうだ、とおっしゃりたいんですよ」

突然《とつぜん》の声。兄は反射《はんしゃ》的に妹の前に立ち、妹もまた条件《じょうけん》反射で兄の背《せ》に隠れた。

墓地の入口に若《わか》い女が立っていた。灰色の修道服に身を包み、薄桃色《うすももいろ》のマフラーを巻《ま》き、赤い傘《かさ》を差している。その口元には、しっとりと親しげな微笑《びしょう》がたたえられていた。

「あ……、真白《ましろ》さん？」

「お久《ひさ》しぶりです、坊《ぼっ》ちゃま。そろそろ、いらっしゃる頃《ころ》だと思いました」

誓護は苦笑《くしょう》した。「……坊ちゃまはやめてよ」

「では、誓《せい》ちゃま」

「え、そっち？　そっち残すの？」

「祈祝《いのり》お嬢《じょう》さまも、お久しぶりです」

「え、スルー？　スルーしちゃうの？」

「真白を覚えていらっしゃいますか？　お嬢さまが山の手のお屋敷《やしき》に戻《もど》られてから、ほんの短いあいだでしたけど、お側仕えをしておりました」

いのりはこくん、とうなずいた。ただし、兄の後ろに隠れたままだ。

「さあ、真白と参りましょう――あら、何ですか誓ちゃま。苦～いお顔ですよ？」

「や、何て言うか……真白さんの天然っぷりも久しぶりでいっそ懐《なつ》かしいなって」

「真白も誓ちゃまのキショいシスコンっぷりが久しぶりでお懐かしいです」

「ちょ……ッ、今キショいって言った!?　こんな美少年をつかまえて!?」

「ああ、その鼻につくナルシストっぷりもお懐かしいですね」

悪辣《あくらつ》な言葉が立て続けに飛び出し、誓護の胸《むね》をサクサクとえぐる。妹に劣《おと》らず整った容姿《ようし》が、ぐんにゃりと苦痛《くつう》に歪《ゆが》んだ。

真白は目を細め、くすりと笑った。つい、と身を寄《よ》せ、誓護の制服《せいふく》に手を触《ふ》れる。

「そんな格好《かっこう》でお寒くないですか？」

「全然。だって、いのりは僕の太陽だからね！」

爽《さわ》やかにサムズアップ。キラリと白い歯が光る。真白は微笑《ほほえ》んだ。

「ふふ、もうカクジッに病気ですね。むしろ感動的です」

「一周《いっしゅう》された……!?」

「でも、風邪《かぜ》をひかれるといけませんから」

真白は誓護に傘を持たせ、自分のマフラーを誓護の首に巻いてくれた。

ふんわり甘《あま》い移《うつ》り香《が》とともに、真白のぬくもりが肌《はだ》を温める。誓護は思いがけずどきっとして、照れ笑いを浮《う》かべた。

「……元気そうだね」

「はい。今はこちらで、楽しくやっています」

「そっか。よかった」

「誓ちゃまも、相変わらず」

「うん。いのりと二人で――」

「相変わらず、おモテにならないでしょう？」

「な――ッ!?　なな何をおっしゃる真白さん。僕は学園美男子ランキングの常連《じょうれん》ですよ？　一度も本命チョコをもらったことがないだなんて、そっ、そんなバカなことが……ッ」

真白は無言で微笑んでいた。真冬だと言うのに、誓護のこめかみを冷や汗《あせ》が伝う。やがて、誓護の心はあっけなくへし折れた。

「まあね……僕なんか、財産《ざいさん》取ったらただのキショいシスコン野郎《やろう》だしね……」

「そんなことありませんよ。見てくれだけはご立派《りっぱ》じゃないですか」

「慰《なぐさ》めてくれてありがとう……アレ？　嬉《うれ》しいのに、景色がかすんでよく見えないや」

「今夜、鏡哉《きょうや》さまと対決されるんでしょう？」

驚《おどろ》いて真白を見る。真白は笑顔のまま、探《さぐ》るような視線《しせん》を向けていた。

誓護は笑って、

「そんな大げさなものじゃないさ。ちょっと話し合うだけだよ」

「ふふ、やっぱり相変わらずです。誓ちゃまは相変わらず……お強い」

「そんなことないよ」

「いえ、誓ちゃまは——」

「もし僕が強く見えるとしたら、それはいのりがいるからさ。ねー、いのり〜？」

つないだ手を大きく振り回し、最愛の妹に笑顔を向ける。妹は「？」「？」と、しきりに疑《ぎ》問符《もんふ》を飛ばしていたが、兄が嬉しそうに笑うので、やはり嬉しそうに笑うのだった。

「さあ、行こう」

真白は何か言いたそうにしたが、誓護にうながされ、先に立って歩き出した。

そのとき、不意に刺《さ》すような冷気が誓護の背筋《せすじ》を震《ふる》わせた。

ぞくり、とする。誓護は弾《はじ》かれたように周囲を見回し、杉の大木を振り仰《あお》いだ。

真白が気付き、心配そうに戻ってきた。

「どうかなさいました？」

「……いや、何でもない」

今、確《たし》かに——誰《だれ》かの視線を感じたのだが。

誓護はかぶりを振った。どうやら、気が昂《たか》ぶっているらしい。真白には何でもないことのように言ったが、海千山千の敵《てき》と対峙《たいじ》するのは、やはり相当のストレスだ。

針葉樹《しんようじゅ》の林を分け入るように進む。風に吹《ふ》かれて雪が舞《ま》い、土に触《ふ》れては消えていく。砂《すな》を踏《ふ》む足音も、梢《こずえ》のざわめきも、ただちに木立ちに吸《す》い込まれ、本当に静かだ。

斜面《しゃめん》を行くこと五分。やがて、行く手に苔《こけ》むしたような修道院《しゅうどういん》が現《あらわ》れた。


その修道院には、呪《のろ》わしい伝説がある。

美しい娘《むすめ》を無惨《むざん》な死に至《いた》らしめた、毒と不条理《ふじょうり》の伝説が。

今宵《こよい》、古びた修道院に七人の男女が居合《いあ》わせ——

秘《ひ》められし大罪《たいざい》を暴《あば》き、罪《つみ》びとに咎《とが》の烙印《らくいん》を押《お》す。

これは煉獄《れんごく》の守《も》りびと、教誨師《きょうかいし》グリモアリスの物語。

# Chapter 1 【白雪姫《しらゆきひめ》と七人の罪《つみ》びと】

## Episode 01

### Episode 14

大罪《たいざい》を犯《おか》せし者、人界の法にて裁《さば》かれざるとき、とこしえの深淵《しんえん》より其《そ》はきたるべし。

その修道院は丘の中腹《ちゅうふく》、黒々とした森のほとりに建っていた。

石組みの玄関《げんかん》は相当に傷《いた》んでいる。あちこちコンクリートとウレタンで補修《ほしゅう》されていて、見た目にも貧乏《びんぼう》くさく、神さまのありがたみがいくぶん希釈《きしゃく》されていた。

ペンキのはげた扉《とびら》をくぐり、玄関ホールに入ったところで、誓護《せいご》は真白《ましろ》にたずねた。

「そう言えば、叔父《おじ》さんはもう？」

「いえ、まだです。でも、秘書《ひしょ》の方がいらしてますよ。例の――」

「歳末《さいまつ》の忙《いそが》しい時分に保《ほ》養地《ようち》で冬のバカンスか。ボンボンとは実に気楽な商売だな」

真白の言葉をさえぎって、妙《みょう》にキーの高い女の声が聞こえた。

「……秘書、と聞いた瞬間《しゅんかん》に心の準備《じゅんび》をしておくべきだったと思うよ。そうすりゃ、せめて最初のイヤミくらいは笑って聞き流せたからね」

ゆっくりと振《ふ》り仰ぐ。声の方を見上げると、階段《かいだん》の踊《おど》り場に中学生が立っていた。

……いや、中学生のはずがない。身長が低く、童顔で、体形があちこち控《ひか》えめなので、一瞬そう見えただけだ。シャツの襟《えり》を立て、髪《かみ》をアップに留《と》め、メタルフレームのメガネとビジネススーツで完全武装《ぶそう》。『デキる女』のイメージを与《あた》えたいのだろうが、せいぜい就職《しゅうしょく》活動中の女子大生が背伸《せの》びしているようにしか見えない。

レンズの向こうの目つきは険《けわ》しい。もともと切れ長なので、異様《いよう》な迫力《はくりょく》がある。そこだけが大人の女といった風情《ふぜい》で、腕組《うでぐ》みしつつ見下ろす視線《しせん》には怜悧《れいり》な知性《ちせい》が宿っていた。

いのりが誓護の背に隠《かく》れ、怯《おび》えたようにしがみつく。

「僕は叔父さんと約束したんですけどね、姫沙《きさ》さん？」

「あいにくだが、社長はいらっしゃらない。先月から海外に出張《しゅっちょう》中でね」

「ひどいなあ、叔父さんは。こっちは二か月も前にアポ取ってるのに」

「非礼《ひれい》はわびよう。予測不可能《よそくふかのう》なトラブルが発生したのだ」

「まあ、いないものは仕方ないや」

「そうとも。では、今日のところはこれでお開き――」

「仕方ないので、呼《よ》んでください」

「⁉」

誓護はいのりをそっと抱《だ》き寄《よ》せ、ふんわりとやわらかい髪《かみ》をなでた。

「いのり～、ごめんな。僕《ぼく》、あのお姉ちゃんと二人っきりで話があるんだ。真白さんと一緒《いっしょ》に、向こうに行っててくれる？」

いのりはまっすぐ兄を見上げ、こく、とうなずいた。とても聞き分けがいい。誓護はたまらなくなり、妹の小さな頭をなで回した。

「いのりはいい子だな～。真白さんの言うこと、よく聞くんだぞ？」

真白に視線《しせん》を送る。真白は即座《そくざ》に了解《りょうかい》したらしく、首肯《しゅこう》していのりの手を引いた。

二人の足音が遠ざかると、誓護は改めて姫沙の方に向き直った。

「溺愛《できあい》だな」姫沙が吐《は》き捨《す》てるように言った。「ためにならんぞ。余計《よけい》なことだがね」

「余計だと思うなら口を挟《はさ》まないでください」

「おや、はっきり言っていいのかね？　高校生にもなって気持ち悪いのよ、このシスコン野郎《やろう》。だらしないにやけ面《づら》しやがって。いかにも妹のパンツ見てハァハァしてそうな男ね――」

バン、と背後《はいご》の扉《とびら》が鳴る。殴《なぐ》ったのだ。誓護が。

「おい、言葉に気をつけろよ……？」

獰猛《どうもう》な獣《けもの》のような、低いうなり声。誓護は血走った目で姫沙を見上げ、

「僕のハートはガラス細工のように繊細《せんさい》なんだからなっ」

「な、泣くことはないだろう。案外、傷《きず》つきやすいのだな……」

ずる、とメガネがずり落ちる。姫沙は気を取り直すようにせき払《ばら》いをした。

「で、わざわざ人払いまでして何のお話だね？」

「まあ、廊下《ろうか》で立ち話も何だし。中に入りましょうか」

礼拝堂《れいはいどう》の入口を示《しめ》す。姫沙がしぶしぶ階段《かいだん》を下りてくるのを確認《かくにん》し、誓護は中に入った。

壁際《かべぎわ》に電気ストーブが置いてあるものの、礼拝堂は冷蔵庫《れいぞうこ》みたいに冷えきっていた。古びた屋内は全体にすすけていて、ほこりっぽい。ただ、造《つく》り自体は立派《りっぱ》なものだ。石組みの壁にタイルの床《ゆか》、豪奢《ごうしゃ》なステンドグラス、列をなす長椅子《ながいす》に立派な内陣《ないじん》、十字架《じゅうじか》にかけられた救世主の偶像《ぐうぞう》……どれも、西欧《せいおう》の歴史ある教会を思わせた。

誓護は手近な長椅子に腰《こし》かけた。背もたれにひじをのせ、肩越《かたご》しに姫沙を振り返る。

「叔父さんも冷たいよね。今日は二人の命日だってのに」

「死人は永遠《えいえん》に死体だ。花を喜んだりはしないさ」

「ま、その点は同感です。かく言う僕も二年ぶりだしね。でも、叔父さんの場合、たまには墓《はか》に手を合わせて、感謝《かんしゃ》の意を表明してもいいんじゃない？」

「感謝、だと？」

「だって、そうだろ。二人が死んでくれたおかげで、桃原《ももはら》の資産《しさん》を自由にできるんだから」

姫沙は氷のように無表情《むひょうじょう》だった。二つの瞳《ひとみ》が冷たく誓護をにらんでいる。

「それとも、まだ祖父《じい》さまを恨《うら》んでるのかな？」

「……恨む？」

「叔父《おじ》さんはもともと、祖父さまとケンカして桃原の家を飛び出したんだ。留学先《りゅうがくさき》のアメリカで行方《ゆくえ》をくらませたんだっけ？　だから、復讐《ふくしゅう》なら話がわかるよ。実権《じっけん》を握《にぎ》りたがったのも、その地位を手放そうとしないのも、ひどい浪費癖《ろうひぐせ》も、墓参《はかまい》りにこないのも」

「……愚痴《ぐち》を垂《た》れてないで、さっさと本題に入ってはどうかね、ボンボンの次期当主殿《どの》」

「オッケー。と言っても新味のある話じゃない。現金《げんきん》で一〇〇億、不動産は今のマンションだけ——たったそれだけのものを渡《わた》してくれれば、残りは叔父さんにくれてやるってハナシです。そちらにとっても破格《はかく》の条件《じょうけん》だと思いますけどね」

「わからない男だ。何故《なぜ》そうも急ぐ？　いずれはすべてが君の物になるのだろう？」

「じゃあ、僕もはっきり言いましょうか？　後見人なんて立場をいいことに、桃原の財産《ざいさん》を使い込《こ》まれちゃたまらないからですよ」

ぴくり、と姫沙の細い眉《まゆ》が動いた。

「……言葉がすぎるぞ。社長はご自分の職務《しょくむ》をまっとうされている。すべての投資《とうし》はあくまで君たちのためだ。確《たし》かに結果的には損《そん》を出したこともあるようだが、それも」

「投資だって？　ははっ、回収《かいしゅう》の見込みもないのに投資？　競馬が悪いとは言いませんけどね、有馬記念に一〇億も投資しちゃうのはどうかな？」

姫沙の顔に、わずかに驚愕のようなものが浮かぶ。

「先々月、化粧品部門《けしょうひんぶもん》を売却《ばいきゃく》したよね？　その前はグループ全体のリストラ。経費削減《けいひさくげん》の名目で、かなりの従業員《じゅうぎょういん》を〈出向〉扱《あつか》いにした……勝手だよね～。世間じゃ景気は上向きと言われてるのに、何でウチは新卒の内定が増《ふ》えてないの？」

今度は明確だった。姫沙は明確な驚《おどろ》きの表情《ひょうじょう》を浮かべた。

「もともと僕が稼《かせ》いだ金じゃないし、それほど未練もないです。でも」

笑いを引っ込め、きつくにらみつける。

「それは、いのりが受け継《つ》ぐものだ」

姫沙は顔色一つ変えなかったが、かすかにのけぞった。迫力《はくりょく》負けだ。誓護はその反応《はんのう》に満足し、再《ふたた》びもとの『にやけ面《よよ》』に戻《もど》って言った。

「急ぎ叔父さんを呼び寄せてください。明日、僕といのりがここを発つまでにお話ができないようなら、こちらの弁護士《べんごし》――そして桃原の長老たちも黙《だま》ってはいませんので」

「明日だと!?　無理だと言っているだろう！　社長は今、海外に」

「いやいや、それが無理なんですよ、姫沙さん」

「なに……？」

「春に失効《しっこう》してるんです。叔父さんのパスポート」

姫沙はぐっと言葉に詰《つ》まり、それから皮肉っぽく笑った。

「……なるほど。何もかも先刻《せんこく》ご承知《しょうち》というわけか」

「何もかもじゃないよ。ほとんど何もかもだけど」

「ふん、それで私をやり込めたつもりかね？　肝心《かんじん》なことは何も知らないくせに」

おや、と思った。今日の姫沙はらしくないほど感情的だ。

肝心なこと。それはどういう意味だろう？　何か、とても重要なことのような気がする。その証拠《しょうこ》に、姫沙は一瞬《いっしゅん》、『しまった』というふうに頬を引きつらせた。

誓護は悪魔《あくま》的に笑った。わざと声を高くして、

「まあ、僕は姫沙さんの言うことなんて、そもそも信用してませんけどね」

「……それは心外だな。何故《なぜ》だね？」

「だって貴女《あなた》は叔父さんの恋人《こいびと》でしょ？」

「なっ……ご、誤解《ごかい》だ、それは！」

誓護がにやにやしていると、姫沙は大きく舌打《したう》ちした。

「……末恐《すえおそ》ろしいガキだ。君のような悪党《あくとう》が大勢《おおぜい》の人間を不幸にする」

「ははっ、それこそ心外です。僕はけっこう紳士《しんし》だぜ？　たとえば——ねえ、姫沙さん。貴女を叔父さんのお人形と言わなかったのは、僕なりの気配りですよ？」

挑発《ちょうはつ》を真に受けて、姫沙は激昂《げっこう》した。かああっと目元が朱《しゅ》に染《そ》まる。それから一転、何か不吉《ふきつ》なことに思い至《いた》ったらしく、今度は見る見る青ざめた。

「まさか、貴様《きさま》が……」

僕が？　僕が何だ？　思わず身を乗り出しそうになる。だが、姫沙が何か『肝心なこと』を口にしてしまうより早く──

ぎぃ、と蝶番《ちょうつがい》をきしませて、礼拝堂《れいはいどう》に入ってきた者がいた。

その人相を見た瞬間、誓護と姫沙は雷《かみなり》に打たれたように硬直《こうちょく》した。

「叔父さん！」「社長！」と、二人の声が重なる。

男だった。腰《こし》にエプロンを巻き、髪《かみ》をバンダナで留《と》めている。面長《おもなが》で彫《ほ》りが深く、目つきが鋭《するど》い。年齢《ねんれい》は高く見積もっても三五、六。体格《たいかく》は誓護よりひと回り大きい。

内心、誓護は焦《あせ》った。完全に虚《きょ》を突《つ》かれた格好《かっこう》だ。動揺《どうよう》のあまり、頭がくらくらする。

男は誓護と姫沙を一瞥《いちべつ》すると、小さくため息をつき、大儀《たいぎ》そうにかぶりを振った。

どういう意味だろう？　意図がわからず、二人が呆《ほう》けていると、

「その方は、違《ちが》いますよ」

と、男の背後《はいご》、廊下《ろうか》から落ち着いた声が聞こえてきた。

ゆっくりと入ってくる影《かげ》がある。声の通り、落ち着いた雰囲気《ふんいき》の修道女《しゅうどうじょ》だ。まだ若《わか》い。修道女と聞くと高齢者《こうれいしゃ》ばかりのイメージだが、彼女は三十路《みそじ》の半ばくらいに見えた。

「当修道院へようこそ、桃原の若様。院長の森《もり》と申します」

シスターは友好的に微笑《ほほえ》んでいた。ただし、媚《こ》びるような気安さはない。

「直接《ちょくせつ》お会いするのは今日が初めてですね。前任者《ぜんにんしゃ》からうかがっておりますわ。貴方《あなた》のご両親、桃原夫妻《ふさい》は敬虔《けいけん》なクリスチャンでした」

「……初めまして、シスター森。今日はお世話になります」

誓護はやっとのことで挨拶《あいさつ》を返した。それから、ちらりと男を見る。

「それで、その、そちらは……」

「紹介《しょうかい》します。こちら、加賀見《かがみ》さん。皆さんのために、臨時《りんじ》で入ってくださった方です。今晩《こんばん》と明日、お料理を作ってくださいます」

この男がコック？ 思わず凝視《ぎょうし》してしまう。ぶしつけな視線を浴び、加賀見はもともと愛想《あいそ》のない顔をますます無愛想《ぶあいそう》にした。

（へえ、そっくりだ……。でも、よく見ると叔父さんより男前かな？）

どことなく三枚目《まいめ》の叔父に比《くら》べ、加賀見はいかにも精悍《せいかん》な面構《つらがま》えだ。眼光《がんこう》も鋭《するど》く、叔父のようにチャラついたところがない。それだけでも十分に好感が持てた。

加賀見はそっけなく視線を外し、シスター森に向かって言った。

「シスターを探《さが》していた」

「はい。何か御用《ごよう》ですか？」

「野菜だ。俺《おれ》の指定よりずいぶんと少ない」

「ああ……まだ地下にあるんですね。すぐに取りに行かせます」

納得《なっとく》したのか、加賀見は黙《だま》って出て行った。あまり社交的な人格《じんかく》ではないようだ。

「ふん……紛《まぎ》らわしいことだ」

姫沙もまた、八つ当たり気味にそう言い捨《す》て、憤然《ふんぜん》として出て行った。

誓護は苦笑《くしょう》した。姫沙の気持ちもわからなくはない。肝心《かんじん》の叔父が現《あらわ》れないのに、叔父そっくりの人間が現れた。これが単なる偶然《ぐうぜん》なら、何とも皮肉なめぐり合わせだ。

気がつくと、シスター森も姿《すがた》が見えない。結局、誓護だけがぽつんと残されてしまった。

一人になり、緊張《きんちょう》から解放《かいほう》されると、今さらながらに疲労感《ひろう》がのしかかってきた。

はー、と大きなため息を一つ。誓護は虚脱《きょだつ》して、長椅子《ながいす》の上に引っくり返った。

「やっぱ悪役は性《しょう》に合わないな……。途中《とちゅう》から中学生いじめてる気分だったし」

姫沙の剣幕《けんまく》を思い出し、ぷっと噴《ふ》き出す。

「相当キレてたな、姫沙さん。僕、殺されないといいけどね」

舞台は古ぼけた修道院。雪に閉《と》ざされ、身動きの取れない一夜。故人《こじん》の命日に集まる親族。莫大《ばくだい》な遺産《いさん》を巡《めぐ》って繰《く》り広げられる、骨肉相食《こつにくあいは》む血縁《けつえん》戦争……いかにもミステリー小説の題材になりそうじゃないか。

ただし、『雪に閉ざされた』と言うには市街に近すぎ、『親族戦争』にしては身内のキャストが少ない。凶悪《きょうあく》な殺人者を演《えん》じるには、姫沙はあまりにミニマムだ。ミステリー小説的には、さして盛《も》り上がらないだろう。

誓護は自分の妄想《もうそう》を一笑《いっしょう》に付し、救世主の偶像《ぐうぞう》に向かって独《ひと》り言を言った。

「さーて、叔父《おじ》さん、貴方はどう出ます？　え、僕？　僕は引き下がるつもりなんてないですよ。たとえ貴方が自慢《じまん》の知略《ちりゃく》に訴《うった》えようと、僕は一歩も下がりません。小狡《こずる》い手を練り、小賢《こざか》しい策《さく》を弄《ろう》してでも、きっといのりを護《まも》ってみせる。薄汚《うすぎたな》い犯罪者《はんざいしゃ》のマネゴトだって、鼻歌混《ま》じりでやってのけますよ。そう、たとえ人殺しと罵《ののし》られようと——」

ぴらり、とページを繰る音が聞こえ、誓護は飛び上がった。実際《じっさい》、軽く五センチは空中浮遊《ふゆう》してしまったに違《ちが》いない。

「あら。邪魔《じゃま》をしてしまったかしら？」

前方、最前列の長椅子に誰《だれ》かが腰《こし》かけていた。薄暗《うすぐら》い照明を受け、長い髪が浮《う》かび上がる。女だ。彼女がこちらを振《ふ》り向いた途端《とたん》、今度は心臓《しんぞう》が五センチも跳《は》ねた。

それは、目の醒《さ》めるような美少女だった。

濡《ぬ》れたようにつややかな黒髪、しっとりとみずみずしい色白の肌《はだ》。黒目がちの瞳《ひとみ》は澄《す》んだ湖面のよう、薄桃色《うすももいろ》の唇《くちびる》は桜《さくら》の花びらのよう。自然な無表情《むひょうじょう》は高い知性《ちせい》を感じさせ、たおやかなたたずまいは文学少女のイメージだ。

「い、いつから……!?」

「それは明白なこと。初めからよ」

ぱたむ、手にしていた本を閉《と》じる。赤い絹張《きぬば》りのハードカバー。ずいぶん年季《ねんき》の入った古書だ。丁寧《ていねい》に取り扱《あつか》われてきたらしく、ほとんど傷《いた》んでいない。

少女は本を膝《ひざ》にのせ、無表情のまま言った。

「堂に入ったお芝居《しばい》だったわ。演劇《えんげき》の経験《けいけん》がおあり？」

誓護は耳まで赤くなった。姫沙とのやり取りはもちろん、今しがたの独白《どくはく》まで聞かれていたのだ。それじゃ、僕はまるっきりのバカ者じゃないか……。

「あら。恥《は》じることはなくてよ。素晴《すば》らしい技巧《ぎこう》だと、誉《ほ》めているのだわ」

「それは……その、どうも」

「言っていることはずいぶんと物騒《ぶっそう》だったけれど、目的のためには手段《しゅだん》も問わない——その姿《し》勢《せい》には感じるものがあったわ。気丈夫《きじょうぶ》なのね」

少女の口調や態度《たいど》は成熟《せいじゅく》した女性《じょせい》のそれだった。同い年くらいかと思ったが、ひょっとしてすごく年上なのかも知れない。

「ただ、結局のところ、貴方は悪人ではないのよ。どんなに悪党《あくとう》を演《えん》じてみても、それは上辺だけのこと。心まで悪人を演じるには、貴方は優《やさ》しすぎ——」

少女は唐突《とうとつ》に言葉を切った。目を伏《ふ》せ、初めて微笑《びしょう》を見せる。

「残念なこと。邪魔が入ったわ」

あっけに取られる誓護を置いてきぼりにして、少女は立ち上がった。

「貴方にどんな事情があって、どんな目的でここを訪《おとず》れたのかわからないけれど。望み通りの結果が出るよう祈《いの》っているわ」

「あ……ありがとう」

「私も偶然、ここに宿を借りているの。また今夜にでも会いましょう、桃原誓護くん」

黒髪《くろかみ》をなびかせて、誓護のわきをすり抜《ぬ》けて行く。

少女が出口の前に立った瞬間《しゅんかん》、あたかも自動ドアのように扉《とびら》が開いた。

ぎょっとする誓護とは対照的に、少女は驚《おどろ》きもせず、初めからそうなることを知っていたかのように、悠然《ゆうぜん》と礼拝堂《れいはいどう》を出て行った。

扉を開けたのは真白だった。少女と入れ替《か》わりで礼拝堂に入ってくる。

真白の背中《せなか》からいのりが飛び出してきた。既《すで》にコートを脱《ぬ》ぎ、制服姿《せいふくすがた》だ。いのりは山鼠《やまね》のようにちょこちょこと駆《か》けて、誓護のもとに駆け寄《よ》った。

「いのり〜、いい子にしてた？」

座《すわ》ったまま抱《だ》き上げる。お膝に上げてもらって、いのりは機嫌《きげん》よくきゃっきゃと笑った。

誓護はいのりを抱っこしたまま、真白に先んじてたずねた。

「今の人、よくくるの？」

「今の……？」真白はきょとん、とした。

「女の人。すっごく綺麗《きれい》な。すれ違わなかった？」

「——それは要するに、その美しい女性《じょせい》とこんなうら寂《さび》しい場所で二人きりだったということですか？　真白とお嬢《じょう》さまをわざわざ遠ざけておいて？」

「や、あの……その通りなんだけど、何かトゲがあるって言うか」

「それはどうもすみませんでした。お楽しみのところをお邪魔してしまって」

「言っとくけど、変なことは何も！」

「言い訳《わけ》なさらなくてもいいんですよ？　非《ひ》モテの誓ちゃまにそんな度胸《どきょう》がないのは、それはもう、よくよく存《ぞん》じ上げておりますし？」

「トゲが増えてる……!?」冷や汗《あせ》が出る。「……真白さん、何か用だった？」

「はい。お夕食のメインディッシュを決めていただこうと思って、うっかりしゃしゃり出てきてしまったんですが」

「そのトゲ、消してよ……。いのりは何が食べたい～？　お肉？　お魚？」

真白ははっとした。そして、白けた表情でそっぽを向いた。

「ああ……そうですね、それは気がつきませんでした。そうですそうです、わざわざ千載一遇《せんざいいちぐう》のチャンスを邪魔しなくったって、お嬢さまにうかがえばよろしゅうございましたわね。真白のミスです。本当の本っ当に、すみませんでした」

「えーと……もう針《はり》のむしろ？」

「それじゃ、コックに伝えてきます――」

いのりを置いたまま出て行こうとして、真白はぴたりと足を止めた。

「そうだわ。誓ちゃま、ちょっとお手伝い願えませんか」

「手伝い？　何？」

「地下の食料庫に、お野菜を取りに行くんです」

「え～、僕は今夜の主賓《しゅひん》だぜ？」

「お嬢さま、聞いてくださいまし。お兄ちゃまは美女と二人っきりで不潔《ふけつ》な」

「超《ちょう》OK！　お手伝いさせてくださいお願いします！」

「まあ嬉《うれ》しい。助かります」

「何て言うか……。真白さんって、怖《こわ》いですよね……」

「恐縮《きょうしゅく》です」

誓護はやれやれと頭をかいた。――と、何か言いたげな妹の視線《しせん》に気付く。

「あ、いのりも手伝ってくれるの？」なでなで。「でも地下はすごく寒いし、制服が汚《よご》れるといけないから、食堂で待っててくれる？　すぐ戻《もど》ってくるからね」

「そこ。まったりペドってないで、とっととこちらへ」

「ペド……ッ!?」

不当な表現《ひょうげん》で最愛の妹から引き離《はな》され、引きずられるようにして廊下《ろうか》に出た。

前を行く真白に、歩きながらたずねる。

「で、さっきの人、誰？」

「……助平《すけべえ》」

「何で⁉　名前訊いただけじゃん！」

下心などない。ただ、気になることはある。姫沙との会話を聞かれてしまった以上、正体は把握《はあく》しておきたい。下心などないのだ。それほど。

真白はすぐには返事をせず、少し経ってから答えた。

「……それはたぶん、君影《きみかげ》さんです。君影草、の君影」

「きみかげ。礼拝にはよくくるの？」

「……ええ、まあ。ときどき」

「ふーん」

「……助平」

「だから何で⁉」

冷え冷えとした廊下を渡《わた》り、地下食料庫へと向かう。

日没《にちぼつ》後の院内は薄暗《うすぐら》い。蛍光灯《けいこうとう》がつけられているが、間隔《かんかく》があきすぎ、ところどころ切れかけているので、かえって闇《やみ》の濃《こ》さを演出していた。

女性《じょせい》のすすり泣きのような風の音。

きしきしときしむ窓枠《まどわく》とガラス。

はっきりと不気味な静けさ。

「今年はずいぶん静かだね」

「同じ教導管区《きょうどうかんく》で不幸——あ、いえ、天に召《め》された方がいまして。ここの先代院長なんですが。今夜はそちらでお葬式《そうしき》なので、みんな出払《ではら》っているんです」

「へえ、先代……。そう言えば、確《たし》か先代の院長も森って名前じゃ」

その瞬間《しゅんかん》、ぞくっ、と背中が震《ふる》えた。

あわてて振《ふ》り向く。まただ。また、誰かがこちらを監視《かんし》していた……？

すーっと波が引くように、見られている感じはすぐに消えた。ただ、べったりと全身にへばりついた冷や汗《あせ》は、しばらく引かなかった。

「誓ちゃま？」

「いや、何て言うか……さっきから、誰かに見られてる、みたいな」

「非モテ男の愚《ぐ》にもつかない妄想《もうそう》ですか？」

「あのー、そういうこと、面と向かって言うのよしません？」

「でも、無理もないですね。こんな古い建物、今にも何か出そうな雰囲気《ふんいき》ですし」

誓護は改めて廊下を見回した。なるほど、真白の言う通り。そこかしこの闇の中に、何かがじっと息を潜《ひそ》めていそうな、独特《どくとく》の雰囲気がある。

「見たってシスター、わりと多いんですよ」

「怪談《かいだん》～？　ちょっと、時季外れじゃない？」

「これは冬が旬《しゅん》なんです。この修道院《しゅうどういん》に棲《す》む、〈白雪姫〉……」

「ふーん。それ、どんな幽霊《ゆうれい》？」

「……助平」

「何で⁉　何で非難《ひなん》されてんの僕《ぼく》⁉」

話しているうちに、目的の階段《かいだん》にたどり着く。

まるで地の底に向かう洞穴《ほらあな》のようだった。じわじわと染《し》み出す冷気。入れ替《か》わりで流れ込《こ》む暖気《だんき》。空気の対流に巻《ま》き込まれ、このまま地の底へ吸《す》い込まれそうな錯覚《さっかく》に陥《おちい》る。

裸《はだか》電球の明かりをつけ、真白はとんとんと下りて行く。誓護もその後に従《したが》った。

階段を下りきると、左手に鉄の扉《とびら》がある。古めかしい作りだが、錠前《じょうまえ》だけは新しい。真白はポケットから鍵《かぎ》を取り出し、慣《な》れた手つきで鍵穴に差し込んだ。

地下食料庫はやや手狭《てぜま》だった。大小さまざまの容器《ようき》がところ狭しと並《なら》べられている。プラスチック製《せい》の漬物樽《つけものだる》に、ぶどう酒の樽、野菜を詰《つ》めた木箱。天井《てんじょう》には ソーセージ、棚《たな》には缶詰《かんづめ》の山。子供《こども》の頃《ころ》は広く感じた遊び場も、今ではむしろ息が詰まる。

「相変わらず、すごいね。修道女の数は減《へ》っても、昔ながらの大量生産か」

「質素倹約《しっそけんやく》は中世以来の伝統《でんとう》ですから。これが白菜、そっちがきゅうり。塩漬《しおづ》けにぬか漬け。あ、それはジャムの瓶《びん》ですね。いちごやミカンで作るんです。味見なさいますか？」

「また今度ね」

話しながら、真白はてきぱきと作業をこなした。どこからかアルミのバットを引っ張《ぱ》り出し、夕食用の食材を次々に放《ほう》り込んで行く。かぼちゃ、じゃがいも、にんじん、たまねぎ……。他方、誓護は手持ち無沙汰《ぶさた》で、ぼんやり真白の背中《せなか》を眺《なが》めていた。

働く真白の背中を見ていると、無性《むしょう》に懐《なつ》かしさが込み上げた。

真白は高校卒業後、すぐに桃原の屋敷《やしき》にやってきた。それほど歳《とし》が離《はな》れていないので、誓護にとっても姉のような気安さがあった。他の使用人には絶対《ぜったい》に言わないような、子供っぽいわがままを言って困《こま》らせたこともある。

作業の手は止めず、真白は背を向けたまま言った。

「すみません、無理を言って。ちょっと、二人だけでお話ししたいことがあって」

「うん。何の話？」

おかしな間があいた。ためらっているのか、それとも言葉をまとめているのか、その背中からはうかがい知ることができない。

やがて、真白は妙《みょう》に明るい声で、こう言った。

「話し合い、どうでした？　早速《さっそく》、姫沙さんとやり合ったんでしょう？」

「え？　ああ……ま、初戦は痛《いた》み分けってところかな？」

「控《ひか》えめですね。でも確《たし》かに、鏡哉さまがいらっしゃらないことには始まりませんし」

「それは違《ちが》うよ。叔父《おじ》さんが現《あらわ》れなけりゃ、僕が勝って勝負は終わりさ」

「………」

「真白さん？」

「はい、終わりました」

真白はバットを抱《かか》え、くるりと振り向いた。

「さあ、戻《もど》りましょう」

意味深な笑顔《えがお》。会話はこれで終わり、と言っている。だから、誓護もうなずき、

「……うん。戻ろう」と答えた。

吸い寄せられるように視線《しせん》がからみ合う。真白の瞳《ひとみ》はしっとりと湿《しめ》り気を帯びていた。決して華《はな》やかとは言えないが、真白の顔立ちには品がある。きらびやかな女性《じょせい》を見慣《みな》れている誓護には、その飾《かざ》り気のなさがむしろ好ましく映《うつ》った。

名残《なごり》惜しく、離れがたい、接吻《せっぷん》のように濃密《のうみつ》な時間。

ところが、その直後――甘《あま》い感傷《かんしょう》は強制的《きょうせい》に打ち壊《こわ》されることになった。

階段の上、一階の廊下の方から、いきなり絹《きぬ》を裂《さ》くような悲鳴が響《ひび》いてきた。か細い残響《ざんきょう》。誓護はぎくりとして階段に身を乗り出した。

「今の……」ごくり、と喉《のど》を鳴らす。「姫沙さん？」

あたりには既《すで》に静寂《せいじゃく》が戻っている。先ほどまでよりよほど不吉《ふきつ》な、冷たい静寂。

さっと真白のひたいが青ざめた。

「ひょっとして、何か、また……？」

皆《みな》までは言わせない。誓護は階段を駆《か》け上がり、早口に怒鳴《どな》った。

「真白さんは食堂へ！　いのりをお願いします！」

「え!?　でも、あの、誓――」

追いすがる声を無視《むし》して、はやる心のままに、廊下を駆ける。

誓護は思慮《しりょぶか》深い性質《たち》だったが、その先に待つもののことなど、考えもしなかった。

Episode 08

一〇年前のある日、ひと組の男女がお御堂《みどう》で結婚式《けっこんしき》を挙げられました。

ここは由緒《ゆいしょ》ある修道院《しゅうどういん》ですが、地域《ちいき》の方にお御堂をお貸《か》ししているんです。それは修道院始まって以来、もっともお金持ちの新郎《しんろう》と、もっとも器量よしの新婦《しんぷ》でした。

旦那《だんな》さまはそれはもうご立派《りっぱ》な土地の名士で、ここの後ろ盾《だて》とも呼べる方。代々の維持費《いじひ》、改修費《かいしゅうひ》などをたびたび助けてくださいましたが、一方で大層気難《たいそうきむずか》しく、傍若無人《ぼうじゃくぶじん》なふるまいの目立つ方で、わたくしどもは陰《かげ》で「王さま」「陛下《へいか》」とお呼《よ》びしていたくらいです。

一方、奥《おく》さまは旦那さまに比《ひ》してお若《わか》く、大変お美しい方でした。旦那さまの後妻《ごさい》として迎《むか》えられたのですが、それはもう気位の高い方で、修道女を使用人のように扱《あつか》いましたので、わたくしどもはやはり陰で「お妃《きさき》さま」とお呼びするようになりました。

王さまは若い娘《むすめ》にしか興味《きょうみ》がなく、お妃はお金にしか興味がありませんでした。傍目《はため》にもお幸せなこの結婚が、いずれ破綻《はたん》することは誰《だれ》の目にも明らかだったのです。

それから数年が経《た》ち、お子を授《さず》かった頃《ころ》から、お妃は目に見えて容色《ようしょく》が衰《おとろ》え始めました。王さまは次第《しだい》にお妃を疎《うと》まれるようになり、お妃はお妃で若い殿方《とのがた》に熱を上げるようになりました。主の御前《みまえ》、司祭《ブラザー》のお導《みちび》きで誓《ちか》いを立てておきながら、です。

お二人のこのようなふるまいを、主はさぞやお嘆《なげ》きになったことでしょう。間もなく、お二人の結婚生活は意外な結末を迎えることとなりました。

それは五年前の冬――よく晴れた寒い日のこと。

王さまとお妃は珍《めずら》しく連れ添《そ》って礼拝《れいはい》にいらっしゃいました。先妻のお子たる若君と、お妃のお子たる姫君《ひめぎみ》もご一緒でした。

このとき、ご夫婦《ふうふ》のあいだに、どのような言葉が交《か》わされたのかはわかりません。わかっていることはただ一つ。お二人は可愛《かわい》いお子を遺《のこ》したまま、それ、そこのバルコニーで毒杯《どくはい》をあおり、ご夫婦仲睦《なかむつ》まじく、ともに果てられたということです。お妃のご遺骸《いがい》には、王さまの手による遺書が握《にぎ》られておりました。

そしてその日を境《さかい》に、この修道院では不可思議《ふかしぎ》なことが起こり始めたのです。

果たして、姫沙が礼拝堂の床《ゆか》にうずくまっていた。

「うわ⁉ 姫沙さん、大丈夫《だいじょうぶ》？」

あわてて助け起こす。スーツの肩《かた》をつかんだ途端《とたん》、ほっと安堵《あんど》の息が漏《も》れた。大丈夫、ちゃんと息がある。幸い、外傷《がいしょう》らしきものも見当たらない。

「ああ、君か……」

姫沙はガタガタと震《ふる》えていた。それこそ亡霊《ぼうれい》でも見たように、血の気は引き、歯の根は合わず、腰砕《こしくだ》け。よっぽど心細かったのか、それとも何か裏《うら》でもあるのか、先ほどまでの冷淡《れいたん》な態《たい》度《ど》はどこへやら、情《なさ》けなく警護にしがみついてきた。

「今の、姫沙さんの悲鳴？」

「す、すまない……。騒《さわ》がせたか……？」

「いや、案外可愛いなーと思って」

「言ってる場合か！」ばこっと叩《たた》かれる。

「って〜」口は災《わざわ》いのもとだ。「……で、何事なの。見たとこ、何も」

「そっち、そっちだ！」

姫沙は必死に内陣《ないじん》の方を指差した。自分では決してそちらを見ようとしない。

「見てくれって言われても……、何を？」

姫沙は焦《じ》れ、こわごわ振《ふ》り向いた。そーっと片目《かため》を開ける。それから両目を見開き、ぽかんとした。狐《きつね》に化かされたような間抜《まぬ》け面《づら》で、きょろきょろと周囲を見回す。

「姫沙さん？」

「あ、いや……その、何だ。疲《つか》れのせいか、見てはいけないものを見てしまってな」

「見てはいけないもの――」

誓護はハッとして顔を背《そむ》けた。

その肩が小刻《こきざ》みに震える。

やがて、くっくっく、と失礼な音が喉《のど》から漏《も》れた。

「なっ……、何がおかしい！」

「姫沙さんって、幽霊怖《ゆうれいこわ》いんだ？」

「こ、怖くない！」

「いいよ、ムキにならなくて。確《たし》かに、いかにも～な建物だーね。そんな気にも」

「うるさい！　このっ、離《はな》せ！　いつまで触《さわ》っている！」

げし、と自慢《じまん》の顔を足蹴《あしげ》にされる。頬《ほお》にかかとがめり込んだ瞬間《しゅんかん》、

「誓ちゃま！」と、真白がいのりを連れて入ってきた。

「頼《たの》む。見てくれ……」

そして、ぴたりと動きを止めた。

「誓ちゃま?」真白はにこにこと笑っていた。「何があったんですか?」

「……あー、とりあえずそれ誤解《ごかい》。真白さん、絶対《ぜったい》誤解してるから」

「誤解? どのような?」にこにこ。

「ぷっ。いやー、それが笑っちゃう話で——」

姫沙がものすごい形相でにらんでくる。誓護はとっさに計算を働かせ、

「ちょっと不審者《ふしんしゃ》が出たらしくて。姫沙さんが追っ払《ぱら》ったとこ」

「あら。真白の目には、不審者はまだ居座《いすわ》ってるように見えますけど?」

「や、それだと時間軸《じかんじく》おかしいから。……て言うか、何でトゲトゲしいの?」

「おい」と玄関《げんかん》ホールから男の声がした。

真白が食堂から引っ張《ぱ》ってきたのか、そちらには不機嫌《ふきげん》そうな加賀見の姿《すがた》があった。

「……その不審者ってのは、どっちに逃《に》げたんだ」

「えっ?」誓護はあわてた。「あ、えーっと、もう外に……」

姫沙に恩を売ろうとして、話を大きくしてしまったようだ。内心で冷や汗《あせ》をぬぐう誓護に、
姫沙は『このバカが』という表情《ひょうじょう》でひじ鉄を見舞《みま》った。

ふと、玄関の扉《とびら》に手をかけたまま、仏頂面《ぶっちょうづら》の加賀見がこう言った。

「……開かないぜ、この扉」

「え？　そんなはずは……」

真白が半信半疑《はんぎ》で押《お》してみる。加賀見の言葉通り、びくともしない。本当に、びくとも。

虫の知らせか、ひどく嫌《いや》な感じがした。誓護も急いで扉に駆《か》け寄《よ》った。

「――――」

それは、触《ふ》れた瞬間《しゅんかん》にわかる異常《いじょう》さだった。

つっかえ棒《ぼう》やストッパーを噛《か》まされたのでは、こうはならない。

押そうが叩こうが、扉は揺《ゆ》れもしない。完全に動かなくなっている。

「おい、見ろ……」

加賀見が目をむき、窓《まど》の外を凝視《ぎょうし》している。その視線をたどって、誓護も目をむいた。

窓の向こうは、一面、不可思議《ふかしぎ》な霧《きり》に包まれていた。

黒、濃紺《のうこん》、真紅《しんく》、紫色《むらさきいろ》が入り混《ま》じった不定形の流体。気体なのか液体《えきたい》なのかすら判然《はんぜん》としない。見ているだけで気が変になりそうだ。

さらに、窓もまた扉と同様、びくともしなかった。ガラスは肉厚《にくあつ》の鋼鉄《こうてつ》のようで、がっちりと硬《かた》く、割《わ》ることも動かすこともできそうにない。

ただごとではない、と誰もが悟《さと》った。

誓護はあわてて携帯《けいたい》電話を引っ張り出した。しかし、液晶表示《えきしょうひょうじ》は――

「圏外《けんがい》……」

ひんやりと冷たい恐怖《きょうふ》が首筋《くびすじ》を伝い落ちる。

まさか――閉《と》じ込められた、のか？

「出られる場所がないか見てきます！」

「僕も！」

それぞれが別の方向に走り出す。修道院《しゅうどういん》の中はにわかに騒《さわ》がしくなった。

「若《わか》さま？　何の騒ぎです？」

「あ、院長！」

廊下《ろうか》の途中《とちゅう》でシスター森と出くわした。誓護は窓の外を示《しめ》しつつ、手短に状況《じょうきょう》を説明した。

無論《むろん》、脱出口《だっしゅつこう》を探《さが》していることも。

「それなら、渡《わた》り廊下があります。女子寮《じょしりょう》に続いているんです」

シスター森の案内に従《したが》い、廊下の奥《おく》へと走り出す。食堂のさらに向こう側、角を曲がったところに、女子寮へと続く渡り廊下があるのだ。

「――――!?」

ぎょっとして足を止める。あやうくそれに突《つ》っ込んでしまうところだった。

あたかもシャッターを下ろしたように、濃霧《のうむ》が廊下を遮断《しゃだん》していた。どろりとした見た目は窓の外を覆《おお》うものと同じだ。隙間《すきま》なく廊下を埋め尽《つ》くし、壁《かべ》のようになっている。

誓護は勇気を出し、近付いた。おっかなびっくりつま先でつつき、そのうちに大胆《だいたん》になって手で触れてみる。かつん、と硬い手触り。それでいて指にまとわりつくような、流動的な感触《かんしょく》。矛盾《むじゅん》した感覚が一度に襲《おそ》う。今まで触れたことのない、まったく異質《いしつ》な物体だ。

「ど、どうしましょう？」

シスター森もうろたえている。どうすればいいか。それは誓護が訊《き》きたい。

このままじゃ酸欠《さんけつ》になる。それとも餓死《がし》か？　どのみち、この先に待つのは死……。

己《おのれ》の空想に恐怖して、誓護が最初に取った行動、それはいのりのもとに駆けつけることだった。床を蹴《け》って全力疾走《しっそう》、急いで玄関ホールへと取って返す。

いのりはホールのすみ、カーテンの後ろに隠《かく》れていた。

駆け寄り、抱《だ》き寄せる。いのりは放置されて心細かったらしく、全体重を預《あず》けてくる。誓護はいのりを抱きしめ、細い背中《せなか》をさすってやった。

結局、何の成果もないままに、全員が玄関ホールに戻《もど》ってきていた。

各自の報告《ほうこく》は絶望的《ぜつぼうてき》だった。窓という窓、扉という扉が動かない。それどころか修道院《しゅうどういん》全体が例の霧によってすっぽりと覆われているらしい。

気重だったが、黙《だま》っているわけにもいかず、誓護もまた渡り廊下のことを告げた。

「……ダメ。カンペキ、閉《と》じ込《こ》められた」

加賀見は黙って玄関の扉に向かった。真白があわててその前に立つ。

「待ってください。加賀見さん、何を……」

「どけ。蹴破《けやぶ》る」

「気持ちはわかりますけど、落ち着いて！　古い建物なんですから！」

「どだい、蹴破れるとも思えんな」姫沙が横から口を出す。「いっそ、燃《も》やすか？」

「やめてください！　火事になったらどうするんです。逃《に》げ場はないんですよ？」

「僕《ぼく》も真白さんに賛成《さんせい》。それに、燃やしたからって、外に出られるとは思えないし」

「じゃあ、どうしろってんだ？」

どこまで行っても平行線の議《ぎ》論《ろん》だ。およそ非《ひ》現《げん》実《じつ》的な事《じ》態《たい》を目の前にして、全員が少なからず動揺《どうよう》している。言葉がささくれ立つのもむべなるかな。シスター森も困《こま》り果てた様子で、一同のやり取りを見守っていた。

不毛な言い争いが熱を帯び、まるで口喧嘩《くちげんか》のようになったとき——

「まったく、騒《さわ》がしいこと……。だから人間は嫌《きら》いなのよ」

不意に、頭上から少女の声が降《ふ》ってきた。

のびやかで、透明《とうめい》感があり、すっきりとよく通る、小鳥のさえずりのような美声。ただし、ガラスに爪《つめ》を立てているような、そんなおぞ気をも感じさせた。

居合《いあ》わせた全員がほぼ同時に振《ふ》り返り、そして同時に息をのむ。

いつからそこにいたのか。いつ、どの瞬間《しゅんかん》に現《あらわ》れたのか。

いかなる魔術《まじゅつ》のたまものか、声の主は宙《ちゅう》に浮いていた。声の通り、見た目は少女だ。気だるそうに首を傾《かたむ》け、足を組んで宙に腰《こし》かけている。

衣装《いしよう》は黒を基調《きちよう》とし、随所《ずいしよ》にレースがあしらわれている。ひらひらと頼《たよ》りないスカート、フリルで飾《かざ》ったヘッドドレス、ひじまで覆う手袋《てぶくろ》に、かかとの高いロングブーツ。どれも、少女の妖気《ようき》にそのまま輪郭《りんかく》を与《あた》えたような、耽美《たんび》でまがまがしいデザインだ。

そして、その衣装に包まれているのは、銀細工のようにきらびやかな少女。

肌《はだ》は雪のように白く、瞳《ひとみ》は血のように紅《あか》く、身に帯びた妖気は黒檀《こくたん》のように黒い。

見事な銀髪《ぎんぱつ》は金属《きんぞく》的な光沢《こうたく》を放ち、血を垂《た》らしたような真紅の毛色が混《ま》じっている。まだら模様《もよう》は絢爛《けんらん》だったが、それは見る者を威嚇《いかく》する猛毒《もうどく》の美しさだった。

きれい、とか、可愛《かわい》い、とか、そんな感想は一瞬で吹《ふ》き飛ばされてしまう。

周囲のすべてをなぎ倒《たお》すような、暴力的《ぼうりよく》な美貌《びぼう》。

誓護は息をするのも忘《わす》れ、しばし見とれた。

ふと、腕《うで》の中で、いのりがつぶやいた。

「……死神《しにがみ》？」

少女は手にした扇《おうぎ》で口元を隠《かく》し、くすくすと愉快《ゆかい》そうに笑った。

「あら、面白《おもしろ》いことを言うじゃない。そうね、当たらずとも、ってところかしら……？」

宙に浮いたまま立ち上がり、スカートのすそをつまんでちょんと腰を折る。

「ご機嫌《きげん》よう、愚《おろ》かな人間ども。此《こ》れなるはグリモアリス。……と言ってもわからないわね。

年寄《としよ》りどもの言い回しなら――茨《いばら》の園《その》の園丁《えんてい》、煉獄《れんごく》より遣《つか》わされし教誨《きょうかい》の使徒」

　誓護のすぐとなりで、真白がはっとしたようにつぶやく。

「教誨……教誨師《きょうかいし》……？」

「真白さん、知ってるの？　キョーカイシって？」

　声をひそめてたずねると、真白もひそひそ声で答えてくれた。

「受刑者《じゅけいしゃ》のために、監獄《かんごく》に赴《おもむ》く聖職者《せいしょくしゃ》のことです。本来は、死刑囚《しけいしゅう》に悔《く》い改めるよう諭《さと》すのが役目だったと聞いてますけど……きゃ！」

　いきなり、二人のあいだに黒い火花が弾《はじ》けた。

「勝手におしゃべりしないでよ……。感じ悪い……」

　少女が不機嫌そうに言う。察するに、今の火花もこの少女の仕業《しわざ》というわけだ。

「まあ、お聞きなさいよ……。愚《おろ》かな貴方《あなた》たちにもわかるよう、言葉にしてあげるから」

　もったいぶるような間を置いてから、少女はむしろ無邪気《むじゃき》な声音《こわね》で言った。

「この中に、罪人《ざいにん》がいるわ」

　誓護はぎくりとした。とっさに一同を盗《ぬす》み見てしまう。それは周囲の面々も同じだったようで、加賀見、姫沙と視線《しせん》がぶつかった。真白も不安げにこちらを見ている。ただ一人シスター森だけが、何を考えているのか、じっと少女を見つめていた。

「大罪《たいざい》を犯《おか》した罪人よ……。なのに、おばかな人間の刑吏《けいり》どもはその罪を見落とそうとしてる。

だから私が出向いてやったわけ。罪人を地獄《じごく》にご招待《しょうたい》するためにね……」

刑吏が見落とす？　どういう意味だ？　完全犯罪《はんざい》が成立したということか？

「さあ、名乗り出なさい。さもなければ、貴方たちは一生ここを出られないわよ……？」

重苦しい沈黙《ちんもく》が訪《おとず》れる。さまざまな感情《かんじょう》をはらんで膨《ふく》れ上がった、嫌《いや》な沈黙。

混乱《こんらん》。動揺《どうよう》。猜疑《さいぎ》心《しん》。理不尽《りふじん》な状況に直面し、誓護もまた疑念《ぎねん》を覚えていた。叔父《おじ》が自分を陥《おとしい》れようと、こんな手のこんだ冗談《じょうだん》を企画《きかく》したのでは……？

そう、これは悪趣味《あくしゅみ》な冗談、くだらない戯《ざ》れ事だ。少女が言ってることも支離滅裂《しりめつれつ》。そもそも、地獄に招待するなどと言われて、名乗り出る罪人がいるか？

確《たし》かに、少女は宙に浮いている。異様《いよう》な気配も漂《ただよ》わせている。だが、それだけだ。ちゃんと人間の格好《かっこう》をしていて、人間の言葉を話している。決して怪物《かいぶつ》ではない。こんな少女一人、いざとなれば力尽《ちからず》くで押さえつけることも可能《かのう》じゃないか。

——やるか？

お坊《ぼっ》ちゃまの誓護には武道《ぶどう》の心得もある。やってやれないことはないはず……。

いや、と誓護は心の中で否定《ひてい》した。見た目に騙《だま》されるのは愚《おろ》かなことだ。外見がいかに可憐《かれん》でも、怖《おそ》ろしい武器を隠し持っているかも知れない。叔父の手の者かも知れないし、桃原の財産《さん》を狙《ねら》うテロリストかも知れない。まして、敵《てき》が一人とは限《かぎ》らない。

どうする。よく考えろ。この少女は誰だ。何のためにこんなことをしてる。罪人とは何だ。

それはどういう意味なんだ。ぐるぐると思考が回る。いのりは小さな手足をさらに縮《ちぢ》めて、震《ふる》えながら兄にしがみついている。――そうだ、わかってることが一つだけある。僕は何としても、いのりを護《まも》らなければならない。

「それは、わたくしのことではありませんか」

その声に全員の注目が集まった。シスター森が十字架《じゅうじか》を握りしめ、少女を見据《みす》えていた。堂々としている。この異常《いじょう》な事態にも臆《おく》したふうがない。人生経験《けいけん》のなせるわざか、あるいは宗教家《しゅうきょうか》一流の達観か、とにかくシスター森は冷静な口ぶりでこう言った。

「この道に入る前、わたくしはひどく荒《すさ》んだ生活をしていました。今で言う援助交際《えんじょこうさい》のようなものから、長じては不倫《ふりん》、不実な恋《こい》や裏切《うらぎ》りも経験しましたわ。貴女《あなた》がおっしゃる罪人とは、このわたくしのことではありませんか？」

少女は汚《きたな》いものでも見るような目をした。さも穢《けが》らわしそうに、

「おばかさん……。そんなみみっちい罪業《ざいごう》で教誨師《グリモアリス》が動くはずないじゃない。私が捜《さが》しているのは、もともと穢れた人間の中でも、とりわけ極刑《きょっけい》に値《あたい》する人間よ。もっとも、貴女にもそんな大罪が隠れてるかも知れないけど……？」

少女はゆったりと一同を眺《なが》め、突然《とつぜん》、楽しげな声をあげた。

「まあ、傑作《けっさく》！　どの顔ぶれにも罪のにおいがするじゃない」

誓護はまたもぎくりとした。やけに胸《むね》が苦しい。喉《のど》が渇《かわ》く。

「あら、名乗り出ないの？　ふふふ、いいわよ。時間はいくらでもあるんだから……。罪の自覚のある者も、ない者も、存分《ぞんぶん》に楽しんでちょうだいな。この美しい夜を……」

まるで挑発《ちょうはつ》するかのように、少女は悠然《ゆうぜん》と歩き回った。はっきり無警戒《むけいかい》だ。当然と言えば当然のことで、食物連鎖《れんさ》の頂点《ちょうてん》に君臨《くんりん》する獣《けもの》は、ほかの獣を警戒する必要などない。

そしてこれも当然のことだが、その油断《ゆだん》を突《つ》こうと考える者もいる。

誓護の視野《しや》のすみで、誰《だれ》かがそろりと動いた。

姫沙だ。小柄《こがら》な体を最大限《さいだいげん》に利用して、こっそり死角に回り込もうとしている。その右手は背中《せなか》の後ろ——。誓護は直感した。姫沙は凶器《きょうき》を携《たずさ》えている！

腰《こし》を抜《ぬ》かすほどの幽霊嫌《ゆうれいぎら》いが、あの亡霊《ぼうれい》のような少女を攻撃《こうげき》するつもりらしい。

誓護は迷《まよ》った。止めるか、援護《えんご》するか。この少女がただの電波系《けい》か、警察の回し者かはわからないが、少なくとも姫沙の味方ではないようだ。ならば、援護する手も……？

しかし、誓護が決断《けつだん》を下すより早く、姫沙は右手をひらめかせ、少女に襲《おそ》いかかった。

ぎん、と金属《きんぞく》の刃《やいば》が照明を反射《はんしゃ》する。

誓護は目をむいた。ナイフだ！

なぜそんなものを隠《かく》し持っていたのか。単なる護身用か、それとも何か目的があったのか、ともかく姫沙の一撃《いちげき》は狙《ねら》い違《たが》わず少女のこめかみにめり込んだ。

やりすぎだ！　戦慄《せんりつ》に手足が凍《こお》る。それでは致命傷《ちめいしょう》を与《あた》えてしまう！

ところが、致命的な結果には至《いた》らなかった。

「あら……なあに？」

少女は薄笑《うすわら》いのまま、ゆっくりと姫沙の方を振《ふ》り向いた。

「ひっ」

悲鳴が漏《も》れる。姫沙は必死にナイフを引き抜こうとするが、腕《うで》はぴくりとも動かない。

「ふふふ……おばかさん」

少女は笑っただけだった。笑っただけで、特に何をしたようにも見えなかったのに、次の瞬《しゅん》間《かん》、空中にどす黒い雷電《らいでん》が弾《はじ》け、姫沙の小さな体が後方に吹《ふ》っ飛ばされていた。

血の糸を引きながら宙《ちゅう》を飛ぶ。姫沙は礼拝堂《れいはいどう》に突《つ》っ込み、長椅子《ながいす》の一つに激突《げきとつ》した。衝撃で切ったのか、ひたいが見る見る赤く染《そ》まる。腕はズタズタに裂《さ》けていた。

少女はゆっくりと姫沙の方へ歩き出した。まっすぐに、直線距離《きょり》を。途中《とちゅう》の長椅子はまるで幻影《げんえい》のようにすり抜けてしまった。いや、幻影なのは椅子ではなく、少女の方だ！

（実体がない!?）

これはホログラムか？　しかし投影装置《そうち》が見当たらない。場所が場所だけに心霊現象《しんれいげんしょう》を疑《うたが》いたくなるが、あわてて否定《ひてい》する。非《ひ》科学的な思考に逃《に》げ込んでいる場合じゃない。誰が、どんな手段《しゅだん》で、自分たちをどうしたくてこんなことを企《たくら》んだのか、それを考えなければ。

あせる誓護の目の前では、少女がじわじわと姫沙に迫《せま》っていた。

「貴女《あなた》、ひどいことをするじゃない。このアコニットを刺《さ》すなんて……」

黒いレースに包まれた手が、触手《しょくしゅ》のように姫沙に伸《の》びる。

「もちろん、覚悟《かくご》はできてるんでしょう……？」

「く……っ」

「やめろ！」

気がつくと、叫《さけ》んでしまった後だった。

一瞬、『しまった』と思った。大人しく引っ込んでいればよかった。

だが、飛び出した言葉は二度と腹《はら》には戻《もど》らないのだ。

「あら……？　人間風情《ふぜい》が、このアコニットに意見しようってわけ？」

紅《あか》い瞳《ひとみ》がこちらを向く。ただそれだけのことで、ごっそり勇気を奪《うば》われた。つくづく、口は災《わざわ》いのもとだ。しかし、こうなってはもう後には退《ひ》けない。

「……君は怪我《けが》一つ負ってない。その人は見ての通り血まみれだ。罪人《ざいにん》がどうとか、大罪とか、司直みたいなゴタクを並《なら》べた以上、過剰防衛《かじょうぼうえい》くらいわきまえろよ」

少女の赤い唇《くちびる》が裂《さ》け、美しくも怖《おそ》ろしい微笑《びしょう》が浮《う》かんだ。

心臓《しんぞう》をわしづかみにされたような恐怖《きょうふ》。誓護は自分でも情《なさ》けないくらい取り乱《みだ》した。

何だ、コイツは。

何なんだ。

怖い。

足がすくむ。

（落ち着け……）

自分に言い聞かせる。そうだ、落ち着け。頭を切り替《か》えろ。今、僕の腕の中で小さく震《ふる》えている存在《そんざい》——いのりを護《まも》る。それが唯一無比《ゆいいつむひ》、僕の役目だろう？

理解《りかい》できないのなら、無理に理解しようとするな。

冷静に、そして冷徹《れいてつ》に、事実から真実をつかみ取れ。

コイツは突然現《とつぜんあらわ》れた。つまり、侵入《しんにゅう》するルートがあるんだろう。

コイツは姫沙に傷《きず》を負わせた。つまり、恐るべき攻撃《こうげき》手段があるということだ。

それだけわかっていれば、十分。

つまり、コイツは危険《きけん》なのだ。今すぐ、いのりから引き離《はな》さなければならない。

「……真白さん。いのりを」

自分が攻撃されても巻《ま》き込まれないよう、妹を真白に預《あず》け、少女の方へと歩を進める。

歩きながら、誓護は思考を巡《めぐ》らせた。突破《とっぱ》か。交渉《こうしょう》か。隔離《かくり》か。排除《はいじょ》か。断片《だんぺん》的なひらめきが浮かんでは消えて行く。どうする。何をすればいい。取るべき手段は、一体……。

そのとき。

ごうっ、と炎《ほのお》が爆《は》ぜるような音がして、周囲の床《ゆか》から何かが噴《ふ》き出した。

霧《きり》だ。どす黒い流体。霧は円を描《えが》くように渦《うず》を巻き、誓護と少女を中心として、ドーム状《じょう》の空間を形作った。

おそるおそる触《ふ》れてみると、どろりとまとわりつくような触感《しょっかん》がある。一方で、鋼鉄《こうてつ》のような硬《かた》さも感じた。先ほど触《ふ》れた、あの障壁《しょうへき》と同じものだ。要するに、渡《わた》り廊下《ろうか》を分断《ぶんだん》し、窓《まど》の外に見えていたあの障壁は、この少女が造《つく》り出したものだったのだ。

「な、何をした……？」

「見ての通り。人界の表層《ひょうそう》をちょっぴり分節乖離《セグメント》したのよ」

意味はわからないが、意図はわかる。つまり、閉《と》じ込《こ》められたのか。

「何で……？」

少女は閉じた扇《おうぎ》を唇に当て、誓護に妖艶《ようえん》な流し目を送った。

「ふふふ……アコニットは貴方《あなた》に興味《きょうみ》を持ったのよ。それに、貴方だって私と二人っきりで話がしたかった……そうでしょう？」

鋭《するど》い。誓護の本能《ほんのう》が警報《けいほう》を鳴らす。

「何を話しても外には聞こえないわ。……さあ、ないしょ話をしましょうよ」

不気味な謎《なぞ》の少女と一対一。ライオンの檻《おり》に放《ほう》り込まれたような気分だ。腰《こし》が引けるのを感じながら、それでも誓護は毅然《きぜん》として口を開いた。

「……君は何者だ。どこから、きた」

少女はむっとしたように顔をしかめた。

「その質問《しつもん》にはとっくに答えたはずよ……？」

「ああ、答えたさ。その答えが信じられないから訊《き》き直したんだ」

「信じられない……？」

すっと、目が細められる。まるで獲物《えもの》を見つけた肉食獣《にくしょくじゅう》だ。

「教誨師《グリモアリス》の使命が？　それとも、冥府《めいふ》からきたと言ったこと？」

「両方さ。信じられるわけないだろ、死後の世界なんて」

少女はくすくすと笑った。それこそ獣《けもの》のように、誓護の周囲をゆっくりと回る。軽くステップを踏《ふ》みながら、まるで優雅《ゆうが》な舞踏《ぶとう》のように。

「それはまた異《い》なことを言うわね。こうして異界の不思議を目《ま》のあたりにしてるのに……」

くるりとターンを決め、霧の障壁を扇で示《しめ》す。

「見えてるものを疑《うたが》うなんて、愚《おろ》かなことじゃない？」

「目に見えてる？　そんな理由で信じる方がマヌケだね。幽霊《ゆうれい》やあの世なんて、誰が創作《そうさく》したかわからないものを信じるよりは、自分の目を疑った方が合理的だ」

「貴方だけじゃないわ。大勢《おおぜい》の人間どもが見てるわよ」

「集団幻覚《しゅうだんげんかく》を知らないの？　大勢の人間が体感した――なんてことは、トリックの存在を疑う理由にはなっても、幽霊なんて概念《がいねん》を持ち出す理由にはならないよ」

「くふ……ふふふ……あはははは！」

とっさに扇で隠しきれないほど、少女は大笑いした。その笑顔《えがお》はあどけない少女のように清らかで、それが返って狂気《きょうき》じみた異質性《いしっせい》を強調していた。

「人間の自我《じが》は脳《のう》が生み出すもの。脳を持たない存在が人間の意識《いしき》を持つはずがない——すなわち、霊魂《れいこん》など存在しない……。貴方《あなた》、人間にしてはなかなか利口じゃない」

「そりゃどうも」

「でも、それはこの世を唯一《ゆいいつ》の世界と考えればこそ……。この世が欺瞞《にせもの》で、あの世こそが本当の『現《うつ》し世』だとしたら、どうかしらね？」

「……何だって？」

「鈍《にぶ》いわねぇ……。貴方たち人間がもともとあの世の存在だとしたら、と言ったのよ」

「————!?」

「おばかさんのためにたとえ話をしてあげるわ。たとえば……そうねぇ、貴方の肉体は、本当はガラスの水槽《すいそう》に入れられて、死ぬまで醒《さ》めない夢《ゆめ》を見ているの。人生と言う名の、愚かで、はかない、つかの間の幻想《げんそう》をね」

誓護は絶句《ぜっく》した。そんなのは、SFの世界の話だ。そんなのは……。

「この世は遊戯《ゆうぎ》のための仮想《かそう》世界。巨大《きょだい》なサーバーによって管理され、精密《せいみつ》にシミュレートされた、つまらない共通幻想。愚かな人間どもはその事実すら忘《わす》れて、欲望《よくぼう》のまま遊戯に耽《ふけ》っているのよ――そろそろ、私の言いたいことがわかったかしら？」

「それは、オンラインの……多人数同時参加型、ロールプレイングゲーム……？」

少女は返事をしなかった。が、その微笑《びしょう》は明らかに肯定《こうてい》の意をほのめかしていた。

「バカげてる！　そんなのは懐疑論《かいぎろん》だ！」

「ええ、そうよ。人間の世界でも、古くは哲学者《てつがくしゃ》が語り、空想の寓話《ぐうわ》で何度も取り上げられてきた……そして誰一人、最後までその可能性《かのうせい》を否定《ひてい》できなかった」

少女はそっと誓護の頰《ほお》に触れた。いとおしげにあごをなでる。確《たし》かに触れられている感じがするのに、その感覚はとても不確かで、とらえどころがなかった。血をまいて飛んだ姫沙の姿《すがた》が脳裏《のうり》をよぎり、恐怖《きょうふ》に全身がすくみ上がる。

「や、やめろ……」

「ねえ、素敵《すてき》だと思わない？　殺された人間――先に遊戯を終えた人間は、自分を殺した者の死を今や遅《おそ》しと待ち構《かま》えているの。やがてその時がきたら、殺人者を特別なサーバーへと転送する。そうして、いつ果てるとも知れない報復《ほうふく》の遊戯が始まるのよ」

少女の指が頰をすべり、こめかみをすべり、誓護の頭を抱《いだ》く。

「お楽しみの始まりよ。文字通り玩具《おもちゃ》にするのよ。感覚だけがどこまでもリアルに再現《さいげん》された世界で、罪人《ざいにん》は皮をはがれ、肉をそがれ、脂《あぶら》を焼かれ、骨《ほね》を砕《くだ》かれ……死ぬこともできず、何度でも甦《よみがえ》り、永劫《えいごう》の苦しみを味わうの。その怖《おそ》ろしい、監獄《かんごく》のようなサーバーを」

少女は誓護を背後《はいご》から抱《だ》きしめ、耳元で呪《のろ》わしげにささやいた。

「地獄と言うのよ」

それはまるで死者のため息のような、低く、湿《しめ》った声だった。

全身が萎《な》える。思わず倒《たお》れそうになるのをかろうじて踏《ふ》みとどまり、誓護はたずねた。

「……そんなSFみたいな話が、本当だって言うのか」

「おばかさん……。最初に言ったじゃない。ただのたとえ話よ、たとえ話」

「ふざけるな。本当のことを言え！」

「あら……」凄絶《せいぜつ》な笑《え》み。「それは死んでからのお楽しみでしょう？」

ぞくり、と冷たい戦慄《せんりつ》が走った。

怖《こわ》い。

少女の透明《とうめい》な声も、白い肌《はだ》も、紅《あか》い瞳《ひとみ》も、天使のような微笑《ほほえ》みも、美しいはずのものがことごとく怖い。

正体が、わからない。

意味もなく呼吸《こきゅう》が速くなる。動悸《どうき》がする。そのくせ、血液《けつえき》はちっとも回らない。

おののいてあえぐ誓護を、少女はあざけりの目で見下ろした。

「ふふふ、臆病者《おくびょうもの》……。そんなに私が怖ろしい？」

ぬーっと手が伸びてくる。誓護は凍《こお》りついた。上品なレースの手袋《てぶくろ》が今はこんなにもおぞましい。逃《に》げ出したいのに、足が縫《ぬ》いつけられたように動かない。指先はそっと誓護の鼻に触《ふ》れ、つつつ、と鼻骨《びこつ》をなぞって上がっていく。

「そんなに硬《かた》くならないでよ……。心配しなくても、教誨師《グリモアリス》はねぇ、こちらから人間を傷《きず》つけることは許《ゆる》されていないのよ。必要以上に関《かか》わることもね……でも！」

ずぶッ、と眉間《みけん》に指が突《つ》き刺《さ》さった。

痛《いた》みはない。が、誓護は危《あや》うく悲鳴をあげてしまうところだった。猛烈《もうれつ》な異物《いぶつ》感。すさまじい恐怖《きょうふ》が脳髄《のうずい》を駆《か》けのぼる。

少女は感触《かんしょく》を楽しむように、根元まで指を埋《うず》めたまま、ゆっくりと内側をかき回した。その表情《ひょうじょう》は恍惚《こうこつ》としている。誓護をなぶって悦《よろこ》んでいるのだ。

「そんな塵《ゴミ》みたいな法規《ルール》、このアコニットには何の意味もない。誰も私を支配《しはい》することはできないの。私だけが私を支配する――いいこと、人間？　貴方が生きるも死ぬも、すべては私の気分次第《しだい》……。せいぜい、私のご機嫌《きげん》を損《そこ》ねないことね！」

甲高《かんだか》い笑い声とともに指を引き抜《ぬ》く。誓護は床《ゆか》にくずおれ、無様に転がった。

「あら、痛《いた》かった？　ふふふ、感じやすいのね……」

「――――うっ⁉」

途端《とたん》に広がる胃酸《いさん》の味。内臓《ないぞう》がきゅううう、と収縮《しゅうしゅく》し、口から裏返《うらがえ》しに飛び出しそうになる。ぐっと力んで吐《は》き気を抑《おさ》え込む。唇《くちびる》から泡《あわ》があふれた。

「あはは、きったなーい」

少女は蔑《さげす》むように言い、きゃらきゃらと笑った。

誓護は床《ゆか》に手をつき、肩《かた》で息を整えた。

怖い。気持ち悪い。吐き気がする。思考も、理性も、ともすれば真っ白に消し飛びそうになる。それらを強引《ごういん》に呼び戻《もど》し、引き止め、声をしぼり出す。

「……罪人《ざいにん》を捜《さが》してる、って言ったな」

「ええ、そう。永劫死罪《しざい》に値する極刑囚《きょっけいしゅう》をね……」

「あの世の罪にも、時効《じこう》があるんだろ？」

「おばかねぇ……。この世の時間があの世で通用すると思うの？」

「……情状酌量《じょうじょうしゃくりょう》とか、そういうのは」

「酌量の余地《よち》があるのなら、教誨師《グリモアリス》が現《あらわ》れるはずないじゃない」

「じゃあ、ずっと前——子供《こども》の頃《ころ》に犯《おか》した罪なら⁉」

「言ったはずよ。この世は偽《いつわ》りの仮想世界……。子供だろうと何だろうと、魂《たましい》はとっくに成熟《せいじゅく》してる。もっとも根源《こんげん》的な戒律《マナー》は誰もが生まれながらに理解《りかい》してるの。環境《かんきょう》も、年齢《ねんれい》も、心の病《やまい》でさえも、冥府《めいふ》では何の言い訳《わけ》にもならないわ。ふふふ……残念ねぇ？」

逃《に》げられない、と思った。

そうだ、これは逃げられない。相手は普通《ふつう》の人間ではない。罪人とやらを見つけ出すまで、こんな拷問《ごうもん》を続けるつもりらしい。たった今自分がされたようなこと、先ほど姫沙がされたようなことを、いのりにされるのはごめんだ。そんなことは、絶対《ぜったい》にあってはならない。天地が引っくり返っても、相手が神でも、させるわけにはいかない。

だったら、どうする？

だったら——

覚悟《かくご》を決めるしか、ないじゃないか？

誓護は四つん這《ば》いのまま、渾身《こんしん》の力を振《ふ》りしぼって言った。

「……僕だよ」

少女は億劫《おっくう》そうに、そして怪訝《けげん》そうに緋色《ひいろ》の瞳を向けた。

誓護は立ち上がり、口元をぬぐって、もう一度言った。

「君が捜してる罪人は、僕だ」

少女の視線《しせん》がナイフの切っ先のように鋭《するど》くなる。

「わざわざ自分から申し出るなんて、さぞや自信があるんでしょうねぇ……。さっきのオバサンみたいな、塵《ゴミ》みたいな懺悔《ざんげ》を聞かされるのはごめんよ……？」

「心配はいらない。間違《まちが》いなく地獄《じごく》に行ける罪だよ」

「あら、まあ……」

ギラリ、と少女の紅《あか》い双眸《そうぼう》が光を放った。

「だったら、言ってごらんなさいよ……？」

どっどっどっ、と心臓《しんぞう》が暴《あば》れ出す。

罪人は地獄に堕《お》とされる。未来永劫《えいごう》、終わりなき責《せ》め苦を加えられる。

その言葉を鵜呑《うの》みにしたわけじゃない。そうじゃないのに——てのひらがじっとりと汗《あせ》ばみ、
膝《ひざ》がカタカタと笑い出した。

一際《ひときわ》大きく深呼吸《しんこきゅう》。それから、誓護ははっきりと告げた。

「両親を殺したのさ。僕がこの手で」

# Chapter 2【猛毒《もうどく》のマニュアル】

## Episode 03

兄がいました。

誰《だれ》より強くて、優《やさ》しい兄でした。

兄は大罪《たいざい》を犯《おか》し、この世ならざる者となりました。

## Episode 16

「親を殺した、ですって……？」

ルビー色の瞳が誓護《せいご》を映《うつ》す。X線で透《す》かし見るような強い視線《しせん》だ。……が、誓護はもうそれくらいではひるまない。完全に開き直り、軽口を叩《たた》くように言った。

「ああ、そうさ。とりあえず、自己紹介でもしとく？」

「けっこうよ。人間の名前なんて聞きたくもないもの」

邪険《じゃけん》に言い捨《す》てる。聴取《ちょうしゅ》や尋問《じんもん》はまず名前からと思って気を利《き》かせたのだが。

「ふふふ……親殺しなんて素敵《すてき》だわ。尊属殺《そんぞくさつ》は重罪中の重罪よ。煉獄《れんごく》に堕《お》ちたら、親だった連中にさんざん遊んでもらえるでしょうねぇ……」

口ぶりとは裏腹《うらはら》に、少女はあまり嬉《うれ》しそうではなかった。

「……本当の話なの？」

「今さら嘘《うそ》ついてどうすんだよ」

「だったら、証拠《しょうこ》を見せてもらわなくちゃ……」

「証拠だって？　そんなものが残ってたら、完全犯罪《はんざい》なんて成立するはずないだろ」

「おばかねぇ……。人間どもには見えない証拠があるのよ。フラグメントがね……」

「……何だよ、それ」

「残滓条痕《フラグメント》よ。たとえて言うなら、時間という名の書物の断章《だんしょう》」

「時間？　書物？　おい、僕にもわかるように言ってくれ！」

誓護がむきになって食いつくのを見て、少女はくすくすと笑った。

「貴方《あなた》が罪《つみ》を犯したのはどこ？　その場所に案内しなさい」

どうやら、焦《じ》らすことに決定したらしい。なかなかにサド気質《きしつ》だ。

ここで反発するのは逆効果《ぎゃくこうか》か。誓護は不承不承《ふしょうぶしょう》うなずいた。

「……わかったよ。でも、その前にこれを壊《こわ》してもらわないと」

こんこん、と霧《きり》の障壁《しょうへき》——少女はセグメントと呼んでいた——を叩《たた》く。

少女は唇《くちびる》を〈ヘ〉の字に歪《ゆが》めた。指図されたのが気に食わないらしい。

不機嫌《ふきげん》そうに扇《おうぎ》の先端《せんたん》をぶつける。すると、あれほど堅固《けんご》だった障壁にたやすくヒビが入り、亀裂《きれつ》は縦横《じゅうおう》に枝分《えだわ》かれし、あっけなく粉々になった。

「いのり！」

誓護は飛び出し、そして驚《おどろ》いて立ち止まった。

「…………!?」

一面、モノクロ写真の世界だった。色彩《しきさい》がなく、濃淡《のうたん》のみで描画《びょうが》されている。

いや、自分には色がある。背後《はいご》の銀髪《ぎんぱつ》の少女にも。

灰色《はいいろ》の世界は凍《こお》りついたように動かない。一同は礼拝堂《れいはいどう》の入口、先ほどまで誓護が閉《と》じ込められていたあたりを凝視《ぎょうし》したまま、驚愕《きょうがく》の表情《ひょうじょう》で固まっている。

いのりもまた、真白《ましろ》に抱《かか》えられて、動かなくなっていた。

「いのり……」

「下手に触《ふ》れると崩《くず》れるかもよ？」

びくっとして手を引っ込める。

「な……何だよ、これ！　おい！　いのりに何しやがった!?」

「血相が変わったわね。ふふふ……そんなにその子が大事？」

挑発《ちょうはつ》的な微笑《びしょう》。扇で隠《かく》し、流し目を送る。

「言わせてごらんなさいよ……。私がその子をどうしたか……」

「……いいぜ。でも君のセリフが気に入らなきゃ、僕はまた罪を犯すことになる」

「あら……。できる？」

「できるかどうかなんて、今は問題じゃないだろ？」

二つの視線がせめぎ合う。一触即発《いっしょくそくはつ》の空気が見る見る膨《ふく》らみ、破裂《はれつ》する寸前《すんぜん》、

「ふん……くっだらない」

飽《あ》きたのか、少女はあっさりとにらめっこをやめた。

「……時間の流れを凍結充塡《ストレージ》したのよ。人間は騒《さわ》がしいし……残滓条痕《フラグメント》を集め終わる前に、罪人に逃《に》げられたら困《こま》るでしょう？」

単語の意味はよくわからなかったが、とりあえず死んでいるわけではないらしい。危害《きがい》を加えるつもりもないようだ。誓護の肩《かた》から力が抜《ぬ》けた。

「何をしたか知らないけどさ、僕たちは大丈夫《だいじょうぶ》なんだろうな？」

「そうねぇ……貴方はどうかしら？」

「何か気になる言い方なんですけど⁉」

「交信規約《プロトコル》の穴《あな》をついてるんだもの、安定してはいないわ。窒息《ちっそく》しそうになったり、破裂《はれつ》しそうになったり、手足がもげそうになったら言いなさい」

「もげ……っ」

誓護は後ずさった。肉体を破壊《はかい》される恐怖《きょうふ》は、死の恐怖とはまったく別次元の問題だ。

「さあ、とっとと案内しなさいよ」

少女の声に追い立てられ、後ろ髪《がみ》引かれながら、いのりの側《そば》を離《はな》れる。

しかし、数秒と経《た》たないうちに、今度は姫沙《きさ》の方に引き寄《よ》せられてしまった。

姫沙は長椅子《ながいす》にもたれかかり、ぐったりしていた。やはり裂傷《れっしょう》、それから火傷《やけど》を負っている。

衣服は肩のあたりまで焼失しているが、火傷はさほどでもなく、裂傷の方もヒフが裂《さ》けた程度《ていど》らしい。とは言え、早めに手当てしてあげたい。

(……どうかしてるな、僕は)

姫沙はにっくき叔父《おじ》の秘書《ひしょ》。まさに腹心《ふくしん》とも言うべき存在《そんざい》で、叔父の動向や私生活《しせいかつ》の大部分を把握《はあく》している。むしろ消えてくれた方がいい。

いや……、と思い直す。それは違《ちが》う。叔父の腹心なればこそ、利用価値《かち》がある。だからこそ手当てをして、恩《おん》を売る。それだけだ。

「モタモタしないでよ……」

少女の声にイラ立ちが混《ま》じった。

「疲《つか》れるじゃない……。今すぐ殺すわよ?」

「この世は仮想現実《にせもの》。人間は死んでも死なないんだろ?」

誓護は混ぜ返した。少女は面食らったらしく、ぱちぱちとまばたきした。

憎々《にくにく》しげに舌打《したう》ちする。

「おかしな人間……。さっきはあんなに怯えてたくせに」

「どうせ僕は地獄《じごく》行きだしね。今さらビビることもないかなって」

「……やっぱり、おかしな人間だわ。これから自分の罪科《ざいか》を証明《しょうめい》しようってのに。——ああ、どうしようもないおばかさんなのね。そう考えれば辻褄《つじつま》が合うわ」

「そういうツジツマ合わせ、やめてもらえません？」

ともかく、灰色の礼拝堂を後にする。

その外、玄関《げんかん》ホールも灰色だった。ただでさえ薄暗《うすぐら》いのに、何とも気が滅入《めい》る。

「それにしても、すごいな。周りの時間を止められるなんて」

さすがにここまでくると、少女が異世界《いせかい》の存在《そんざい》だと信じたくなる。

素直《すなお》に感心して言ったのに、少女は小馬鹿《こばか》にしたように笑った。

「貴方《あなた》、考え違《ちが》いをしてるわね……。凍結《とうけつ》したのは、私と、貴方の時間よ」

「え——ああ——あれ？」

「……どうせわからないわ。キリキリ歩きなさい」

腑《ふ》に落ちないものはあったが、逆《さか》らわず、言われるまま足を速める。

誓護は次第《しだい》に言葉少なになり、硬《かた》い動きでホールの階段《かいだん》を上がった。その後ろを、少女はふわりふわりと、月面を跳躍《ちょうやく》するような動きでついてくる。ともに、二階へ。玄関《げんかん》ホールの真上、吹《ふ》き抜けを囲う回廊《かいろう》を回り、礼拝堂《れいはいどう》を迂回《うかい》する廊下を直進。その途中《とちゅう》の壁《かべ》に、バルコニーに出るためのガラス戸がある。

ガラス越《ご》しに外を眺《なが》めて、うんざりした。例によって、外は霧《きり》の障壁《しょうへき》に覆《おお》われていた。かろうじてバルコニーの様子はわかるが、外界からは切り離《はな》されてしまっている。

「……ここ？」

少女がだるそうにつぶやく。誓護は我《われ》に返った。

「……ここだよ。このバルコニーで、僕の両親は死んだんだ」

「ここで……？」小首を傾《かし》げる。「それはいつ？」

「五年前の今日」

「五年ですって……？」

少女は怪訝《けげん》そうにつぶやいた。考え込むときの癖《くせ》なのか、閉《と》じた扇《おうぎ》を唇《くちびる》に当てる。

「たった五年で……あんなに劣化《れっか》すると言うの……？」

「何か言った？」

「……下がってなさい」

少女は左手を唇に近付けた。

彼女の両手の薬指には、それぞれ一つずつ指輪がはめられていた。二匹《ひき》の蛇《へび》がからまり合いつつ互《たが》いの尾《お》を噛《か》む、という凝《こ》ったデザインで、一匹は銀、一匹は金で作られている。何か魔《ま》力《りょく》でも秘《ひ》めているのか、そこだけ火をともしたように、ぽっと青白く光っていた。

少女は左手の指輪にキスをして、紅《あか》い目を閉じ、何やら念じ始めた。

誓護はおや、と思った。少女の表情《ひょうじょう》はひどく険《けわ》しい。眉間《みけん》には深いしわが刻《きざ》まれ、目元はぴりぴりと強張《こわば》っている。血の気の失《う》せたひたいには汗《あせ》が浮《う》いていた。何と言うのか……この人形のような少女には似《に》つかわしくない表情だ。

それほどに労力を要する作業なのだろうか。少女の肩《かた》は不自然に震《ふる》えていた。尋常《じんじょう》ならざる気配に驚《おどろ》き、誓護は思わず少女の方に手を伸《の》ばした。

「おい、大丈夫《だいじょうぶ》か——って、うわっ⁉」

不意に、ぼうー、と男の姿《すがた》が浮《う》かび上がった。

あまりに突然《とつぜん》のことだったので、思わず尻餅《しりもち》をついてしまう。

「これが……フラグメント？」

「……いいから、おばか面《づら》で見てなさい。貴方が大罪《たいざい》を犯《おか》すところをね」

少女が熱い息を吐《は》く。ひたいをすべり落ちた汗が銀髪にからまり、きらりと光った。

Episode 06

男は石の手すりにひじをつき、退屈《たいくつ》そうに日没《にちぼつ》を眺めていた。

二階からの眺めだが、修道院《しゅうどういん》は小高い丘の中腹《ちゅうふく》にあるため、眺望《ちょうぼう》は決して悪くない。遠くには燃《も》え尽《つ》きる寸前《すんぜん》の夕陽《ゆうひ》。見下ろす街も、手前の林も、うっすらと雪化粧《ゆきげしょう》していて、ぼんやりオレンジ色に染《そ》まっていた。

「お待たせ～」

軽薄《けいはく》な声とともに、けばけばしい女がバルコニーに出てきた。男よりは大分若《わか》いが、それでも中年に差しかかっている。肌《はだ》は化粧疲《づか》れでハリがなく、瘦《や》せてはいるが病的だ。身に着けた大量の貴金属類《ききんぞく》がまぶしい。服装《ふくそう》も派手《はで》好みで、てかてかと光る毛皮のコートに少女趣味《しゅみ》のふわりとしたミニスカート。寒空の下、そうするのが義務《ぎむ》であるかのように、たるんだふとももをむき出しにしている。

男はそちらを一瞥《いちべつ》しただけだった。彫《ほ》りの深い顔には何の感動も浮かんでいない。食べ飽《あ》きたメニューの食品サンプルを見るような、冷ややかな嫌悪《けんお》があるだけだ。

この男女が、誓護の両親だった。

「冷えたでしょ？　はい、ホットチョコレート」

女は両手に一つずつ、林檎《りんご》のような赤いカップを手にしていた。カップの中には銀のスプーン、そして湯気を立てる黒い液体《えきたい》が入っている。甘《あま》ったるい香《かお》りがバルコニーに漂《ただよ》う。

女にカップを差し出されても、男は不審《ふしん》そうに見つめただけだった。そっけなくあごをしゃくり、『そこに置け』と身ぶりで示《しめ》す。

「なーに、疑《うたが》ってるのぉ？　毒なんて入ってないわよ、ほら！」

女はむっとして片方《かたほう》に口をつけ、『平気でしょ？』とアピールし、腹《はら》いせのようにスプーンでかき混《ま》ぜてから、カップを手すりの上に置いた。

それから、すねたように唇《くちびる》をとがらせた。

「ただ、最後に……一つくらい、きれいな思い出が欲《ほ》しかっただけ」

男は横目で女を見た。しばらくして、億劫《おっくう》そうに手を伸ばす。男が手にしたのは、女が口をつけた方だった。女は肩をすくめ、残った方を手に取った。

それからしばらく、両親は無言でホットチョコレートを飲んでいた。

ふと思い出したように、女が封筒《ふうとう》を取り出した。男の方は見ず、腕《うで》だけで突《つ》き出す。

「はい、お望みのもの。離婚届《りこんとどけ》。不備《ふび》はないはずよ」

「ほう……いいのか？」

「まあ、断《ことわ》る理由もないしね。娘《むすめ》もそっちで面倒《めんどう》見てくれるんでしょ？　あたしはあたしで、恋人《こいびと》とよろしくやるわよ」

「ふん……あれっぽっちの金で承諾《しょうだく》するとは意外だな。お前のような守銭奴《しゅせんど》が」

男はにやっとあざけりを浮かべ――そしてその表情《ひょうじょう》を凍《こお》りつかせた。

「が……ッ⁉」

カップを放《ほう》り出し、両手で喉《のど》を押さえる。

荒々《あらあら》しく倒《たお》れ込《こ》み、のたうち回って七転八倒《とう》。しかし、それもごく短時間のことで、間もなく動作は緩慢《かんまん》になり、男は身動きできなくなった。

「くふ……、あは……、あははっ。あーら、残念だったわねえ?」

男のひどい有様を見て、女は心地《ここち》よさげに笑い出した。

「あれっぽっちの金で満足するはずがないって? その通りよ、ばぁーか。おっしゃる通り、あたしゃ守銭奴ですのよ、旦那《だんな》さま! あんな小娘《こむすめ》に、あたしのお金をかっさらわれてたまるもんですか。うふん、いい格好《かっこう》……あーら、もうお休みになる? そう、残念ねえ〜。もっとおしゃべりしたかったのに。……ふふ、もう聴《き》こえてないわね」

はあはあと息を乱《みだ》しながら、興奮《こうふん》ぎみに頬《ほお》を紅潮《こうちょう》させて、女は二枚《まい》の銀紙――チョコレートの包み紙を取り出した。派手な付け爪《づめ》で器用《きよう》につまみ、男の手に握《にぎ》らせる。

「さあ、急いで助けを、呼《よ》ばなくちゃ……」

すう、と息を吸《す》い込む。だが、声は出せなかった。

「――――!?」

驚愕《きょうがく》と恐怖《きょうふ》で目が一杯《いっぱい》に見開かれる。黄ばんだ眼球《がんきゅう》が半ば飛び出し、どす黒い静脈がぼこりと浮き出て、厚化粧《あつげしょう》が水涸《みずが》れの田畑のようにひび割《わ》れた。人間にこれほど醜《みにく》い表情ができるのかと思うほど、醜く歪《ゆが》んだ表情だった。

最期《さいご》の気力を振《ふ》りしぼって、白目をむきながらも、女はテーブルの上に手を伸ばす。だが、指は届《とど》かない。付け爪がテーブルに引っかかり、ぱきんっと取れた。

折り重なるように両親が倒れた直後、小さな足音が近付いてきた。

足音の主がガラス戸の向こうに現《あらわ》れる。大人びた顔立ちの少年だ。きちんとネクタイをしめ、シャツの上からチェックのセーターを着込んでいる。地の明るい茶色の髪《かみ》、利発そうな飴色《あめいろ》の瞳《ひとみ》……それは一二歳の誓護だった。

ガラス越《ご》しに両親を見て、誓護は真っ青になった。

よろよろとガラス戸にもたれかかる。うつむき、がくがくと震《ふる》える。小さな喉仏《のどぼとけ》が上下し、今にもほとばしりそうな悲鳴を必死に殺す。

やがて、誓護は気丈《きじょう》に前を向いた。音もなくバルコニーへ。あたりをうかがいながら、少しずつ両親の死骸《しがい》に近付いて行く。歩きながら手袋《てぶくろ》を取り出し、両手にはめた。

テーブルの上を注視《ちゅうし》する。母の手がそちらに伸《の》ばされているのが気になった。

封筒。手に取って裏返《うらがえ》す。表には『離婚届』とメモ書きされていた。

封を切る。指先が震えているので、そんな作業にも手間取った。

中には別の封筒が入っていた。毛筆《もうひつ》で『遺書《いしょ》』と書かれた、いかにもなシロモノだ。

確《たし》かめてよかった……、という顔で冷や汗《あせ》をぬぐう。

遺書を母の手に握らせる。それから、腰《こし》のポケットからひと粒《つぶ》のチョコレートを取り出して、離婚届の封筒に入れ、ぐしゃぐしゃに丸めた。慎重《しんちょう》に周囲を見渡《みわた》し、誰《だれ》の目もないことを確認《かくにん》してから、ステップを踏《ふ》んで思い切り遠くに放《ほう》り投げる。

見事な放物線。丸めた封筒は林の中に吸い込まれ、音もなく雪の下に消えた。

誓護はその結果に満足すると、急いで屋内に引き返し、既《すで》に手遅《ておく》れの助けを呼んだ。

Episode 17

映像《えいぞう》が途切《とぎ》れても、しばらく口がきけなかった。

呼吸《こきゅう》が一定しない。動脈がきしむくらいに脈打っている。

こういうものだとはうすうす察していたはずなのに……。あまりに鮮明《せんめい》な二人の姿《すがた》、ありし日の両親の姿に、その断末魔《だんまつま》の生々しさに、完全にのみ込まれてしまっていた。

改めて、殺人という罪の重さを知る。

両親は苦しんで死んだのだ。酸素《さんそ》を求めてもがき、もっと生きたい、こんな死に方はしたくないと、すがるような目をして、しかし救われることなく逝《い》った。

あの二人は『敬虔《けいけん》なクリスチャン』などではない。むしろソドムやゴモラの住人、背教者《はいきょうしゃ》だ。

それでも最期の瞬間《しゅんかん》は、きっとこう思ったに違いない。

神さま、助けてください、と。

「ふ……ふふ……」

誓護の喉を、引きつった笑いが勝手に震わせた。

「計画したのはあの人だったんだ。父さんに離縁《りえん》されそうになってね……」

だんだんハイになってくる。誓護はべらべらと続けた。

「父さんが無理心中をはかったように見せかけ、自分だけ助かる算段《さんだん》だった。ははっ、浅はかな人だよ。誰がアンタと心中なんか考えるかって。でも、あの人は本気で、そして実行した。凶器《きょうき》は青酸《せいさん》入りの毒チョコ——とびきりビターなヤッさ。カップを渡《わた》す直前、そいつを沈《しず》めておくんだ。スプーンでかき混《ま》ぜりゃ、普通《ふつう》より早く毒が溶《と》け出して……」

自分は毒に触《ふ》れることなく、何も知らない相手だけが死ぬ。そして警察《けいさつ》が駆《か》けつける頃《ころ》には、溶け出した毒が両方のカップから見つかる——という寸法《すんぽう》だ。

「僕はそのことを事前に知った……。だから凶器を失敬して、先に溶かしておいたんだ」

にこりと笑って、背後の少女を振り向く。

「どうだい、見たろ、見事な証拠隠滅《しょうこいんめつ》。ブッは春まで出てこなかったよ」

しかし、少女の反応《はんのう》は真冬の外気よりも冷え切っていた。

「あきれたおばかさん……」

少女は見るからにうんざりしていた。嘲笑《あざわら》うのを通り越《こ》して笑えなくなっている。視界に入れるのも不愉快、という目つきで誓護をにらんでいた。

「え……あれ？　何で怒《おこ》ってるの？」

「言わなきゃわからない？　本当の本当に、反吐《へど》が出るようなおばかさんね。トーフの角に頭をぶつけて死ぬ方法でも考えたらどう？」

少女はしばらく誓護を罵《ののし》っていたが、いつまでそうしていてもラチが明かないと悟《さと》り、心底軽蔑《けいべつ》した表情《ひょうじょう》で左手の指輪にキスをした。

「……見せてあげるわ」

ちょっと泣きそうになっている誓護の前で、再《ふたた》び記憶《きおく》の残滓《ざんし》が像《ぞう》を結ぶ——

Episode 10

映像はひどく乱《みだ》れて不鮮明だった。

砂嵐《すなあらし》ふうのノイズが混《ま》じり、半透明《はんとうめい》のゴーストが入る。まるでアンテナの壊《こわ》れたテレビ。激《はげ》しい雑音《ざつおん》が邪魔《じゃま》して、声もほとんど聞き取れない。

それでも、おぼろげに背景が見えてくる。

暗い。照明の落ちた室内だ。天井《てんじょう》が高い。整然と並《なら》べられた長椅子《ながいす》。十字架《じゅうじか》と立像。観音開《かんのんびら》きの重厚《じゅうこう》な扉《とびら》……。どうやら礼拝堂《れいはいどう》らしい。時刻《じこく》は夜だろう。

中央に男女が立っている。

いや、はっきりと男女とは言い切れない。人相も服装《ふくそう》も判然《はんぜん》とはしない。大きい方は誓護と大差ない体格《たいかく》で、小さい方は小柄《こがら》な女性《じょせい》か、あるいは痩《や》せた少年くらい。スカートのようなものをはいている。エプロンかも知れない。

二人は口論《こうろん》の最中らしい。男（？）が大げさな身振《みぶ》りで何事か訴《うった》えている。懇願《こんがん》と言ってもいい卑屈《ひくつ》な態度《たいど》だ。しかし、女(?)はまったく取り合わず、冷淡《れいたん》に背《せ》を向けている。まったく振り向こうともしない。明確《めいかく》な拒絶《きょぜつ》の意志《いし》。

男はさらに熱っぽく説得を続けたが、甲斐《かい》がないとわかると、急に大人しくなった。

あきらめたのではない。

爛々《らんらん》と目を光らせ、じりじりと女に近付いて行く。その両手が鉤爪《かぎづめ》のように開かれる。さらに忍《しの》び寄《よ》る。もう一足飛びに詰《つ》められる距離《きょり》……。

女は気付かない。

沈黙《ちんもく》。

ふと、女が耳をうごめかせた。違和《いわ》感を覚えたらしい。怪訝《けげん》そうに背後《はいご》を振り向く――

その刹那《せつな》、男は女の首に飛びかかった。

力任《ちからまか》せに絞《し》め上げる。女が抵抗《ていこう》すると、恐《おそ》るべき膂力《りょりょく》で壁《かべ》に叩《たた》きつけ、即座《そくざ》に引っぺがし、今度は床《ゆか》に叩きつけた。情《なさ》け容赦《ようしゃ》のない攻撃《こうげき》だ。完全に理性《りせい》のタガが飛んでいる。女の体がもしも粘土《ねんど》でできていたら、きっと平べったくなっていただろう。

女は見事に後頭部を強打した。角度がきつい。間違いなく致命傷《りめいしょう》を負った。

それでも、男は止まらなかった。ぐったりとした女の上にまたがり、さらに首を絞める。

それから数秒――いや、もっとか。

突然《とつぜん》、男は動きを止めた。あわてた様子で飛びのき、女を揺《ゆ》さぶる。

女は動かない。息をしている気配もない。

男は仰向《あおむ》けに引っくり返った。尻《しり》をずって下がる姿が情けない。そのまま、もつれる足で礼拝堂を逃げ出《に》そうとして……途中《とちゅう》で立ち止まった。

冷静さを取り戻《もど》したのだろう。逃げても仕方ないと判断《はんだん》したか。礼拝堂をすみずみまで眺《なが》め、状況《じょうきょう》を目で確認《かくにん》する。しばしの黙考《もっこう》。やがて、男は行動を開始した。

女の足をつかみ、引きずって長椅子のあいだに隠《かく》す。それから入口の前に立ち、聞き耳を立て、ひと気がないのを確認してから、再び女を引きずり出し、肩《かた》に担《かつ》いだ。

再度《さいど》、廊下《ろうか》の様子を確認。男は慎重《しんちょう》に、しかし迅速《じんそく》に、礼拝堂を出て行った。

罪人《ざいにん》の去り行く一部始終を、十字架の救世主が見つめていた。

Episode 18

「……あー」

と言ったきり、誓護はしばらく日本語を忘《わす》れた。

胸《むね》の悪くなる映像《えいぞう》だった。だが、問題はそんなことではない……。

男の背《せ》格好《かっこう》に見覚えがある。だが、もちろん、そんなことも問題ではない……。

「あのさ、今すっごいことに気付いたんだけど」

「何よ」

少女はさもうるさそうに返事をした。こちらを見向きもしない。

「僕《ぼく》ってさ、もしかして……すっごいマヌケじゃない？」

「もしかなんてしなくても、今も昔もこれからも未来永劫《えいごう》すっごくおまぬけよ」

少女は冷たかった。いや、もともと冷たかったわけだが、氷点がマイナス四〇℃になったくらいの違《ちが》いはある。その不機嫌《ふきげん》は疲弊《ひへい》のせいばかりではないだろう。

「問われてもいない罪を教誨師《グリモアリス》に告白するなんて、おばかの極《きわ》みだわ」

言葉のナイフがザックリと胸をえぐる。だが、確《たし》かに少女の言う通りだ。少女が探《さが》していたのは誓護の両親を死に至《いた》らしめた毒殺事件《じけん》ではなく、こちらの絞殺事件の犯人《はんにん》……。勝手に早とちりして、地獄《じごく》の使いに自ら罪を暴露《ばくろ》してしまうとは。

少女はよほど腹《はら》に据《す》えかねたらしく、しばらくぶちぶちと独《ひと》り言を言っていた。

「ばかみたい……。このアコニットともあろう者が何て体《てい》たらく……。凍結充填《ストレージ》まで使ったのに……。これじゃ、私までおまぬけな子じゃない……」

「あのー、お取り込み中すみませんけど、僕はどうなる——」

終わりまで言うことはできなかった。

バチッ、という音とともに少女の眉間《みけん》から火花が飛ぶ。比喩《ひゆ》じゃなく、火花が。それは一種の放電現象《げんしょう》だったらしく、誓護の前髪《まえがみ》が焦《こ》げ、きな臭《くさ》いにおいが漂《ただよ》った。

「いいこと、愚《おろ》かでおまぬけな人間……。アコニットは考え事をしているの。その薄汚《うすぎたな》い口を今すぐつぐまないと、私自身の手で塞《ふさ》ぐわよ……？」

明らかに八つ当たりだ。ぞっとするほど酷薄《こくはく》な笑《え》みを浮《う》かべている。

「貴方《あなた》がどうなるか、ですって？　ふん、面倒《めんどう》だから今すぐ極刑囚《アダム》の烙印《らくいん》を……」

少女の黒い手袋《てぶくろ》がひたいに迫《せま》る。ぬめりとした生地の質感《しっかん》が恐怖《きょうふ》を一層《いっそう》駆り立てる。さすがにこれまでかと覚悟《かくご》したとき、

「ふふふ……」

少女は唐突《とうとつ》に笑い出した。意味ありげな流し目。それから、こんなことを言った。

「何だったら、貴方のおまぬけを見逃《みのが》してあげてもいいわよ？」

「————え？」

「聞こえなかったのかしら？　無罪放免《むざいほうめん》にしてあげると言ったのよ」

誓護は皮肉っぽく笑い返した。

「当然、何か条件《じょうけん》があるんだろ？」

「察しがいいわね……。そういうところは嫌《きら》いじゃないわ」

少女は自分の胸《むな》もとに手を当て、くるりと回り、歌うように言った。

「貴方はこのアコニットと賭《か》けをするの」

「賭け？」

「私の下僕《げぼく》となり、私に代わって罪人を見つけ出すのよ」

誓護はあんぐりと大口を開けた。『はあ？』と確かめたい気分だった。

「夜明けまでに教誨師《グリモアリス》の務《つと》めを果たせたら、毒殺の罪は見なかったことに、告白は聞かなかったことにしてあげる。どう、悪くない話でしょう……？」

「いや、最悪だね」

ぴたり、と少女の動きが止まった。瞳《ひとみ》だけでこちらを見る。

「何ですって……？」

「だって、話がうますぎるじゃないか。僕は親殺しの罪人——その事実は変わらない。追われる者の僕に、追う者の君が便宜《べんぎ》をはかってくれる理由がわからない」

「……私が貴方に好意を持った、というのは理由にならない？」

「チチチ、冗談《じょうだん》を言っちゃいけない。僕は女の子に好かれたためしがないんだ」

「この世で一番悲しい告白ね」

「グス……ッ、やっぱそうですよね？」

「……ふん、いちいち理由が必要だなんて、面倒《めんどう》な下僕」

「とっくに奴隷扱《どれいあつか》い⁉」

少女は扇《おうぎ》を唇《くちびる》に当て、考えるような間を取った。

「……そうねぇ、強《し》いて言うなら暇《ひま》つぶし、かしら。愚《おろ》かな人間が我《わ》が身可愛《かわい》さに必死になって奔走《ほんそう》するなんて、実に滑稽《こっけい》な見せ物でしょう？」

「何とまあ、悪趣味《あくしゅみ》な……」

「努力や苦労なんてものは、このアコニットには相応《ふさわ》しくないの。こんな汚《きたな》らしい建物の中、残滓条痕《フラグメント》を求めてうろつき回るなんてごめんよ……」

まるでお嬢《じょう》さまのようなことを言う。実際《じっさい》、深窓《しんそう》のご令嬢なのかも知れないが。

「どう？　これで満足？」

「オッケー。その話、のった」

拍子抜《ひょうしぬ》けしたらしい。少女はぽかんとして、次にイライラと扇を握《にぎ》りしめた。

「……文句《もんく》を並《なら》べたわりに、ずいぶんあっさり承諾《しょうだく》するのね」

「当然。だって、もとから僕には選択《せんたく》の余地《よち》がないんだぜ？」

うますぎるかどうかなんて問題じゃない。誓護にはもはや申し開きの方法もないし、いのりを盾《たて》に取られでもしたら、どのみち従《したが》うしかないのだ。

少女がキリッと唇を噛《か》む。剣呑《けんのん》な空気が漂《ただよ》い、バチバチと放電現象が生じた。

「まさか貴方……このアコニットを試《ため》したの……？」

「や、ちょッ、ストップ！　素直《すなお》な疑問《ぎもん》をぶつけただけですよ⁉」

もちろん、試したのだ。腹《はら》を探《さぐ》ったと言ってもいい。

人間人間とバカにしているが、この少女の思考は人間と大して変わらない。それも、決して老成した人間の思考ではなく、もっと幼《おさな》いということもわかった。誓護が受けた感じでは、自分とさほど変わらない年代の少女――。いや、ひね者じみてきた自分に比《くら》べたら、少女の方がよほどストレートで、わかりやすい人格《じんかく》だ。

それだけわかれば、推測《すいそく》できる。交渉《こうしょう》できる。利用できる。

コントロール、できる。

「……人間はどれもこれも吐《は》き気を催《もよお》させる存在《そんざい》だけど」言葉通り、少女は吐き捨《す》てるように言った。「貴方は特に嫌《きら》いなタイプだわ」

誓護は苦笑《くしょう》した。「好きって言ったり嫌いって言ったり……」

「好きなんて言った覚えはないわ。嫌いじゃないと言ったのよ」

「はは、むきになっちゃって――うわちッ!?」

「……気が変わったわ。そのへらず口を今すぐ消し炭《ずみ》にしてあげる」

「熱ッ、熱い!? ちょっとお嬢《じょう》さん落ち着いて!」

いきなりコントロール不能《ふのう》の窮地《きゅうち》。ぼっ、ぼっ、と連続的に咲《さ》く炎《ほのお》の花にあぶられ、誓護の髪《かみ》とか肌《はだ》とか制服《せいふく》とか、あちこちから煙《けむり》が上がった。

「と、とにかく主従《しゅじゅう》関係成立だろ? はい乾杯《かんぱい》! はい握手《あくしゅ》!」

「…………ふん」

差し出された手を一瞥《いっべつ》しただけで、少女は握手には応《おう》じなかった。

その代わり、自分の右手から蛇《へび》の指輪を引き抜き、誓護の手に押《お》しつけた。

「――――!?」

少女が指輪を手放した瞬間《しゅんかん》、彼女が垂《た》れ流していた妖気《ようき》――黒いもやのような、陽炎《かげろう》のような、おどろおどろしい気配が消えた。まるで誰かが吹《ふ》き消したみたいに！

それと同時に、モノクロだった壁《かべ》が、床《ゆか》が、照明が、次々に色彩《しきさい》を取り戻《もど》した。風の音やガラスのきしみが戻ってきて、逆説的《ぎゃくせつ》に、それまでどれほど静寂《せいじゃく》だったのかを知る。

やがて修道院《しゅうどういん》が完全に色と音とを取り戻したとき、誓護の目の前にはごく普通《ふつう》の（ちょっと態度がよろしくない程度《ていど》の）女の子が立っていた。

忌《い》ま忌ましそうに顔を背《そむ》け、目を合わせようとしないのも、あの猛然《もうぜん》たる妖気がなければ、小娘《こむすめ》がむくれているようにしか見えない。

こうして不吉《ふきつ》さと不気味さを取り除《のぞ》いて見ると、本当にきれいな少女だった。

髪はあたかも銀糸のようで、さらさらとしなやかに肩《かた》にこぼれ、わずかな灯《あか》りでもまばゆく輝《かがや》いている。瞳《ひとみ》は相変わらずルビー色だったが、今は鮮血《せんけつ》よりも宝石《ほうせき》の印象が強く、単純《たんじゅん》に美しいと思えた。肌は真珠《しんじゅ》のようにつやつやと光り、プリンのようにぷるぷるだ。誓護の肩までしかない身長も、突《つ》けば折れそうな手足も、いかにも頼《たよ》りなく、か弱くさえ見える。

貴金属《ききんぞく》の絢爛《けんらん》なきらめきと、野に咲く小花の可憐《かれん》さ。

相反する両極《りょうきょく》の美が見事に融合《ゆうごう》している。正直、こんな状況《じょうきょう》じゃなかったら、お茶の一杯《ぱい》でもご一緒《いっしょ》願いたいところだ。

「……何よ。おばかさんがおばか面《づら》さげちゃって」

「いや、何か普通になったなーって」

「……存在系《コーデック》が変わったから」

「コーデック？　どういう意味？」

少女はひどく言いにくそうにした。しかし、結局は言った。

「……魔力《ちから》が弱まったのよ」

「ふーん。でも、素直にきれいだなーって思えるよ。人間の女の子みたいってえッ⁉」

「人間風情《ふぜい》がナメた口をきくからよ」バチバチ。

「くっそ、何かっちゃあバチバチバチバチ……」

焼けた手首にふうふうと息を吹きかける。力が弱まっても、放電攻撃《こうげき》は可能《かのう》らしい。

「で、このリングは？」

「……〝プルフリッヒの振《ふ》り子〟」

「振り子って……リングじゃん」

「愚図《ぐず》愚図言ってないで、左手の薬指にはめなさい」

「薬指？　うわぁ、何かドキドキしない？」

ガツン、と右頬《みぎほお》に衝撃《しょうげき》が走った。殴られたのだ。しかもグーで。

「先にそのにやけ面を整形してあげるわ……。少しは見られるようになってよ……？」

「すみませんでした！　ただ今はめます！」

自分にはサイズが小さいと思ったのだが、二匹《ひき》の蛇がうねうねと蠢《うごめ》いて直径を広げ、誓護の薬指にぴったりはまるサイズになった。……ちょっと気味が悪い。

ぎょっとする誓護を見て、少女は少し溜飲《りゅういん》を下げたようだ。心持ち機嫌《きげん》を直し、

「誇《ほこ》りなさい、人間。このアコニットはねぇ、教誨師《グリモアリス》の中でも特に力ある存在《そんざい》――冥府《めいふ》に名立たる麗王六花《れいおうりっか》の筆頭《ひっとう》、アネモネの血族なの。とびきり難《むずか》しく、高度な事例ばかりを担当《たんとう》するのよ。私の眷属《けんぞく》となれたのは人間の身に余《あま》る栄誉《えいよ》だわ」

「へー。よくわかんないけど、偉《えら》いんだ？」

「……………」

少女は誓護に殺気をぶつけた。が、ここで誓護を責《せ》めるのはお門違《かどちが》いだと気付いたらしく、扇《おうぎ》をわしわしっと握《にぎ》りしめただけで、文句《もんく》は言わなかった。

「それで、このリングを何に使うの？」

「……一度しか言わないわよ？」

少女はそう前置きして、語り出した。

## Episode 19

いいこと、人間？

私たち教誨師《グリモアリス》には、遡及編纂《デフラグメント》能があるの。

簡単《かんたん》に言えば、『過去《かこ》を視《み》る』能力よ。その指輪を大切に持ってなさい。それが貴方のような愚《おろ》かな人間にも遡及編纂《デフラグメント》の力を与《あた》えてくれるから。

この世はつくりもの、かりそめの幻想《げんそう》よ。

でも、それはでたらめに存在してるわけじゃない。物理法則《ほうそく》と更新履歴《こうしんりれき》、原因《げんいん》と結果、ルールとリアリティにのっとって形作られている。それぞれの空間には蓄《たくわ》えられた記憶《きおく》、言い換《か》えるなら履歴があり、状態《じょうたい》がよければ過去を復元《ふくげん》することができるの。

（ちょっと待った。空間の記憶だって？）

……そうよ。器物や、建物や、土地が抱《いだ》く〈思い出〉のようなものね。過去に起こった事件の残滓《ざんし》。言うなれば、過去の残影《ざんえい》。

それが残滓条痕《フラグメント》。時間という名の書物の断章《だんしょう》。

たとえば、ペンが床《ゆか》に転がってたとするじゃない？

そのペンは誰《だれ》かに転がされたからそこに落ちてる。誰かが持ち込《こ》んだから室内にある。指紋《しもん》から持ち主がわかるし、インクの成分や残量にも意味があるかも知れない。――こうした記憶の断片《だんぺん》を、器物や場所が抱《かか》えてるわ。

教誨師《グリモアリス》は断片化された記憶の残滓を収集《しゅうしゅう》し、修復《しゅうふく》し、編纂《へんさん》する。

そして一冊《さつ》の書物を編《あ》むように、過去の出来事を再現《さいげん》するのよ。

（へー、それが本当なら、すっごい力だな）

……そんな特異《とくい》でもないわ。人間どもの中にだって、ごくまれに、この知覚能を持って生まれる者がいるくらいだもの。

（人間にも!?）

いるのよ、残滓条痕《フラグメント》を認識《にんしき》できる人間。死者の生前の姿《すがた》を視ることができる者。そういった連中は霊能者《れいのうしゃ》とか、超能力者《ちょうのうりょくしゃ》と呼ばれるわ。

……ふん、そんなことはどうでもいいのよ。

とにかく、教誨師《グリモアリス》は『過去を視る』ことで罪人《ざいにん》の罪を立証《りっしょう》できる。

ただし、これは万能《ばんのう》の力じゃない。

理屈《りくつ》を聞けばわかるでしょう？　空間がとどめておけるのは強い記憶だけ。その器物や建物に影響《えいきょう》を与えるような、大きな事件《じけん》に限《かぎ》られるわ。壁《かべ》の大きな傷《きず》――それは記憶。染《し》みついた血痕《けっこん》――それも記憶。いつまでも残るものは鮮明《せんめい》な記憶。でも、日々の暮《く》らしのように、頻繁《ひんぱん》に更新されていくものは残りにくいの。それらはかすれ、編纂しようとしても、不明瞭《ふめいりょう》で曖昧《あいまい》な像《ぞう》しか結ばない。大事件でさえ、歳月《さいげつ》とともに風化していく。先の例で言えば、壁の傷も床の血痕も、建物が風化してしまっては復元が難しくなる……。

（それじゃ、大昔のことは捜査《そうさ》できないの？）

ええ……。でも、古い記憶が不意に蘇《よみがえ》るように、残滓条痕《フラグメント》が活性化《かっせいか》することがある。

思い出に強く関《かか》わった事物――〈鍵《かぎ》〉を差し込んだときよ。

殺人事件なら殺人者。使われた凶器《きょうき》。あるいは犯行時刻《はんこうじこく》。……そういった個々《ここ》の状況《じょうきょう》が事件の瞬間《しゅんかん》に似《に》れば似るほど記憶は鮮明になる。人殺しが犯行現場《げんば》で亡霊《ぼうれい》を視るってのがあるじゃない？　あれは残滓条痕《フラグメント》を励起《れいき》するからでしょうね。

(じゃ、犯行現場に犯人を連れ込めば、さっきの映像《えいぞう》もハッキリするんだな？)

たぶんね……。

(質問《しつもん》。このリングがあれば、僕も君みたいにビリビリ放電できるの？)

おばかさん……。雷霆《いかずち》は私が生まれ持った〈胤性霊威《フィグメント》〉。〃振《ふ》り子〃に依存《いぞん》して存在するわけじゃないわ。

(わからないな。フィグメントって？)

……教誨師《グリモアリス》は血と血統《けっとう》に支配《しはい》される。血は私たちに異能の力を与えてくれるの。その形態と効果《こうか》はさまざま……まぼろしを見せる幻惑《げんわく》や、時空を歪《ゆが》める神隠《かみかく》し、人間の神経を傷つけたり、心をのぞく、なんてのもあるわ。

私の一族は触《ふ》れるものをすべからく死に至《いた》らしめる猛毒《もうどく》――〈地獄《じごく》の雷霆〉を支配するの。この異能はアネモネの血に刻《きざ》まれたもので、〃振り子〃によってもたらされる機能じゃない。

当然、〃振り子〃を持ったところで、貴方《あなた》なんかが使えるようにはならないのよ。

(へー、残念だな。使えるようになれば、心強いと思ったんだけど)

……最後にもう一つだけ言っておくわ。

教誨師《グリモアリス》はねぇ、収集《しゅうしゅう》した残滓条痕《フラグメント》を最大の証拠《しょうこ》とするの。人間どもの証言も、自白も、物証も、動かぬ過去に比《くら》べたらオマケみたいなもの。

罪を犯《おか》したと断定するに足る決定的な〈過去〉を根拠に、罪人を責《せ》め、烙印《らくいん》を押す――

それこそが、あの世とこの世の交信規約《プロトコル》。

私がこうして口にしたことを、そのおばか極《きわ》まりない脳《のう》みそに刻みつけておきなさい。

貴方もまた、今夜は教誨師《グリモアリス》なのだから……。

## Episode 20

「オッケー、大体わかった」

誓護は軽く言った。ゲームのルールを説明された程度《ていど》の返事だった。

少女は露骨《ろこつ》に眉《まゆ》をひそめた。

「軽い男……。本当にわかってるの？」

「要するに、このリングで過去《かこ》の記録映像を再生できるってことだろ？」

「……そうだけど」

「で、僕は夜明けまでに、さっきの事件の犯人を吊《つ》るし上げればいい」

「……まあね」

「確認《かくにん》しときたいんだけど。さっきの映像が改竄《かいざん》されたもの、なんてことは」

「……ないわね。それは冥府《めいふ》の廷吏《ていり》にも不可能《ふかのう》だもの。また、あの一幕《ひとまく》が演技《えんぎ》だった可能性《かのうせい》もない。あの光景は実際《じっさい》にあったことで、そして必ず、大罪《たいざい》に結びついてるわ」

「つまり、犯人は男で、女を殺した？」

「おばかさん……。そうとも限らないじゃない？」

少女は難《むずか》しい顔をして、自分自身に言い聞かせるように言った。

「あれだけ像が乱《みだ》れてるのよ。断言できることなんて何もないわ。犯人は体格《たいかく》のいい女かも知れない、殺されたのは小柄《こがら》な男かも知れない……。あれは大昔のことかも知れない、ごく最近のことかも知れない……」

「犯人がこの修道院《しゅうどういん》にいるのは間違《まちが》いないの？」

少女は細いあごを引き、うなずいて見せた。

「記憶が活性化してるもの。あの塵《ゴミ》みたいな残滓条痕《フラグメント》でも、ドラセナが寄越《よこ》した断片よりははるかにマシになったのよ。おばかな罪人がノコノコやってきてる証拠だわ」

竜舌蘭《ドラセナ》って何のこと？　と思ったが、考え事をしている様子だったので、邪魔《じゃま》はしない。

「……こんなケースは初めてよ。殺人の現場《げんば》で、しかも罪人がすぐ側《そば》にいるってのに」

「まあ、愚痴《ぐち》っても仕方ないさ。夜明けまでに捜《さが》し出すよ」

「あら……」少女は意地悪く笑った。「ずいぶんと自信たっぷりね？」

「まあね。犯人がこのメンツの中にいるんだとしたら」

誓護は当然という口調で断言《だんげん》した。「絶対《ぜったい》に見つかるさ。良くも悪くも」

「罪人の目星がついてるの？」

「そういうわけじゃないけど……」

ふと、とある疑問《ぎもん》が浮《う》かび上がった。

「そう言えば、君の名前はアコニットでいいの？」

ギロリ、と紅《あか》い瞳《ひとみ》がこちらを向く。

「……薄汚《うすぎたな》い人間のくせに、このアコニットを呼《よ》び捨《す》て？」

「だ、ダメですか？」

「ふん……。まあ、好きにすればいいわ。命が惜《お》しくないのならね……？」

「じゃ、アコニット」

「…………」

「これからどうすればいいかな？　そのフラグメントとやらを探して、修道院の中をあちこち回ってみる？」

「……くないの？」

「え？」

少女を振《ふ》り向いて、ぎょっとした。射殺《いころ》すような視線《しせん》が誓護を貫《つらぬ》いていた。

「さっきからおかしいのよ、貴方《あなた》の態度《たいど》……。ヘラヘラしちゃって」

「な、何だよ。そんな、にらむことないだろ」

「貴方、私が怖《こわ》くないの？　それとも、このアコニットを甘《あま》く見ているのかしら？　私はねぇ、貴方をバラバラにしてやることだってできるのよ……？」

少女の周囲に黒い稲妻《いなずま》が飛び交《か》った。バチバチと火花が飛び散る。

「うあ⁉　ちょっとやめて⁉　バラバラにできるとか、信憑性《しんぴょうせい》を争う気ないしさ⁉」

「………」バチバチ。

「別に侮《あなど》ってるとかじゃなくて！　怖がってないつもりもないし！」

妖気《ようき》が消えて凄《すご》みが減《へ》った、というのは事実だが、ややこしくなるので口にはしない。

「とりあえず今は仲間だろ？　ビビる必要なんてないじゃんか」

「仲間ですって……？」

「や、利害が一致《いっち》してて、そっちがどんなつもりかわかってるってくらいだけど」

「……ふん、本当にわかってるのかしら？」嘲笑《あざあら》う。「貴方も見たはずよ。私はあの女を容赦《ようしゃ》なく攻撃《こうげき》したわ。つまり、私はそういう存在《そんざい》で、決して人間とは相容《あいい》れないのよ」

「君が姫沙さんを怪我《けが》させたことなら、そりゃ、まだ怖いし、しばらく夢《ゆめ》に見そうだし、僕《ぼく》は君のことを怒《おこ》ってるよ」

「ほら見なさい……」

「でも、あれは姫沙さんにも非《ひ》があった。君に実体があったら、怪我じゃ済《す》まなかった」

「……ふん。もし私に実体があったら、あんな隙《すき》は見せなかったわ」

「あー、はいはい、OKOK——だからにらむなってば！　火遊びもやめて！」

少女をなだめ、落ち着かせる。不吉《ふきつ》なバチバチを引っ込めてもらってから、誓護は苦笑《くしょう》混《ま》じりに続けた。

「君が姫沙さんを傷《きず》つけたこと、認《みと》めはしないけど、僕は理解《りかい》できる」

「…………」

「よくわかんないけど、異文化間摩擦《いぶんかかんまさつ》みたいなものかなって。相手がどんなつもりかわからないからさ、必要以上に怖がって、攻撃《こうげき》して……悲劇《ひげき》が起きるんだ」

「……それが私を畏《おそ》れない理由？　全然関係ないじゃない」

「あるよ。とりあえず、今の君には僕を即殺《そくさつ》するつもりはないだろ？」

笑いかける。少女はムスッとして、そっぽを向いた。

「……理詰《りづ》めね。嫌《きら》いだわ」

「どんとこい。女の子に嫌われるのは慣《な》れっこだ」

自分の言葉に自分で傷つき、思わず涙《なみだ》ぐんでしまう。それでも悲しみに負けず、前向きに歩き出そうとしたとき、

「……そっちは、何て言うの？」

ほとんど聞き取れないくらいの小声で、少女がぼそぼそとつぶやいた。

「…………はい？」

「つくづく、血の巡《めぐ》りの悪い男ねぇ……」

苦虫を思い切り噛《か》み潰《つぶ》したような、ものすごいしかめっ面《つら》をする。

「私はまだ貴方の名前を聞いてない、と言ったのよ」

「あー」

誓護は了解《りょうかい》した。ニッと笑って名を告げる。

「誓護。誓《ちか》い、護《まも》る、で誓護」

「……ダサい名前。ぴったりね」

「な――ッ!?」

打ちのめされる誓護をよそに、少女はスタスタと歩き出した。数歩進んで立ち止まる。腹立《はらだ》たしそうに髪《かみ》をかき上げ、肩越《かたご》しに振り向いた。

「……本っ当に使えないわね。モタモタしないでよ。アコニットは気が短いの」

その表情《ひょうじょう》は、嫌悪《けんお》でも侮蔑《ぶべつ》でも嘲笑《ちょうしょう》でも警戒《けいかい》でもなく――

「行くわよ、誓護」

何の作為《さくい》も気負いもない、アコニットの素《す》の顔だった。

微笑《ほほえ》みかけられたわけでもないのに、誓護は見とれた。

「お、おう!」

あわてて追いかける。不思議と、追いつくのは簡単《かんたん》だった。

## Episode 21

バルコニーから廊下《ろうか》に戻《もど》ってすぐ、誓護は違和《いわ》感に気付いた。

いつの間にか蛍光灯《けいこうとう》がチカチカと明滅《めいめつ》している。

いや、それだけじゃない。蛍光灯の光が黄ばんでいる。カーテンはくすんだ赤、壁《かべ》の張《は》り紙はオレンジ、ガラスの花瓶《かびん》は緑色。

「あ、色が……。音も……?」

そうだった。アコニットの妖気消滅に気を取られ、ほとんど意識《いしき》しなかったが、彼女が指輪を外した瞬間から、色彩《しきさい》と音声が修道院《しゅうどういん》内に戻っていたのだ。

だとしたら。

誓護は弾《はじ》かれたように向きを変え、アコニットとは逆《ぎゃく》の方向へ駆《か》け出した。

「誓護? どこ行くの!?」

背後《はいご》でアコニットが叫《さけ》ぶ。説明している暇《ひま》はない。まさかとは思うが、万が一のことがある。

この閉鎖《へいさ》された空間、限定《げんてい》された状況《じょうきょう》で、殺人犯《さつじんはん》がどう出るかなんて見当もつかない。

時間の凍結《とうけつ》はとっくに解《と》けていた。話し込《こ》んでいる場合じゃなかったのに……。

気が急《せ》く。いのりが殺人犯と一緒《いっしょ》だなんて考えたくもない。ついでに言えば、姫沙の怪我も気になる。誓護は一足飛びに階段《かいだん》を駆け下り、手すりをつかんで踊《おど》り場をターン、宙《ちゅう》を飛んで残りの段をショートカット、玄関《げんかん》ホールへと疾走《しっそう》――

しようと、したのだが。

『待ちなさい！』

「うわ⁉」

耳元でがなり立てられたような衝撃《しょうげき》。たまらずバランスを崩《くず》し、廊下《ろうか》の床《ゆか》に転がった。

指輪が焼けるように熱い。指から耳へ、一直線に言葉が流れ込んだような感じだった。

朦朧《もうろう》とする頭を振《ふ》って、どうにか上体を起こす。見上げると、階段の踊り場で超《ちょう》フキゲンに腕組《うでぐ》みしているアコニットと目が合った。

「下僕《げぼく》が主人を置いて行くなんて、どういう了見《りょうけん》……？」

「知るか！　今それどころじゃないんだよ！」

「妹のことなら、平気よ」

「――――」

「らしくないわね……。貴方は狡猾《こうかつ》で計算高い人間でしょう？　罪人《ざいにん》もまた、狡猾で計算高い人間よ。状況《じょうきょう》のわからない今、貴方の妹に危害《きがい》を加える意味がどこにあるの」

「あ……、そうか」

「おばかさん……そんなこともわからないなんて、先が思いやられるわ」

「……ごめん」

誓護はうなだれた。アコニットの言う通りだ。

しみじみと自覚する。いのりは自分のアキレス腱《けん》だ。誓護がアコニットに与《くみ》したことを知れば、罪人はいのりを狙《ねら》ってくるかも知れない。そんなとき、毎度こんなふうに取り乱《みだ》していては、いのりを護ることなんてとてもできないだろう。

冷静になれ。計算を働かせろ。お前は桃原《ももはら》の次期当主。駆け引きなんてお手の物だろう？

凶悪《きょうあく》な殺人犯が目の前にいるなら、それを騙《だま》し、欺《あざむ》き、裏《うら》をかいて捕《つか》まえろ。

アコニットは手すりに軽く手を触《ふ》れながら、一段一段、ゆっくりと下りてきた。

誓護もゆっくりと立ち上がり、アコニットの到着《とうちゃく》を待つ。

それから、悠然《ゆうぜん》たる少女に歩調を合わせ、礼拝堂《れいはいどう》の入口、玄関ホールへ向かった。

加賀見《かがみ》の姿《すがた》がある。まだ警戒《けいかい》しているのか、周囲の様子をうかがっている。

その加賀見がこちらに気付き、おやと片眉《かたまゆ》を上げた。視線《しせん》は誓護の背後、アコニットに注がれている。誓護は軽く会釈《えしゃく》だけして、加賀見の前を横切り、礼拝堂に入った。

消毒薬のにおいが鼻腔《びこう》を刺した。

姫沙はちゃんと手当てを受けていた。救急箱が持ち出され、ガーゼと包帯で止血されている。

処置《しょち》を施《ほどこ》したのはシスター森《もり》で、腕《うで》まくりして、いそがしく手を動かしていた。

礼拝堂を見回す。やがて、ある一点に目がとまり、誓護はほーっと安堵《あんど》した。

いのりは無事だった。真白に抱《だ》きかかえられ、じっとこちらを眺《なが》めている。

「いのり？」

無事は無事だったが、様子が違《ちが》った。怖《こわ》がっているのか、近付いてこない。まるで知らないお兄さんを見るような目だ。誓護は初対面のときのことを思い出した。

最愛の妹にそんな態度《たいど》を取られては、誓護の心はズタズタにならざるを得ない。膝《ひざ》を抱《かか》えてめそめそしたいところだったが、残念ながら、今はそんな場合ではなかった。

「そろってるわね……ふふふ」

扇《おうぎ》を開き、顔を隠《かく》す。アコニットは一同を脅《おど》かすように、ことさら悪ぶって言った。

「聞きなさい、愚《おろ》かな人間ども……。宴《うたげ》の趣旨《しゅし》を説明するわ」

「……どういうことだ、桃原の坊《ぼっ》ちゃんよ。何でそいつと一緒にいる？」

加賀見が一同を代表して言った。目つきの悪い男が、ドスのきいた声で、頭半分ほど高い位置からそう言うと、脊髄反射《せきずいはんしゃ》で『ごめんなさい』と謝《あやま》りたくなる。

言葉に詰《つ》まる誓護の代わりに、アコニットが答えた。

「この人間はねぇ、私の下僕《げぼく》……操《あやつ》り人形となったのよ」

扇の羽が誓護の鼻先をくすぐった。ものすごくくすぐったい。

「ふふふ、面白《おもしろ》い趣向《しゅこう》でしょう？　この人間が罪人の罪を暴《あば》くのよ。穢《けが》らわしき人間の罪が、同じ人間の手で暴かれる……あらあら、何て素敵《すてき》なめぐり合わせかしら」

加賀見が舌打《したう》ちした。勝手にしろ、とでも言いたげに横を向く。

姫沙がこちらを見た。『本当か?』とたずねる目だった。真白も同じ疑問《ぎもん》を感じているらしい。固唾《かたず》をのんで誓護の返事を待っている。誓護はうなずいた。

「この修道院で、事件《じけん》が起きたんです。たぶん、それは殺人事件で」

殺人と聞いた途端《とたん》、空気が変わった。

「この中の誰《だれ》かが、人を殺したんです」

刹那《せつな》の一瞥《いちべつ》。互《たが》いに互いの顔を盗《ぬす》み見て、何かを探《さぐ》り合う。

「皆《みな》さんを疑《うたが》いたくは、ない。でも、身に覚えがあるなら、申し出てくれませんか」

誓護は真心を込めてそう言った。

が、案の定、誰からもリアクションがなかった。

加賀見は相変わらずこちらを見ようともしないし、姫沙は親の仇《かたき》を見るような目でにらんでいるし、シスター森はほとんど感情《かんじょう》をのぞかせず、真白はいのりを抱えてオロオロしていて、いのりは小首を傾《かし》げて兄を見つめるばかりだった。

この中の一人が、赦《ゆる》されざる殺人者。

誓護は嘆息《たんそく》した。

やりきれない、と思った。

自首を期待した自分も。嘘《うそ》をついている犯人《はんにん》も。そして、この皮肉な状況《じょうきょう》も。

「……わかりました。残念だけど」

決意を込めて宣言《せんげん》する。

「暴きます」

# Chapter 3 【最後の晩餐《ばんさん》】

## Episode 07

黒土に雪が降《お》りて、とてもきれいでした。
お砂糖《さとう》をふったチョコレートケーキみたいでした。
その下には死体が眠《ねむ》っているのよ、とシスターは言いました。

可愛《かわい》い可愛い娘《むすめ》さんの、それはそれはきれいな死体が。

## Episode 22

礼拝堂《れいはいどう》はがらんとしていた。人数が減《へ》り、本来の静けさを取り戻《もど》している。かつて殺人が行われた現場《げんば》だと思うと、静寂《せいじゃく》の中に死者のうめきを聞いてしまいそうだ。
誓護《せいご》は長椅子《ながいす》に腰《こし》を下ろし、考え込んでいた。一方、先ほどまで集合していた〈容疑者《ようぎしゃ》〉たちは、ほぼ全員が礼拝堂を離《はな》れ、修道院《しゅうどういん》内の思い思いの場所に散っていた。

アコニットが自由な移動《いどう》を認《みと》めたのだ。どうせ修道院は相も変わらず外界から隔離《かくり》されている。玄関《げんかん》、すべての窓《まど》、バルコニー、修道女宿舎《しゅくしゃ》への渡《わた》り廊下《ろうか》は霧《きり》の障壁《しょうへき》によって遮断《しゃだん》され、通行できない。ここは今や、はっきりと陸の孤島《ことう》だ。

加賀見《かがみ》は鋭《するど》い一瞥《いちべつ》をくれただけで、何も言わずに出て行った。シスター森《もり》は姫沙《きさ》に肩《かた》を貸《か》し、二階の来客用寝室《しんしつ》へと案内した。真白《ましろ》もその手伝いをするとかで、救急箱を携《たずさ》えて二人の後を追った。姫沙は青アザの浮《う》いたひたいをさらに真っ青にして、ふらふらしながら出て行った。

……怪我《けが》のせいで血が足りないのだろう。

携帯《けいたい》電話を見ると、液晶《えきしょう》の表示《ひょうじ》は一八時一〇分過《す》ぎ。普段《ふだん》なら、いのりのために夕食の支度《したく》をしている時間だ。

「あのさ、頼《たの》みがあるんだけど」

傍《かたわ》らのアコニットに声をかける。アコニットは長椅子の背《せ》もたれに腰かけて、指先でナイフをもてあそんでいた。姫沙が持ち込んだナイフ。先ほど自身が刺《さ》されたものだ。

「事件《じけん》の捜査《そうさ》、僕《ぼく》のやり方でやらせてくれないか」

アコニットはひょいとナイフを放《ほう》り投げた。憎々《にくにく》しげに狙《ねら》いをつけ、黒い稲妻《いなずま》を放つ。ナイフは雷撃《らいげき》を受け、見事に黒コゲになり、モロモロと崩《くず》れ去った。

ぎょっとする。金属《きんぞく》の塊《かたまり》がそんなふうになるなんて、信じられない光景だ。

「……貴方《あなた》のやり方って？」

「えっ？　あ、うん。フラグメントを収集《しゅうしゅう》するってさ、言ってみれば覗《のぞ》き見だろ。あまり趣味《しゅみ》のいい行動じゃないと思うんだ」

「そんなことを言ってる余裕《よゆう》が……」

アコニットは文句《もんく》を言いかけたが、途中《とちゅう》でやめ、挑戦的《ちょうせん》にたずねた。

「だから、何だって言うの？」

「だから、過去《かこ》を視《み》るのは必要最低限《さいていげん》にとどめたい」

「……どういうこと？」

「容疑者《ようぎしゃ》はしぼれてるんだから、まずは直接《ちょくせつ》会って、話をして、事件《じけん》の糸口をつかもうと思う。そうして目星をつけた後、その人に関係のある過去を集中的に探《さが》す」

一理あると思ったのか、アコニットは扇《おうぎ》を唇《くちびる》に当て、考え込んだ。

「……ふん。まあ、好きにすればいいわ。これはもう私の案件じゃない。明日の夜明けまでは、貴方の領分《りょうぶん》なんだから」

「へー。君、思ったより融通《ゆうずう》がきくじゃん」

ズバン、と稲妻が炸裂《さくれつ》し、熱風が誓護のひたいをなでる。

「言ったはずよ。私を支配《しはい》するのは私だけ。私の法規《ルール》は私が決めるわ」

「えーと……君、やっぱ融通きかない！」

プスプスと煙《けむり》を上げながら、非難《ひなん》の意味を込《こ》めて、誓護はアコニットを指差した。

アコニットは取り合わず、ぴょんと長椅子を下り、スタスタと歩き出した。

「あれ、どこ行くの？　ちょ……、おいってば！」

「……うるさいわねぇ。どこに行こうと、私の勝手でしょう」

アコニットは足を止めた。自分のブーツのつま先に視線《しせん》を落とし、

「……貴方が人間と話すなら、私は邪魔《じゃま》だわ」

「あ、ごめん。気を遣《つか》ってくれたのか。ありがとう」

「ふん……」

「あのさ、だったら——」

誓護はこうべを巡《めぐ》らせ、背後《はいご》を見遣《みや》った。

内陣《ないじん》の手前、一段《だん》高いステージの奥《おく》、説教に使うテーブルに目を向ける。

「気遣いついでに、一つ頼《たの》まれてくれない？」

誓護が見ていたのは、テーブルの陰《かげ》からちょこんと飛び出た、栗色《くりいろ》の髪《かみ》の毛だった。

Episode 24

単身礼拝堂を出て、誓護は手始めに二階に向かった。

礼拝堂を挟《はさ》んでバルコニーの対面、東側の区画には小部屋が並《なら》んでいる。来客を泊《と》めるための寝室が四部屋に、談話室、院長の執務室《しつむしつ》、資料室《しりょうしつ》などだ。

薄暗《うすぐら》い廊下を横切り、誓護の足はそちらに向かう。ちょうど寝室の並びに差しかかったとき、そのうちの一室から修道女が飛び出してきた。

真白だった。真白は前も見ていなかったので、誓護と鉢合《はちあ》わせ、肩《かた》にぶつかった。

誓護は息をのんだ。真白の目は充血《じゅうけつ》して真っ赤だった。

「誓ちゃま……」

「あれ、どうかし――」

「すみません！」

わきをすり抜《ぬ》けて行く。引き止める暇《ひま》もない。

一瞬《いっしゅん》、追いかけるべきか悩《なや》んだ。

この修道院《しゅうどういん》には殺人者がまぎれ込んでいる。一人にしても平気だろうか。

真白は泣いていた。

記憶《きおく》を掘《ほ》り返してみるのだが、真白の泣き顔は記憶の貯蔵庫《ちょぞうこ》に保管《ほかん》されていない。

「大丈夫《だいじょうぶ》。あの子はわたくしが」

振《ふ》り向くと、シスター森が戸口のところに立っていた。室内にいたらしい。シスター森は相変わらず落ち着いた雰囲気《ふんいき》を漂《ただよ》わせながら、真白の後を追いかけて行った。

本当に『大丈夫』なのか、と誓護は自問する。シスター森は本当に『大丈夫』なのか。

もちろん、答えは出なかった。誓護が置かれたこの状況《じょうきょう》の、もっとも忌《い》ま忌ましいところは、殺人者が何を考え、どう行動するか、まったくわからないというところだ。

彼（彼女？）はどうするだろう？　アコニットを実力で排除《はいじょ》しようとするだろうか。最後まで知らん振りを通すだろうか。それとも——キレて全員を殺そうとするだろうか。

誓護はかぶりを振り、不吉《ふきつ》な考えを追い出した。それから、開きっぱなしのドアをノックして、姫沙の寝室《しんしつ》に入った。

寝室は掃除《そうじ》が行き届《とど》いていて清潔《せいけつ》だった。広さは一二畳《じょう》ほど。亡父《ぼうふ》がリフォームさせたため、建設《けんせつ》当時の面影《おもかげ》はなく、リゾートホテルのような内装《ないそう》だ。照明は明るく、設備《せつび》もホテル並《な》みで、ユニットバスにエアコン完備。趣《おもむ》きがない、と言ってしまえばそれまでだが。

二台あるベッドの片方に、姫沙が横になっていた。

眼鏡《めがね》のフレームがちょっと歪《ゆが》んでいる。幸い、レンズは無事だ。ひたいにはガーゼが当てられ、腕《うで》は包帯でぐるぐる巻《ま》き。血を洗《あら》い流したためか、メイクも落ちていた。

姫沙の素肌《すはだ》は思ったより疲《つか》れていた。さすがに中学生には見えない。ハリが衰《おとろ》え、血色もあまりよくない。過労《かろう》の二字が誓護の頭に浮《う》かぶ。

そして、ギラギラと殺人光線を照射《しょうしゃ》する、二つの瞳《ひとみ》。

「……そんな、にらまないでくださいよ。取って食いやしませんて」

もちろん、そんな言葉くらいで姫沙の緊張《きんちょう》はほどけない。

「……貴様《きさま》、あの怪物娘《かいぶつむすめ》とグルになったのだろう」

「まあ、グルって言うか……下僕って言うか……」

「ならば、警戒《けいかい》するのは当然だ」

なるほど、理屈《りくつ》だ。誓護はやれやれとため息をついた。尋問《じんもん》どころではない。

「だが」

「その……あ」

んん、と姫沙はわざとらしくせき払《ばら》いした。さっと目をそらし、

「あ？」

「あ、あああ」

「あああ？」

「あああ、ああありがと……」

「え？」

軽く確《たし》かめただけなのに、姫沙は烈火《れっか》のごとく怒《おこ》り出した。

「れ、礼を言ったのだ！　その耳は節穴《ふしあな》か！　これだからボンボンは嫌《いや》なんだ！」

「ボンボン関係ない！　耳節穴いろいろ違《ちが》う！」

別にこっちまでぎこちなくなる必要はないのだが、相手が妙《みょう》にぎくしゃくしていると、こちらまでぎくしゃくしてしまうのが対人コミュニケーションの不思議なところだ。

「な、何ですか、やぶからぼーに……。警戒するとか言っといて」

「け、警戒と礼を言うのは別の文脈だろう」

「そ、それはまあ、そうかも知れませんけど」

「……あの怪物娘に、私が殺されそうになったとき」

ちら、と横目で誓護を見る。

「君は、わ……、私をかばってくれただろう」

「あー、あれ……」

やっと意味がわかってくる。アコニットを『やめろ！』と制《せい》した行動だ。

「あれは僕の意志《いし》じゃなくて……その、自動的にああなったって言うか。勝手に口から言葉が出ちゃって、後はその場の流れ。お礼を言われることじゃないです」

「何だ、頼《たよ》りにならん男だな。この腐《くさ》れボンボンめ」

「人格否定《じんかくひてい》!?」

「だが、それでも」姫沙は笑っていた。「私が感謝《かんしゃ》する気持ちに、変わりはない」

姫沙のそんな笑顔《えがお》を見たのは初めてだった。いや、失礼な話だが、そんなふうに笑えるとは思っていなかった。誓護は照れくさいのを隠《かく》そうと意地悪を言った。

「じゃ、叔父《おじ》さんに口利《き》いてくれる？　はよ一〇〇億よこせって」

「そっ……それとこれとは話が別だ！」

「何だ、頼りにならん女だな。この小型ＯＬめ！」

にらみ合う。ぷっ、と二人同時に噴《ふ》き出し、今度は笑い合った。

緊張が少しほぐれる。誓護は頃合《ころあ》いを見て、気になっていたことを訊《き》いた。

「さっき、真白さんと何を話してたの？」

途端《とたん》に姫沙の表情《ひょうじょう》が硬《かた》くなる。しまったと思ったが、今さら引っ込《こ》みがつかない。

「真白さん、泣いてましたよ」

姫沙は皮肉っぽく唇《くちびる》をねじ曲げた。

「……なに、女同士の話さ」

「教えてくださいよ。僕は夜明けまでに殺人犯《さつじんはん》を特定しなくちゃ――」

「おっと」姫沙は包帯まみれの手を挙げ、誓護を制した。「死神《しにがみ》だか、あの世の刑事捜査官《けいじそうさかん》だか知らんがね、そこに首を突《つ》っ込むのは野暮《やぼ》というものだよ」

「や、しかしですね……」

「黙《だま》れ。少しは女心を察しろ。だから貴様は非《ひ》モテの腐れボンボンだと言うんだ」

「な――ッ!?」

ガラスのハートをズタボロにされながら考える。ここで姫沙の機嫌《きげん》を損ねることに何の意味があるのだろう。後で記憶《きおく》の残滓《ざんし》――フラグメントを拾えるかも知れないのだし。無理に深追いすることもない。そんなことより、今はほかにたずねたいことがある。

「あのナイフ。一体、誰《だれ》を刺《さ》すためのものだったんです？」

不意打ちは確かに効果《こうか》があった。姫沙は目をみはり、そして視線《しせん》を泳がせた。

「……ああ、あれか。護身用に持ち歩いていただけだよ」

「条例違反《じょうれいいはん》ですよ」

「では逆《ぎゃく》に問うがね、桃原《ももはら》の次期当主殿《どの》」

姫沙は誓護をにらみつけた。

「殺人者を相手に、君は丸腰《まるごし》で立ち向かうのか？」

「————！」

今度は誓護が瞠目《どうもく》した。何だ？　それはどういう意味だ？

重大なヒントのような気がする反面、ただの比喩《ひゆ》のような気もした。確かめたい。もっとも効果的な方法で。下手に深追いすれば逃《に》げられる。どうやって……？

しかし、誓護が策《さく》を練り上げるより早く、

「……白雪姫《しらゆきひめ》というのは、悲しい話だと思わないか？」

姫沙は出し抜《ぬ》けにそんなことを言った。

悪戯《いたずら》っぽく笑っている。意味ありげだ。誓護は頭を切り替《か》え、会話にのった。

「えーと……本当はハッピーじゃないグリム童話、とかそういう話？」

「いや、それは知らんが……。私が言っているのは、お妃《きさき》のことだよ」

「お妃。……魔女《まじょ》？」

「そうだ。自分の娘《むすめ》を殺そうとする」

「そ、そんなグロい話だったのか⁉」

「もっとグロいぞ。娘の臓物《ぞうもつ》を食べようとするくらいだからな」

誓護は思いっきり引いた。が、姫沙はむしろ共感するような口ぶりで続けた。

「わからんという顔だな。だが、想像《そうぞう》してもみろ。器量を自慢《じまん》に生きてきた女が、年々老いていく自分を鏡《かがみ》に映《うつ》し、どんな想《おも》いを抱《いだ》いたか……。一方、我《わ》が子は年ごとに美しく、華《はな》やいでいくのだ。それは狂《くる》おしいほどの嫉妬《しっと》だろうよ」

「姫沙さんはどっちかって言うと、育たないことに悩《なや》んだクチ？」

「う、うるさいこのバカ！　バカボンボン！」

ベッドから脚《あし》が飛び出し、誓護の頭に激《はげ》しいキックの雨を降《ふ》らせる。

姫沙はぜえぜえと肩《かた》で息を整えた。怪我人《けがにん》が無茶《むちゃ》をするからだ。

「……鏡というのは、何の寓意《ぐうい》なのだろうな？」

「いてて……え、寓意なの？」

「鏡は普通《ふつう》、しゃべらないだろう」

なるほど、と思う。しゃべらないものをしゃべらせたのは、何かの比喩《ひゆ》というわけだ。

「まあ、真実を映すという特質《とくしつ》を擬人化《ぎじんか》しただけかも知れないし……」

「……王様かも知れない？」

「でも、仮《かり》に王様だとして、夫の『娘の方が可愛《かわい》い』発言で妻《つま》が子殺しってのは……」

姫沙は答えなかった。

姫沙は寂《さび》しげに笑った。普段《ふだん》、真夏の太陽みたいにギラギラと容赦《ようしゃ》のない瞳《ひとみ》に、春の木漏《こも》れ日のような、穏《おだ》やかかな光が宿る。

「君は恋《こい》をしたことがないのだな」

「な⁉ なな何をおっしゃる。僕《ぼく》はこう見えて、ががが学園美男子ランキングの……」

「違《ちが》う違う。私が言っているのは男女交際《こうさい》のことじゃない」

姫沙は苦笑《くしょう》した。その苦笑は、半分ほどを自嘲《じちょう》で固めた、痛々《いたいた》しい笑顔だった。

「片想《かたおも》いでいいんだ。たとえ片想いでも、本当に恋をするとだね、相手が何より価値《かち》あるものに感じられる。ひどいぞ。この世の価値あるもの全《すべ》てとつり合うんだよ。この人を手に入れるためなら、何を差し出してもいいと思ってしまうんだ。もちろん、理屈《りくつ》じゃわかってる。相手も同じ人間、つまらない部分もあれば、嫌悪《けんお》すべき部分もある。だが、感情《かんじょう》の前に理屈は無力なものさ。相手はいつしか、自分にとっての世界そのものとなる。その人に拒絶《きょぜつ》されることは、この世の全てに否定《ひてい》されることとなんだ」

姫沙は珍《めずら》しく饒舌《じょうぜつ》だった。ぶちまけるように、とうとうと語る。

「自分は何の価値もない人間だと思わされる。その痛みを君は知らんと言ったのだよ」

「……姫沙さんは、そういう恋をしてるんだ？」

「だ、誰もそんなことは言ってない！」

「じゃあさ、姫沙さんは」

誓護は爆弾《ばくだん》を投下するような気分で、その質問《しつもん》をぶつけた。

「恋のためなら、人を殺す？」

そんな質問にも、姫沙は予想以上に冷静だった。「そうだな……」と首をひねり、それから、やはり寂しげに笑って、答えを言った。

「きっと、殺すな」

Episode 25

扉《とびら》を閉《し》めて、ため息をついた。

あまりに素直《すなお》な言葉だった。それゆえに——姫沙を疑《うたが》っていいものか、わからなくなった。

もしも姫沙が殺人者なら、あんなふうに言いきれるものだろうか？

（相手がこの世の全て、か……）

苦笑が浮《う》かぶ。思わず、誓護は一人ごちた。

「恋とはちょっと違うけど、僕にもわかるよ、その気持ち」

いのりを護《まも》る。それが自分の全てだ。

いのりをおびやかす者が現《あらわ》れたら、自分も罪《つみ》を犯《おか》すことを厭《いと》わないだろう。

「桃原の若《わか》さま」

ふと、廊下《ろうか》の向こうから声をかけられた。

「罪人探《さが》しは進んでいますか？」

談話室の前でシスター森がにこにこ笑っていた。小さく手を振《ふ》っている。真白を追いかけて行ったはずだが、今は一人だ。

誓護はそちらに向かいながら、返事をした。

「いえ、それが情《なさ》けないことにあんまり」

「そうですか。まあ、懺悔《ざんげ》なんて、なかなかできることじゃありませんしねえ」

シスター森は相も変わらず穏やかだ。誓護ははっとした。

「院長。もしかして、前にも〈教誨師《きょうかいし》〉に遭遇《そうぐう》したことがあるんじゃ……」

「まあ、おかしなことをおっしゃるのね。どうして？」

「だって、すごく落ち着いてるから」

「ふふ、聖書《せいしょ》に書かれていることを信じるなら、大抵《たいてい》のことは驚《おどろ》くには値《あたい》しませんよ」

「あー、なるほどね……」

そういう考え方もアリか。『考え方』ではなく『かわし方』かも知れないが。

「あ、そうだ、マスターキー」

「はい？」

「僕は罪人を探して、今夜一杯《いっぱい》、修道院《しゅうどういん》の中をウロウロしなくちゃならないんです。もちろん、入っちゃいけない場所にも入ります。マスターキーを貸《か》してもらえませんか」

　シスター森は弱りきった顔をした。

「実は……、わたくしも困《こま》っているんです。院長室の鍵が開かなくて」

「じゃ、まさか」

「はい……。マスターキー、寮《りょう》の守衛室《しゅえいしつ》なんです」

　女子寮の方か。そちらへと続く廊下はセグメントの障壁《しょうへき》がふさいでいる。

　仕方ない。いざとなればアコニットにどうにかしてもらおう。鍵のことはひとまず横に置いて、誓護は訊《き》こうと思っていたことをたずねた。

「過去《かこ》、ここで殺人事件《じけん》が起こったことはありませんか。被害者《ひがいしゃ》は、たぶん女の子で」

「女の子」不思議そうに繰《く》り返す。「修道女ですか？」

「いや、それはわからないんですけど」

　シスターは頬《ほお》に手を当て、おっとりと首を傾《かし》げた。

「さあ……。少なくとも、わたくしが院長になってからは、そういうことは……」

　二年前までは別の修道女が院長だった。事件は院長交代前……いや、事件が起きたことを知らないだけ、という可能性《かのうせい》もある。

　誓護は内心でうんざりした。発覚した罪ならば、既《すで》に警察沙汰《けいさつざた》になっているはずだ。過去《かこ》、この修道院で殺人事件が起きたなんて話は聞かない。殺人が疑《うたが》われたのも五年前の一件だけ。

つまり、シスター森が何も知らなくても、それは道理というものだ。

「じゃ、別の質問」

「はい。何でも訊いてください」

「お言葉に甘《あま》えますよ？　ちょっと訊きにくいことなんですけど、アコニット——さっきの女の子に言ったこと、あれは本当なんですか。その、貴女《あなた》が昔」

「あら、信じられませんか？」

「ええ、まあ。僕らをかばって言ったことじゃないかって」

「さて……」

目を閉《と》じる。ふふ、と含《ふく》み笑い。それから、まるで謎《なぞ》をかけるように、

「本当と言えば本当のことですが、でたらめと言えばまったくのでたらめです」

「あれ……？　ここキリスト教の聖堂《せいどう》なのに、何か禅寺《ぜんでら》にいるみたいな……？」

「若さま、あまり女の過去を突《つ》つくものではありませんよ？」

「や、それはそうでしょうけど……でもそうしないとこっちが危《あぶ》ないって言うか」

「わたくしの罪は『みみっちい』のだそうです。確《たし》かに、あの子が探しているのは殺人犯《さつじんはん》……淫欲《いんよく》の罪とはそれほど関係がありませんものねえ」

かわされた。しかも理詰《りづ》めで。翻弄《ほんろう》されて、誓護は赤面した。

「シスター森って、君影《きみかげ》さんに雰囲気《ふんいき》が似《に》てますね」

「君影……？」

「すっごく綺麗《きれい》な女の子です。ここにきてすぐ、お堂で会ったんですが――」

誓護は愕然《がくぜん》とした。

今の今まで存在《そんざい》を忘《わす》れていたが、あの美しい少女はどうしたのだろう。確《たし》か、この修道院に宿を借りたと言っていたが……？

ふわっと甘《あま》ったるい香《かお》りが鼻先をかすめる。

はっと我《われ》に返ると、文字通り目と鼻の先にシスター森の瞳《ひとみ》があった。

黒檀《こくたん》のように黒い瞳だ。吸《す》い込《こ》まれそうな魅力《みりょく》がある。あるいは魔力《まりょく》か。体の芯《しん》の部分を握《にぎ》られたような気がした。一瞬《いっしゅん》、キスされるんじゃないかと思った。あらぬ妄想《もうそう》を抱《いだ》かせるほど、人並《ひとな》み外《はず》れた吸引力《きゅういんりょく》だ。誓護は朦朧《もうろう》とした。

「その子と、どんなところが似《に》てますか？」

「……ちょっととぼけたところとか。よく見ると、顔立ちまで」

「それは、わたくしも『すっごく綺麗』ということですか？」

「それは、ロリコンなだけじゃなく熟女趣味《じゅくじょしゅみ》ということですか？」

冷淡《れいたん》な声が割《わ》り込むと同時、誓護は飛び上がった。

「まっ」声が裏返《うらがえ》る。「真白さん……っ!?」

「まあ、ひどい。熟女はないわよ、真白」

シスター森が唇《くちびる》をとがらせる。真白は無視《むし》して、

「誓ちゃまがそんなに守備《しゅび》範囲《はんい》の広い方だったなんて……。真白はびっくりです」

「い、いつの間に……？」

「ずっといました。こんなときだと言うのにお盛《さか》んなことで。本当に頼《たの》もしいですね」

真白が背後《はいご》を示《しめ》す。談話室のドアが開いていた。会話を立ち聞きしていたらしい。

「その……真白さん、大丈夫《だいじょうぶ》？」

おずおずと訊く。真白は『何が？』とでも言いたげに、にっこり笑った。まぶたはまだ少し腫《は》れぼったいが、既に涙《なみだ》はない。

誓護はほっとして、それから声を潜《ひそ》めて訊いた。

「さっき、姫沙さんと何を話してたの？」

真白は詰まった。シスター森の方をうかがう。シスター森は何も言わず、じっと成り行きを見守っているだけだ。結局、真白はちろっと舌《した》を出して、こう言った。

「それは女同士の秘密《ひみつ》です」

「それ、姫沙さんにも言われたよ。……あ、じゃあ、アコニットになら言える？」

「誓ちゃま……」真白は肩《かた》を落とし、深々と嘆息《たんそく》した。「お可哀相《かわいそう》に……。そんなこともおわかりにならないのに、モテろというのが酷《こく》ですよね」

「ついに憐《あわ》れむところまで……!?」

「誓ちゃまこそ、大丈夫なんですか?」

「え、僕?」

「あの女の子、その……人間じゃないんでしょう?」

「あー、うん、そうみたいだけど」

「脅《おど》されてるんですか?」

脅されているも同然だが、まさか肯定《こうてい》するわけにもいかない。脅されていることを認めれば、その背景をも説明しなければならなくなる。

「いや、僕の意志《いし》だよ。捕《つか》まってない殺人犯がいるんなら、吊《つ》るし上げないとさ」

「ご立派《りっぱ》です、誓ちゃま。でも……」

真白の笑顔は不意に曇《くも》り、瞳が心細そうに揺《ゆ》れた。

「真白は、やっぱり怖《こわ》くて……。これから、どうなっちゃうのかなって……」

シスター森がそっと真白の肩《かた》に手を置く。真白は迷《まよ》うような素振《そぶ》りを見せた後、ひどく真剣《しんけん》な面持《おもも》ちで、こんなことを言い出した。

「誓ちゃま、こんな話をご存知《ぞんじ》ですか?」

「真っ白な雪の下には、死体が眠《ねむ》ってるんですよ」

この修道院《しゅうどういん》に住まうのは、修道女ばかりではないのです。

その昔、一人の娘《むすめ》が修道院に入りました。雪のように白い肌《はだ》をして、血のように紅《あか》い頬《ほお》をして、黒檀のように黒い髪《かみ》をした、それはそれは美しい娘でした。

娘は神経《しんけい》を患《わずら》っていました。

俗世《ぞくせ》で魔女《まじょ》の嫉妬《しっと》を買い、毒を盛《も》られたのです。娘の全身を犯《おか》した猛毒《もうどく》は、四肢《しし》はもちろん、眼《め》と脳《のう》をも蝕《むしば》みました。娘は光を失い、ろくに起き上がることもできず、そして新たな記憶《きおく》をとどめおくこともできませんでした。

修道女が寝室《しんしつ》を訪《おとず》れるたび、娘はぼんやりとつぶやくのです。

「貴女《あなた》は誰《だれ》？　私はどうしてここにいるの？」

いつでもまっさらな雪のように、娘の記憶は真っ白なのでした。

それから、娘は決まってこう言うのです。

会いたい、と。私の王子さまに会わせて、と。そればかりを、何度も何度も。

しかし、それは叶《かな》わぬ望みでした。なぜなら、娘をこの修道院に幽閉《ゆうへい》するよう指示《しじ》した人物こそ、娘の言う『王子さま』だったのです。

修道女たちは娘の境遇《きょうぐう》を憐《あわ》れみ、真心をこめて看護《かんご》にあたりました。

そして、その年の冬のこと。

「あの人はどこ？　どうして会いにきてくれないの？」

「きっと、ご多忙《たぼう》でいらっしゃるのです」

「私、どうして動けないのかしら。ねえ、どうしてなの？　何も見えないわ」

それは何度も繰《く》り返された問いかけでした。

修道女はつらくなり、娘の慰《なぐさ》めになればと、その日に限《かぎ》って嘘《うそ》をつきました。

「貴女さまのお体は、ここではない、別のところにあるのです」

そのとき、決して開かれることのなかった娘の目が、カッと見開かれました。

「どこ？　私の体はどこにあるの？」

修道女は驚《おどろ》き、しどろもどろでごまかして、そそくさと部屋を後にしました。

ところがこの記憶だけは、決して、娘の脳から消え失《う》せることはなかったのです。

その日から、娘は同じことばかりを繰り返すようになりました。

「私の体はどこ？」「早く探《さが》して。早く返して頂戴《ちょうだい》。私の体」「ああ、呪《のろ》わしい。体があれば、今すぐにでもあの人のもとへ飛んで行くのに」

これには修道女たちも困《こま》り果てました。

それから間もなく、初雪が降《ふ》ったある朝、娘はこつ然と姿《すがた》を消しました。

修道女たちは行方《ゆくえ》知れずの娘を探《さが》しましたが、見つけることはできませんでした。外は酷寒《こっかん》の世界です。娘は寒さで命を落とし、遺骸《いがい》は雪に埋《う》もれてしまっただろう、と修道女たちは話し合いました。娘は死んだものとされ、捜索《そうさく》は打ち切られました。結局、最後の最後まで、娘の『王子さま』は姿を見せませんでした。

そして、娘の葬儀《そうぎ》が執《と》り行われた晩《ばん》、修道女のもとをたずねる者がありました。

コツコツと、戸を叩《たた》く音が響《ひび》きます。

扉《とびら》を開けて現《あらわ》れたのは、雪のように白い肌《はだ》をして、血のように紅《あか》い頰《ほお》をして、黒檀《こくたん》のように黒い髪《かみ》をした——あの娘でした。

娘は微笑《ほほえ》んで言いました。

「私の体はどこ？」

修道女は自分の心臓《しんぞう》が凍《こお》りつくような悲鳴をあげました。

娘の体が薄絹《うすぎぬ》のように透《す》けていて、そしてひんやりと冷たかったからです。

この修道院に棲《す》まうのは、修道女だけではありません。

雪のように白い肌をして、血のように紅い頰をして、黒檀のように黒い髪をした、それはそれは美しい娘が。

夜ごと己《おのれ》の体を求めて。

## Episode 27

今も彷徨《さまよ》っているのです――

廊下《ろうか》を歩きながら、誓護は真白が語った〈怪談《かいだん》〉について考えていた。

どうして、娘は亡霊《ぼうれい》にならなければならなかったのだろう？

（それは、たぶん……）

たぶん、娘はあまりにも急に亡《な》くなったのだ。失踪《しっそう》したと語り継《つ》ぎたくなるほどに。

最初から最後まで、修道女たちにはどうすることもできなかった。娘を癒《い》やすことも。望みを叶《かな》えてやることも。それどころか、日々繰り返される質問《しつもん》をかわすことさえ。そうして欺《あざむ》き、嘘を重ねてしまった罪《つみ》の意識《いしき》――。娘の死で、それは永遠《えいえん》に拭《ぬぐ》い去れない傷痕《きずあと》となって残る。

だから、修道女たちの中で娘はいつまでも死なない。天に召《め》されることもなく、今も生き続けている。苦く苦しい、痛《いた》ましい罪の記憶《きおく》。

しかし、本当にそれだけだろうか？

真白の言葉を思い出す。

『本当のことなんですよ。深夜、廊下をうろうろしてる若い女の姿を、実際《じっさい》にシスターが目撃《もくげき》してるんです。何人も、ですよ？』

『先輩《せんぱい》が言ってたんです。食事中に急に苦しくなって、振り向いたら、食堂の入口で見知らぬ少女が笑っていた……って』

『この前は、水差しの水を飲んで眠《ねむ》ったら、寝《ね》ているあいだに苦しくなって、目が覚めたらお腹《なか》の上にきれいな娘さんがのっていたそうです』

『以前、院長も言ってました。おかしなことばかり起こるって。五年前、旦那《だんな》さまと奥《おく》さまがここで亡《な》くなってから……』

幻覚《げんかく》。そう考えるのが普通《ふつう》だ。だとしたら、幻覚作用のある毒でも飲まされたのだろうか。

それとも、実際《じっさい》に——この建物に何かが棲みついている？

バカなことを、と思う反面、廊下の闇《やみ》がじわりと濃《こ》くなったようにも思うのだった。

それにしても、思わぬ時間を食ってしまった。時刻《じこく》は既《すで》に一九時を回っている。

さすがに小腹《こばら》がすいてきた。自分という人間はわりと頑丈《がんじょう》で、図太くできているらしい。こんなときでも腹《はら》が減《へ》り、食欲《しょくよく》がわく。

漠然《ばくぜん》と、これが最後の食事になるかも知れないな、と思った。

（そっか。そうだよな……）

アコニットとの賭《か》けに負ければ、誓護は地獄《じごく》行き……そういう約束だ。

だとしたら、死ぬ前にどうしてもしておきたいことがある。

誓護は階段《かいだん》を下り、食堂に向かった。

途中《とちゅう》の廊下にコンソメのいい香《かお》りが漂《ただよ》っていた。ぐー、と腹の虫が鳴る。

果たして、厨房《ちゅうぼう》には先客がいた。

「加賀見さん。ここにいたんですか」

「……ほかにどこ行けって言うんだ？」

加賀見はぼそりとつぶやいた。相変わらず愛想《あいそ》はないが、無視《むし》されなかっただけマシというものだ。誓護はおっかなびっくり食堂に入った。

加賀見はエビの背《せ》わたを取っていた。さすがに手早い。となりのガスコンロではスープが煮《に》え、ソースの鍋《なべ》が弱火で温められていた。

どうやら、こんな状況《じょうきょう》にもかかわらず、加賀見は自分の仕事をしていたらしかった。

「……えーと、加賀見さん」

「何だ」

「こちらの修道院《しゅうどういん》、初めてですか？」

「いや」

「いつ頃《ごろ》から？」

「去年だ。その後、春、夏と、何度か呼《よ》ばれた」

「それは、どういった経緯《けいい》で」

「……まるで取調べだな」

「そのつもりです」

「ふん……。知り合いが営業《えいぎょう》をかけてくれたんだ」

「それはなぜ。なぜ、この修道院だったんです？」

「理由なんかない――」

加賀見は精悍《せいかん》な顔を上げ、浅黒い頬に皮肉めいた笑《え》みを刻《きざ》んだ。

「と言っても、信じねえよな？」

「……信じる努力はしますよ」

「じゃ、言うぜ。女子修道院ってものに興味《きょうみ》があった」

「それは……まあ、同じ男として、理解《りかい》できなくもない……」

「婉曲《えんきょく》的だな。はっきり言えよ」

「以前は、近所の――フレンチのシェフがきてくれました」

「知ってるよ。何せ、俺《おれ》が口利《くちき》きを頼《たの》んだのもそこのオヤジだ」

「！」

誓護の内側に警報《けいほう》が鳴り響《ひび》いた。

これは果たして偶然《ぐうぜん》か？　こんな偶然があるのか？

今日、誓護は叔父《おじ》と決着をつけるためにこの修道院にやってきた。

叔父は不在《ふざい》で、その代わり、叔父によく似《に》た男が目の前にいる。

その男は、これまで誰が出入りしていたのかを知っていた。

偶然、シェフと知り合いだったのか？

偶然、この修道院を紹介《しょうかい》されたのか？

（いや……違《ちが》う）

順序《じゅんじょ》が逆《ぎゃく》だ。加賀見の目的はこの修道院で、そのためにシェフに近付き、調理師《ちょうりし》として潜《もぐ》り込《こ》んだのだ。そう考えた方が自然だ。

だが――

だとしたら、その理由がわからない。

「貴方《あなた》は、一体……何者なんです？」

「馬鹿《ばか》なことを訊くヤツだ。ただの流れのコックだよ」

嘘《うそ》だ。が、加賀見の言う通りだった。こんなマヌケな質問《しつもん》もほかにない。仮《かり》に加賀見が何者かであったとして、その秘密《ひみつ》をあっさり口にするわけがない。

誓護は加賀見の手元を盗《ぬす》み見た。

当たり前だが、厨房《ちゅうぼう》には包丁《ほうちょう》がある。果物ナイフから出刃《でば》包丁まで、ひとそろいだ。

不気味な光沢《こうたく》にぞくりとする。

思わず食堂の中を見回してしまう。――ふと、誓護の視線《しせん》がそれにぶち当たった。

テーブルの向こうの端《はし》に、ぽつんと置き去りにされている物体がある。マグカップだ。何であんな、すみっこに……？

誓護は興味《きようみ》を惹《ひ》かれ、カップの方に近付いた。

カップの中には飲みさしのホットチョコレートが入っていた。とっくにホットではなくなり、冷えて分離《ぶんり》してしまっている。底の方はどす黒く、血のように粘《ねば》る。

「あの、加賀見さん。これ……」

「……ああ。今、片付《かたづ》ける」

「これ、いのりに？」

加賀見はひどくぶっきらぼうに、「だったら何だ？」と答えた。

誓護は呆然《ぼうぜん》とした。正直なところ、軽いショックを受けていた。

いのりは人見知りだ。聞き分けはいいが、ひどく臆病《おくびよう》で、扱《あつか》いにくいところがある。兄の自分ですら、ときどき持て余《あま》す。他人にとっては手のかかる子供《こども》だろう。

一方、加賀見は無愛想《ぶあいそう》だ。こんな仏頂面《ぶっちょうづら》では子供の受けも悪いだろうし、請《う》け負ってもいいが、子供のご機嫌《きげん》を取るなんて不可能《ふかのう》なタイプだ。

それでも――いや、それなのに。

「あの……、ありがとうございます」

「何がだ」

誓護はカップを流し台に置きながら、にこっと笑いかけた。

「いのり、大好きなんですよ、ホットチョコレート」

加賀見は仕込みの手を止めず、やはりぶっきらぼうにつぶやいた。

「……俺は厨房を任《まか》されたんだ。礼を言われることじゃない」

不覚にも胸《むね》をつかれた。この男は信頼《しんらい》できるんじゃないか、と思った。

かえって言いやすい気がした。加賀見が持ち場を放棄《ほうき》していないのを知り、少々後ろめたい気持ちになっていたが、誓護は思い切って自分の意志《いし》を告げた。

「すみません、加賀見さん。ちょっと理由があって……せっかくきてもらったのに、しかもこんな状況《じょうきょう》でアレなんですけど、いのりの夕食は僕に作らせて欲《ほ》しいんです」

「…………」

ようやく、加賀見は手を止めた。まじまじと誓護を観察する。コイツは何を言い出したんだ、と確《たし》かめる視線《しせん》だ。やがて、肩《かた》をすくめて言った。

「好きにすればいいさ。俺には口出しする権利《けんり》はない。が――」

どん、と包丁をまな板の上に置く。その音だけで誓護は縮《ちぢ》み上がった。

「俺も一度は厨房を預《あず》かった身だ。『ちょっと』なんて理由なら、機嫌《きげん》も悪くなる」

熱のこもった言葉。加賀見は腕組《うでぐ》みをして、凄《すご》むように誓護を見下ろしている。

その行動に加賀見の本音が透《す》けて見えた。

ここを訪《おとず》れた理由はどうあれ、加賀見は調理師としてのプライドを持っている。言い換《か》えるなら、加賀見は真剣《しんけん》に料理に打ち込んできたということだろう。ここに潜《もぐ》り込むために料理を始めたわけじゃない……。それがわかっただけでも収穫《しゅうかく》だ。

加賀見が本気なら、誓護も本気で答えたいと思った。

「……これが最後になるかも知れないから」

誓護の言葉を聞いて、加賀見の眉《まゆ》がぴくりと動いた。

「ひょっとしたら、僕はもう、いのりの側《そば》にいてやれないかも知れない。だから今夜は、僕の作ったものを食べて欲《ほ》しい」

加賀見はのそりと立ち位置をずれて、コンロを一つ空けてくれた。

「……火傷《やけど》しても知らんぞ」

「冗談《じょうだん》。僕の腕前はプロ級ですよ」

誓護はただちに上着を脱《ぬ》いで、シャツの袖《そで》をまくった。

Episode 28

アコニットはイライラしていた。

冷え冷えとした礼拝堂《れいはいどう》の奥《おく》。壇上《だんじょう》のテーブルに足をそろえて腰《こし》かけている。閉《と》じた扇《おうぎ》を唇《くちびる》に当て、左右のブーツをぷらぷらと揺《ゆ》らしながら、虚空《こくう》をにらむ。

「このアコニットともあろう者が、どうして下僕《げぼく》の言うことを聞かなくちゃならないのかしら。これじゃ、あべこべじゃない。あのおばか下僕……」

優美《ゆうび》な曲線を描《えが》く唇。そこからこぼれ出るのは誓護への愚痴《ぐち》だ。しかし、アコニットがムカムカしている理由はそれだけじゃなかった。

ちらり、と紅《あか》い瞳《ひとみ》を横に向ける。

その瞬間《しゅんかん》、視界のすみで小さな生き物が飛び跳《は》ねた。

ささっと長椅子《ながいす》の向こうに隠《かく》れる。はみ出した茶色の髪《かみ》がしっぽのようだ。

「ふん……」

アコニットは再《ふたた》び正面に視線を戻《もど》した。

しばらくすると、小さな生き物はそろーっと片目《かため》だけを出して、こちらの様子をうかがい始めた。アコニットは舌打《したう》ちした。それで見えていないつもりか。

くっとそちらを向くと、再びぎくっとして、長椅子の陰《かげ》に引っ込んでしまう。

そんなことが、かれこれ一時間以上も続いている。

ああ、そのおどおどした態度《たいど》。挑発《ちょうはつ》しているかのような動き。獲物《えもの》に手ごろなサイズ。アコニットが猫《ねこ》科の動物なら、とっくに猫パンチをお見舞《みま》いしているところだ。実際《じっさい》、性格《せいかく》的に猫科に近いアコニットは、攻撃《こうげき》したくて尻《しり》のあたりがムズムズしていた。

紅《くれない》と銀の前髪が帯電し、パチパチと静電気が弾《はじ》ける。

「おーい、アコニット」

きわどいところで邪魔《じゃま》が入った。

礼拝堂の扉《とびら》が開き、一時雇《やと》いの下僕、桃原誓護が入ってきた。

なぜか上着を脱《ぬ》ぎ、シャツの袖《そで》をまくり、エプロンを腰《こし》に巻いていた。

「まだここにいたの。寒くなかった？」

「………」

「何すねてんだよ——って熱《アチ》⁉　ちょッ、これ、焦《こ》げてない⁉」

誓護はばふばふとエプロンを叩《たた》いて火を消した。

周囲をきょろきょろと見回し、腫《は》れ物に触《さわ》るような口調で、おずおずと訊《き》く。

「えーと、それでアコニットさま。僕がお願いしたマイリトルシスターは……？」

返事をするのも億劫《おっくう》だ。アコニットは視線だけで位置を教えてやった。

「あ～、そこかぁ……」

妹を見つけた途端《とたん》、誓護の表情《ひょうじょう》はゆるゆるとゆるんだ。アコニットはムカっとした。誓護の容姿《ようし》は人間にしては整った方だ。だが、始終ああしてにやけていれば、お世辞《せじ》にも格好《かっこう》いいとは思えない。なまじ容姿が秀《ひい》でている分だけ、あのヘラヘラふにゃふにゃな態度がバカに見える。シスコンの度合いも尋常《じんじょう》じゃない。人間の習性《しゅうせい》や嗜好《しこう》にはさほど明るくないアコニットだが、誓護が異性《いせい》に好かれるタイプじゃないということは容易《ようい》に推察《すいさつ》できた。

「アコニット、君も下りてこいよ」

アコニットの失礼な思考など知るよしもなく、誓護は手招《てまね》きした。馴《な》れ馴れしい。おまけに無防備《むぼうび》だ。こちらをまったく恐《おそ》れていないように見える。いちいち腹立《はらだ》たしい。

「……何か用？」

「晩《ばん》ゴハン、一緒《いっしょ》にどうかなと思って」

「おばかさん……。教誨師《グリモアリス》が人間の食物を摂取《せっしゅ》すると思う？」

「見た目は人間そっくりだろ。食って食えないことはない！」

アコニットは黙《だま》った。腹の立つことを言われたと思うのだが、不思議と腹が立たなかった。

それが腹立たしかったので、とりあえず「ふん……」と言っておく。

「さあ、いのりもおいで。食堂に行こう。いのりの好きなビーフシチュー作ったんだ。煮込みが甘《あま》いだろって？　チチチ、お兄さまをナメちゃいけない。圧力鍋《あつりょくなべ》を借りたから――」

誓護の言葉が宙《ちゅう》に浮く。

いのりは長椅子の陰に潜《ひそ》んだまま、まったく出てくる気配がなかった。怯《おび》えの走ったような眼《め》で、じっと兄を観察している。はっきりと警戒《けいかい》していた。

「……あれ、ダメ？」

たらり、と誓護のこめかみを冷や汗《あせ》が伝う。それは最愛の妹に嫌《きら》われてしまったかも知れないという、まさに世界最大の恐怖《きょうふ》による冷や汗だった。

「そっ、そうだね、ここの方が落ち着くかもね！　待ってて！　今、持ってくるから！」

信じたくない、信じたくない、とブツブツ繰《く》り返しつつ、誓護は礼拝堂を飛び出して行った。

アコニットにタンカを切ったときとはまるで違《ちが》う、情《なさ》けない姿《すがた》だった。

「……」

いのりは逃《に》げ去る兄を無表情で見送った。小さな頭がくるりとこちらを向く。ぱち、と交錯《こうさく》する視線《しせん》。いのりはびくっとして、また長椅子の陰に逃げ込んだ。

この兄妹《きょうだい》を見ていると、なぜだか無性《むしょう》に腹が立つ。

アコニットは理由もなくムカムカとして、無意識《むいしき》のうちに床《ゆか》を焦《こ》がしてしまった。

## Episode 29

誓護はステンレス製《せい》のワゴンを押《お》して、礼拝堂《れいはいどう》に戻った。

胸《むね》がドキドキする。甘酸《あまず》っぱい期待などではなく、恐怖と不安でドキドキだ。

この五年というもの、ずっと一緒だった最愛の妹——いのりに思いっきり拒絶《きょぜつ》されているような気がする。

杞憂《きゆう》だ、杞憂。思いすごしに決まってる。

アコニットを怖《こわ》がるのは当然だ。いのりにとっては狂犬《きょうけん》みたいなものだから。しかし、狂犬と一緒にいるというだけで、この兄まで怖がるなんて……。それとも、あっさり狂犬の手下になった兄を軽蔑《けいべつ》しているのか。失望したのか。嫌《きら》いになったのか。

事実を確《たし》かめるのが怖いので、いのりの方を見ることができない。誓護は鼻歌を歌いながら、表面上は平静を装って食卓《しょくたく》をセッティングした。

丸テーブルと椅子を引き寄《よ》せ、数台の電気ストーブを近くに集める。粗末《そまつ》なテーブルもクロスを広げれば立派《りっぱ》な食卓だ。パンのバスケットと食器を並《なら》べ、サラダボウルにシチューの鍋、加賀見が持たせてくれたフリッターの皿を置く。

度数ゼロのシャンパンふう飲料の栓《せん》を抜《ぬ》き、満を持して手を差しのべる。

「さあ、いのり！　こっちにおいで！」

キラキラと輝《かがや》く笑顔《えがお》はしかし、次の瞬間にもろくも砕《くだ》け散った。

いのりは長椅子の陰に引きこもったまま、じっと兄を眺《なが》めていた。動く気配もない。

「……や、やっぱダメ？　僕、嫌われた？　嫌われちゃった⁉」

そーっと一歩踏《ふ》み出すと、いのりはささっと二歩逃げた。

「そんな……っ。いのり、嘘《うそ》だろ……⁉　頼《たの》むッ嘘だと言ってくれ！」

必死の形相で訴《うった》える。捨《す》てられた男が往来《おうらい》で土下座《どげざ》する光景に近い。みっともなくも人格崩《じんかくほう》壊寸前《かいすんぜん》のところを、横から美声がさえぎった。

「いい加減《かげん》にしなさいよ……」

アコニットだ。目に見えてイライラムカムカしている。

誓護は最初、自分が叱《しか》られているのかと思った。情けない男ね、と説教されるのかと。

ところが、アコニットの視線はいのりに向けられていた。

「貴女《あなた》が畏《おそ》れるべきはこのアコニットでしょう？　それが何？　毒にも薬にもならないような、ヘタレ人間一匹《ぴき》を怖がって。みっともないったらないわ。誇《ほこ》りはないの？」

「よせよ、アコニット。いのりはまだ一〇歳にもなってないんだ」

「ふん……。生まれて一〇年も経《た》つ頃《ころ》には、私にはもう淑女《しゅくじょ》の自覚があったわよ」

虫の居所《いどころ》でも悪いのか、アコニットは今まで以上に不機嫌《ふきげん》だ。

まるで童話に出てくる魔女《まじょ》のように、底意地の悪そうな笑みを浮かべる。

「いいこと、人間の娘《むすめ》。貴女の兄はこのアコニットと賭《か》けをしたの。賭けに負けたら、地獄《じごく》に行くのよ。そこで永劫《えいごう》の責《せ》め苦を受ける……。貴女とは二度と会えないかも——」

「よせって！」

思わず、本気で怒鳴《どな》ってしまった。

真紅《しんく》の双眸《そうぼう》が誓護をとらえた。また焦《こ》がされるかと思ったが、アコニットは「ふん……」と鼻であしらっただけで、攻撃《こうげき》はしなかった。

ふと、何かやわらかいものがわき腹《ばら》に触《ふ》れた。見下ろすと、ふわふわ揺《ゆ》れる栗色《くりいろ》の髪《かみ》。不安げに誓護を映《うつ》す大きな瞳《ひとみ》。きゅ、と小さな手が誓護のエプロンを握《にぎ》りしめていた。

いのりは上目遣《うわめづか》いで誓護を見ていた。『本当？』と訊《き》いているのだ。

「嘘！　嘘だよ大嘘！　全然大丈夫《だいじょうぶ》だから！　ほら、ゴハンにしよう？」

「………」こく。

誓護はほっと胸をなで下ろした。それどころか、小躍《こおど》りしたい気分だった。別に嫌われたわけじゃなかったのだ。いやー、よかったよかった。

そっと椅子《いす》を引き、いのりを座《すわ》らせる。

それから、壇上《だんじょう》で黙《だま》りこくるもう一人にも声をかけた。

「アコニット、君もこいよ」

「…………」

「皿も用意しちゃったよー」

「…………」

「あー、ひょっとして食べたことない？」

ぴく、とアコニットの白い耳が反応《はんのう》した。

「そっか、わかるよー。初めて食べるものって怖いよな」

「……怖いですって？　ふん、このアコニットが？」

小馬鹿《こばか》にしたような顔で振《ふ》り向く。

口には出さないが、誓護はこう思った。

オマエ、本当は扱《あつか》いやすいだろ。

こうして無事、三人で食卓を囲むことになった。

自分で淑女と言うだけあって、アコニットはお行儀《ぎょうぎ》がよかった。人間のテーブルマナーにも精通《せいつう》しているらしく、食器の使い方も作法にのっとっている。

ただし——

「どう？　お口に合う？」

「…………ふん」

「態度《たいど》悪ッ！」

——だったが。

それでも、手を止めないところを見ると、料理はそれなりに気に入ったらしい。ときどき無関心の仮面《かめん》がはがれ、もの珍《めずら》しそうにする。そんな姿《すがた》を誓護に見られるたび、腹立《はらだ》たしげに罵《のの》り、雷電《らいでん》を生じ、そしていのりを怯《おび》えさせていた。

皿がひと通りカラになり、食後の満たされた空気が漂《ただよ》い出す頃《ころ》、誓護はワゴンからクーラーボックスを引っ張《ぱ》り出した。

「実はデザートもあるんだ」

クーラーボックスの中には、大量の保冷剤《ほれいざい》とガラスの器《うつわ》、そしてアイスクリームが放《ほう》り込《こ》んであった。ひと抱《かか》えもあるバレル型の箱だ。

ひんやりとしたガラスの器を食卓に置き、バレルのフタを開けた途端《とたん》、

「うわっ」

目の前に、にゅっと銀色の物体が突《つ》き出された。

銀色の物体には紅《あか》いラインが入っていて、とても目立つ。ふんわりフローラル系《けい》の香《かお》りが立ちのぼり、ぽーっと酔《よ》いそうになる。

アコニットの頭だった。地獄《じごく》のアコニットともあろう者が、アイスクリームの容器《ようき》に頭を突き出して、興味津々《きょうみしんしん》に見つめているのだった。

どうやら、ほのかに漂うバニラの香りにつられたらしい。

「……これ」

「はい」

「何なの？」

「何って……アイスクリームです、姫《ひめ》」

「ぁあ、これが……」

予備知識《よびちしき》はあるらしい。

「こうすりゃわかる？」

スプーンですくい取り、ガラスの器に盛《も》りつけてみる。

「……ふん、最初からそうしてればいいのよ」

アコニットは忌《い》ま忌ましそうに爪《つめ》でガラスを弾《はじ》いた。きん、といい音が鳴る。

「……言っておくけど、私は知っていたわよ。作り方や材料、効能《こうのう》だって言えるわよ」

「いや、別に、その発言の信憑性《しんぴょうせい》をいちいち疑《うたが》ったりはしませんが」

効能って何だよ。誓護は笑いをこらえて盛りつけ作業を続けた。アコニットは不満げだったが、むきになるのもバカらしいと思ったらしく、黙《だま》りこくっていた。

「で、仕上げに——イチゴのソースでございます」

誓護はちょっと得意げに、紅い液体《えきたい》をとろりと垂《た》らした。

「ジャムで作ったんだ。ほら、こうすると君の髪とおそろいだろ？」

アコニットは自嘲《じちょう》気味に唇《くちびる》を歪《ゆが》めた。

「つまり、このお菓子《かし》も血まみれってわけ？」

「————」

言葉に詰《つ》まる。見透《みす》かされたような気がした。からかっていても、軽口を叩《たた》いていても、腹《はら》の底には恐《おそ》れる気持ちが確《たし》かにあった。人間じゃない存在《そんざい》として、アコニットを恐れていた。

その恐れを言い当てられたような気がして、戸惑《とまど》った。

そして、罪悪感《ざいあく》を覚えた。

妙《みょう》な話だった。罪《つみ》の意識を覚える理由など、どこにもないはずなのに。

「……正直、最初はそんなふうに思ったけどさ」

誓護はアコニットの髪《かみ》を見つめ、そのまぶしさに目を細め、笑ってうなずいた。

「今見ると、けっこうおいしそうだよ？」

面食らったらしい。アコニットは紅い眼《め》を見開き、ぱか、と小さく唇を開けた。

それから、ますます不機嫌《ふきげん》になって、そっぽを向いた。

「……やめて、そのヘラヘラ顔。胸《むね》がムカつくわ」

「はは、きっつ……」

「モタモタしないで。……早く頂戴《ちょうだい》」

「──かしこまりました」

給仕《きゅうじ》の喜びを感じながら、スプーンを添《そ》えて器を差し出す。

アコニットのとなりでは、いのりがスプーンを握《にぎ》りしめ、眼で『食べていい？』とおうかがいを立てていた。

夜が更《ふ》けていく。

ひんやりとした甘《あま》さを舌《した》の上で転がしながら、誓護はふと考えた。

明日の今頃、自分はどこでどうしているのだろう？

左手の薬指がかすかにうずく。

金と銀の二匹《ひき》の蛇《へび》が、ルビーとサファイアの瞳《ひとみ》で誓護を見つめていた。

これから呑《の》み込む哀《あわ》れな獲物《えもの》を、じっくり品定めするように。

# Episode 30

# Chapter 4 【罪《つみ》は露見《ろけん》す】

一階の食堂は、ちょっと妙《みょう》なことになっていた。

大きなテーブル。真っ白なテーブルクロス。燭台《しょくだい》にはろうそくが立てられ、可愛《かわい》らしい火があたたかなディナーを演出《えんしゅつ》している。

卓上《たくじょう》には色とりどりの皿。コース料理ではないものの、それに匹敵《ひってき》するバラエティ。ホームパーティふうの賑《にぎ》やかさだ。メニューも変化に富《と》み、西洋風から中華《ちゅうか》、中近東の家庭料理まで幅広《はばひろ》い。

その食卓を、表情《ひょうじょう》も体格《たいかく》も立場も性格《せいかく》もバラバラな四人が囲んでいる。

皮肉めいた薄笑《うすわら》いの姫沙《きさ》、暗く沈《しず》みがちな真白《ましろ》、場を和《なご》ませようとふんわり微笑《ほほえ》むシスター森《もり》、そして、むっつりと不機嫌《ふきげん》な加賀見《かがみ》。

こんな状況《じょうきょう》でも、加賀見はきっちりと自分の仕事をこなした。結果、美味《おい》しそうな香《かお》りにつられ、女性《じょせい》三人がふらふらと集まってきたのだった。

「ふん、滑稽《こっけい》だな」

三人の視線《しせん》が集中する。視線の中心には姫沙がいた。

「わけのわからないことが起こり、危険《きけん》な怪物娘《かいぶつむすめ》が現《あらわ》れ、外の世界とは見事に切り離《はな》された。だというのに、我々《われわれ》は普段《ふだん》通りに食事を摂《と》っている」

姫沙は上品な手つきでスープをすくい、ひと口飲んで、ほう、という顔をした。

「……食事に関して言えば、普段よりもずいぶんと上等だが」

加賀見に艶《つや》っぽい流し目を送る。

別に色仕掛《いろじか》けを試みているのではなく、目元が知らないうちに上気していて、何となく正面から見ることができないので、自《おの》ずとそうなってしまうのだ。

「……滑稽なのは、そこじゃないだろう」

加賀見はそちらを見ようともせず、愛想《あいそ》のかけらもない声音《こわね》で言った。

「あの黒い……妙な娘のセリフを信じるなら、ここにいる誰《だれ》かが殺人犯《さつじんはん》ってことになる。誰がそうかもわからねえのに、同じ食卓で飯を食う——それが滑稽なんだろ？」

「う、うむ、それもそうだな……」

姫沙はもじもじとうつむいた。スプーンでスープを混《ま》ぜ混ぜしつつ、「コイツは違《ちが》うコイツは違うコイツは違う……」と小さく独《ひと》り言を言う。

しばらくは、かすかな食器の音だけが食堂に響《ひび》いた。

じりじりとろうそくの火にあぶられるような沈黙《ちんもく》。

その焦燥《しょうそう》混じりの沈黙を破《やぶ》ったのは、真白だった。

「あの子、一体何者なんでしょう。教誨師《きょうかいし》、とか言ってましたけど」

「ふん……」姫沙が鼻で笑う。「何者か、なんて問いに大した意味はないよ。問題はあの怪物娘が何を目的としていて、我々をどうするつもりか……だ」

「……誓《せい》ちゃまは、もうすっかりあの子の味方みたいですけど」

「あの腑抜《ふぬ》けめ。アイツときたら、まったくモテないらしいからな。ちょっと綺麗《きれい》な娘に言い寄《よ》られたら、簡単《かんたん》にたぶらかされるんだ」

「姫沙さん、それは違います」

真白は聞き捨《ず》てならない、という様子で口を挟《はさ》んだ。

「誓ちゃまは常軌《じょうき》を逸《いっ》したシスコン野郎《やろう》だからおモテにならないんです。普通《ふつう》の女の子になんか最初から興味《きょうみ》はありません」

「む、それもそうか。まあ、見るからにイカレきったペド野郎だからな」

「しかもシスコンです。最低の人種です」

「……泣くぞ、アイツ」

次第《しだい》にエスカレートする非難《ひなん》に、加賀見は同情のこもったため息をついた。

「だが、真面目《まじめ》な話」

　姫沙は片頬《かたほお》だけで皮肉っぽく笑った。

「もし、ここにいる四人……つまり大人が結託《けったく》すれば、未成年の一人や二人、どうとでもなるとは思わないかね？」

「ほう……」加賀見が面白《おもしろ》そうに問い返す。「できるか？」

「できるさ。怪物娘のセリフじゃないが、我々は皆《みな》、どいつもこいつもプンプン臭《にお》うよ。まっとうな生き方はしてこなかった……そんなふうに、ね」

　姫沙はゆっくりと、舐《な》め回すように一同を見回した。

「本当なら、誰も警察《けいさつ》には関《かか》わりたくない……違うかね？」

　誰も否定《ひてい》しなかった。身じろぎすらしなかった。

「……なら、やるか？」加賀見が無表情で訊《き》く。

「さて……」

　それは君たち次第だ、というふうに一同を見る姫沙。

「ふん……。ま、私はお断《ことわ》りだがね」

　姫沙は肩《かた》をすくめ、それから真白に憎悪《ぞうお》の視線を向けた。

「私は確《たし》かに悪党《あくとう》だが、人を殺した人間とは組めないからな」

　真白も負けてはいない。激《はげ》しい憎悪の視線を返す。

「誰のことをおっしゃってるのかわかりませんが、真白もその点は同感です。人殺しは絶対《ぜったい》に許《ゆる》せませんから」

二人の視線が空中で激しく火花を散らした。憎悪が憎悪を反復《はんぷく》し、怒気《どき》をはらんで膨《ふく》れ上がる。殴《なぐ》り合いにまで発展《はってん》しそうな、そんな空気の中、

「ああ、そう言えば」

ふと、それまで黙《だま》っていたシスター森が思い出したように言った。

「あのお嬢《じょう》さん、いつの間にか床を歩くようになりましたわね？」

一同が振《ふ》り向く。

どの顔にも同じ疑問《ぎもん》が浮《う》かんでいる。それは一体どういう意味なのか？

シスター森の発言をそれぞれに受け取り、咀嚼《そしゃく》し、そして。

ほぼ同時に、全員が同じ結論《けつろん》に達した。

## Episode 31

ひょっとしたら最後になるかも知れないディナーが終わり――

誓護《せいご》は後片付《あとかたづ》けを済《す》ませ、使い終わったワゴンを食堂に戻《もど》した。食堂はささやかな宴《うたげ》の最中で、姫沙、真白、シスター森が加賀見の料理に舌鼓《したつづみ》を打っていた。

適当《てきとう》に愛想《あいそ》をふりまいただけで、寝室《しんしつ》の一つへ。

自分といのりにあてがわれた部屋だ。昼間のうちに荷物が届《とど》いている。カバンの中から洗顔《せんがん》

セットとタオルを取り出し、誓護は妹に手渡《てわた》した。

「さあ、いのり。寝《ね》る前に、歯磨《はみが》き」

夕食のときから、いのりは誓護にくっついて離《はな》れない。誓護も妹を愛《いと》しく思うので、したいようにさせておいたが、一晩中《ひとばんじゅう》そうしているわけにもいかなかった。

いのりは歯ブラシを受け取ったものの、なかなか離れなかった。

「大丈夫《だいじょうぶ》だよ。ここで見てるから。磨いておいで」

優《やさ》しく諭《さと》すと、何度も振り返りながら、とぼとぼと洗面台の方へ向かう。

その一部始終を見届け、アコニットが吐《は》き捨てるように言った。

「ビクビクの次はベッタリ？　しつけが行き届いてるわね」

そう言った煉獄《れんごく》の淑女《しゅくじょ》は、テレビの上に腰《こし》かけていた。

「そりゃ君が脅《おど》かしたからだろ。つうか、君のしつけはどうなってんの？」

アコニットは耳も貸《か》さず、

「そろそろ一時……五時間も使った計算よ」

「言われなくてもわかってるよ」

「あらそう。それで、有意義《ゆういぎ》な五時間を経《へ》て、罪人《ざいにん》の目星はついたのかしら？」

「はは、イヤミがお上手で……」

誓護は苦笑《くしょう》し、携帯《けいたい》電話を引っ張《ぱ》り出した。

確かに時刻《じこく》は二三時を回っていた。普段《ふだん》なら、翌日《よくじつ》の予習をしながら、悪友と冗談《じょうだん》メールを応酬《おうしゅう》している時間帯だ。セグメントの障壁《しょうへき》には電波をシャットアウトする性質《せいしつ》でもあるのか、相変わらず圏外《けんがい》なので、メールは入らない。

もどかしい反面、気楽だった。もしここでメールが届くようなら、張り詰《つ》めていた気持ちが切れてしまったかも知れない。泣きついて助けを求めたくなったかも……。

「……あの子、どうするつもり？　この部屋で一人ぼっちにするの？」

誓護はどさ、とベッドに腰《こし》を投げ出した。ちょうど、それを考えていたところだった。

「ねえ、アコニットさん」

「何よ」

「君、子守《こも》りの経験《けいけん》は？」

ひく、とアコニットの頬《ほお》が引きつった。

「……………本気？」

「本気も本気。大真面目《おおまじめ》。この状況《じょうきょう》で、僕《ぼく》が一番信用できるのは君だ」

いのりを人質《ひとじち》に取られたら、誓護は何もできなくなる。誰が罪人かわからない以上、真白や姫沙に預《あず》けることもできない。

「……ふん、面白いことを言うわね」

アコニットの唇《くちびる》が侮蔑《ぶべつ》的に歪《ゆが》んだ。

「私は人間とは相容《あいい》れない……。私が見せたいくつかの力も、貴方《あなた》には不可解極《ふかかいきわ》まりないはずだわ。そんな私が信じられるですって？　どうかしてるんじゃない？」

「ほら、それだよ。僕が君を信用する理由」

くすりと笑いが漏《も》れてしまう。アコニットはむっとして眉間《みけん》にしわを寄《よ》せた。

「……わからないわ」

「君ほどじゃないけど、人間にも不可解な力があるのさ。人それを直感と言う！」

サムズアップ。キメたつもりだったが、アコニットはそっぽを向いてしまった。

「あれ、無視《むし》？　うわぁ……アコニットさん、ガン無視？」

「……私は視《み》てたのよ。〝振《ふ》り子〟を通して」

誓護を監視《かんし》していたということだろう。そんなこともできるのか、と誓護は感心した。まじまじと蛇《へび》の指輪を見る。隠《かく》しカメラや通信機のたぐいは見当たらない。

「今だって、貴方は人間どもと楽しげに話してた……それは疑《うたが》ってないから」

「違うよ。信用できないからこそ、こんなときでも社交的にふるまえる。人間の生存本能《せいぞんほんのう》さ。お互《たが》いに刺激《しげき》しないように気を遣《つか》ってるだけ」

「……あの人間どもと話してみて、疑いが薄《うす》れたんじゃないの？」

「疑いたくないとは思ったよ。みんな、いい人だから。善人《ぜんにん》じゃないかも知れないけど、悪人じゃない。あんなふうに人を殺してしまうなんて、信じたくないと思った。でも」

誓護は苦笑した。それから、投げやりに言った。

「現実《げんじつ》には一人、殺人者がまぎれ込《こ》んでる」

「おばかさん……。同じ人間を疑って、このアコニットを信じるの？」

「あれ、疑って欲《ほ》しいの？」

アコニットはムスっとした。それから、足をぶらぶらさせ、どこか遠くを見つめた。

「人間って、面倒《めんどう》くさいのね。疑ったり、騙《だま》したり……気を遣ったり」

「そんなの、君たちだって同じだろ」

「……どういう意味？」

「にらむなって。君を見てるとさ、人間と同じだなーって思うよ。戸惑《とまど》ったり、怒《おこ》ったり——そりゃそうだよな。この世って、君たちがバケツの中で見てる夢《ゆめ》なんだし」

「……違《ちが》うわ。人界はあくまでも人間どもの夢……。私たちの夢じゃない」

「——」

「でも、貴方の言うことも、わかる。私たちだって、裏切《うらぎ》られることは、ある……」

視線を落とし、じっと床《ゆか》をにらむ。

何か、触《ふ》れてはいけないものが、白い肌《はだ》のすぐ下にまで浮《う》かび上がっているように見えた。

誓護の胸《むね》を不思議な罪悪《ざいあく》感が刺《さ》す。本当は彼女のそんな姿《すがた》を見ること自体、誓護には許されていないんじゃないかと思った。

「……そっか。で、子守りの経験は？」

「あるわけないじゃない……。私は高貴《こうき》なるアネモネの出なのよ。そもそも、子供《こども》なんて……キライなのよ。面倒だもの。わがままだし。うるさいし。服を汚《よご》すし」

「何だと⁉　いのりは人見知りだけど、素直《すなお》だし、大人しいし、お上品なんだよっ」

「うるさいわねぇ……。大体、私と二人きりじゃ、あの子は怯《おび》えるじゃない」

「そのことなら、きっと大丈夫」

そのとき、ボイラーの給湯が止まった。

歯磨《はみが》きは終わったらしい。歯ブラシをヘアブラシに持ち替《か》えて、いのりがバスルームから出てくる。一瞬《いっしゅん》、アコニットを見て立ちすくんだが、いのりはきゅむっと目をつむり、両手を前に突《つ》き出して、たたたっと兄のもとへ走ってきた。

誓護はブラシを受け取り、いのりを膝《ひざ》のあいだに座《すわ》らせた。

リボンを解《ほど》き、髪《かみ》をすいてやる。誓護の手つきは慣《な》れている。当たり前だ。五年間、ずっとこうして妹の髪をすいてきたのだ。

しん、と心が凍《こご》えた。もう、こうして髪をすいてやることもできなくなるのか？

「いのり……あのね。僕、やらなきゃならない仕事があるんだ」

誓護は不吉《ふきつ》な予感を振り払《はら》うように、力強く言った。

「その仕事を今晩中《こんばんじゅう》に終わらせないとね、いのりと離《はな》れ離《ばな》れになっちゃうかも知れない」

いのりは弾《はじ》かれたように振り返った。

「大丈夫《だいじょうぶ》だよ。きっと成《と》し遂げてみせる。そうしたらまた、ずっと一緒《いっしょ》だ」

「…………っ」

「だから、僕が仕事を終えるまで、この部屋で待っててくれる？　眠《ねむ》っててもいいんだよ。明日の朝、いのりが目を醒《さ》ます頃《ころ》には、僕も戻《もど》ってくるからね」

ぽろり、といのりの眼《め》から涙《なみだ》がこぼれた。あうあう、と誓護に向かって手を伸《の》ばす。

「はは、何泣いてんの。心配しなくても、寂《さび》しくないよ〜。こっちのお姉ちゃんが一緒にいてくれるから。ちょっと怖《こわ》くてわりと短気でかなり気難《きむずか》しいけど、きっといのりを護《まも》ってくれる。怖くて短気で気難しいけどね！」

アコニットのひたいに青筋《あおすじ》が立つ。パチパチと火花が生じ、空気が焦《こ》げた。

いのりはぽろぽろと泣きながら、兄の側《そば》を離れ、旅行カバンに取りついた。自分のポシェットを引っ張《ぱ》り出し、中から名刺《めいし》大のカードを探《さぐ》り出して、誓護に突き出す。

「え？　これ……持って行けって？」

こく、といのりはうなずく。お守り代わり、ということだろうか？

「これ……幼稚園《ようちえん》のときの？　まだ持ってたんだ……」

それは四年前、いのりがクレヨンで描《か》いた〈お絵かき〉だった。テーマは『将来《しょうらい》の夢《ゆめ》』。特に力作だというので、教諭《きょうゆ》が好意で写真に撮《と》り、カードに刷《す》ってくれた物だ。

驚《おどろ》くほど精密《せいみつ》に描《えが》かれた教会。白いヴェール、白いドレスの花嫁《はなよめ》。寄《よ》り添《そ》う花婿《はなむこ》。幸せそうな新郎新婦《しんろうしんぷ》は同じ茶色の髪をしている。

「いのりはお嫁さんになりたかったんだよね」

「…………」こく。

「あ、今も？」

「…………」こく。

「前から思ってたんだけどさ。実はこの新郎、僕だったり——なんてことは」

「…………」こく。

「おいおいアコニット、聞いたかよ〜？　モテる男はつらいぜ〜」

だらしなくゆるむ。アコニットは心底付き合いきれない、という顔をしたが、誓護はそんなことはおかまいなしで、いのりの頭をいい子いい子した。

「よーしよし、一〇年経《た》ったら結婚《けっこん》しような！」

「…………」こくこく。

「できるわけないじゃない……。兄妹《きょうだい》で」

「ちょっとアコニットさんッ!?　少女の夢《ゆめ》を壊《こわ》さないでくださるッ!?」

「……言っとくけど、少女《こども》に手を出したら、即座《そくざ》に烙印《らくいん》を押《お》すわよ？」

「せんわッ！　どんな目で僕を見てるんだ！」

「いやらしい目で妹を見てるのは貴方《あなた》でしょぉ……」

「見てない！　見てないぞー、いのり～。お兄ちゃんはそんな……ッ」

いのりは兄の胸《むね》に飛び込み、強くひたいを押しつけた。

小さな指を真っ赤にして誓護の上着を握《にぎ》りしめている。

「いのり……」

鼻の奥《おく》がツンとした。不覚にも、誓護は泣いてしまいそうになっていた。

抱《だ》きしめる。ふわっと腕《うで》になじむぬくもり。やわらかさ。その甘《あま》い香《かお》り。肌《はだ》と肌が溶《と》け合うような一体感。綿《わた》のように軽い、地球より重い存在《そんざい》。

しみじみと自覚する。この子は自分のアキレス腱《けん》だ。唯一《ゆいいつ》の弱点。絶対《ぜったい》の弱み。

そして妹にとっても、自分はこの世にたった一人の家族。

切れてはいけない生命線。

絶対に、死ぬことは許《ゆる》されない。

そのことを痛《いた》いくらいに思い知らされる。痛みは決意に、決意は覚悟《かくご》に変わる。

そして覚悟は、不安を蹴《け》飛《と》ばす勇気へと。

「大丈夫。いのりに黙《だま》って、勝手にいなくなったりしないよ」

何が最後のディナーだ。最後にしてたまるか。

しんみりしてる場合じゃない。小狡《こずる》く立ち回り、罪人《ざいにん》と呼《よ》ばれる者をいぶり出せ。

「明日の朝、ちゃんとここに戻《もど》ってくるから。そうしたら、一緒に家に帰ろう」

いのりは目に一杯涙《いっぱいなみだ》を溜《た》めて、

「……………」

こくり、と小さくうなずいたのだった。

## Episode 32

いのりを残し、寝室《しんしつ》を出る。

「それじゃ、いのりのこと、よろしく頼《たの》むよ」

「……ふん」

アコニットは不満げに眉《まゆ》を歪《ゆが》めた。舌打《したう》ちでもしそうなしかめっ面《つら》だ。

「……貴方が不始末をやらかさないか、〝振《ふ》り子〟を通して視《み》てるわよ。おばかなことをやらないよう、せいぜい気をつけるのね」

「そっちこそ、いのりに変なことするなよな」

「貴方と一緒にしないでよ……」

「してない！　僕したことない！」

「……とりあえず、ここで〝振り子〟を使ってみたら？」

どうでもよさそうに言う。が、本当にどうでもいいことなら、アコニットは言わないだろう。

ひょっとしたら、少しは心配してくれているのかも知れない。

誓護はほんの一瞬《いっしゅん》、躊躇《ちゅうちょ》した。

断《ことわ》る理由は思いつかない。むしろ推奨《すいしょう》されるべき行動だった。

「オッケー、練習も兼《か》ねてやってみるよ。……あー、でも」

アコニットの後ろ、寝室のドアに目が行く。扉《とびら》一枚《まい》を隔《へだ》てて、その向こうにはいのりがいた。

盗《ぬす》み見、もしくは盗み聞きでもしていて、ショッキングな——教育的配慮《はいりょ》を欠いた情景《じょうけい》が再生《さいせい》されてしまったら、やはり問題だ。

「過保護《かほご》ねぇ……。わかったわよ」

アコニットはため息をついた。億劫《おっくう》そうに扇《おうぎ》を開き、ぶんっと横薙《よこな》ぎにする。刹那《せつな》、黒い渦《うず》の障壁《しょうへき》が床《ゆか》から天井《てんじょう》に伸《の》び、廊下《ろうか》の一角を占拠《せんきょ》した。

いくぶん狭《せま》いながらも、例の『ないしょ話』ドームができあがる。廊下は一時的に通行止めになってしまったが、その分、いのりの安全も確保《かくほ》されたと言える。

ためらう理由がなくなってしまったので、誓護は大人しく左手を持ち上げた。その薬指には、アコニットから預《あず》かった蛇《へび》の指輪が輝《かがや》いている。

「これにキスすればいいの？」

「そう……。そして、意識《いしき》をしぼるのよ。耳を澄《す》まし、目を凝《こ》らすの。無理に記憶《きおく》を呼び覚まそうとする必要はないわ。落ち着いて、彼らの呼びかけに応《こた》えて……」

誓護は言われるまま意識を集中した。まったくの手探《てさぐ》りだが、とにかく耳を澄まし、目を凝らしてみる。失敗はできない。そう、絶対に失敗してはいけない。

そっと指輪に口をつけると、早くも外界に変化があった。

ぼうー、と揺《ゆ》らめく影《かげ》が浮《う》かび上がる。初めもやもやと不定形だった影は、次第《しだい》にその色を濃《こ》くし、輪郭《りんかく》をくっきりとさせていく。

特に力む必要はなかった。ちょっと意識がぼんやりするが、ぐったり疲《つか》れるほどでもない。思考力もそれほど低下していない。思っていたよりも楽な作業だ。

うっすら見え始めたのは、ここまったく同じ廊下だった。時刻《じこく》は夕暮《ゆうぐ》れどきか。窓《まど》の向こうはほとんど夜。ただ、遠くに見える街並《まちな》みがまだオレンジ色に染《そ》まっている。

一瞬、上手《うま》くいったのかと思った。頭に思い描《えが》いたものを呼び出せたのかと。

誓護が再生したかったのは、先ほどの姫沙と真白の会話だった。この廊下は四つの寝室に面しているので、運がよければ二人の会話が拾えるのではと思ったのだが……。

(あれ、この光景——)

慄然とした。この光景は知っている。見覚えが、ある……。

セピア色の記憶。心の奥深くに沈《しず》めた思い出。敢《あ》えて回想を禁《きん》じた、大切な過去《かこ》——

誓護の疑念《ぎねん》を肯定《こうてい》するかのように、目の前を横切った人影があった。

利発そうな少年が、憂鬱《ゆううつ》そうな表情《ひょうじょう》で廊下を歩いている。

（やめろ……やめてくれ！）

必死に映像《えいぞう》をかき消そうとする。ほかのことを考え、別のところを見て、自ら意識をかき乱《みだ》そうとするのだが、消そうとすればするほど、誓護は目の前の情景《じょうけい》に取り込まれていった。

「これは……貴方ね」

アコニットが少年の顔をのぞき込《こ》み、言った。

そして、誓護がもっとも恐《おそ》れていたことが現実《げんじつ》となる。

Episode 05

利発そうな少年が、憂鬱そうな表情で廊下を歩いている。

寂寥《せきりょう》を感じさせる暗い廊下だ。窓ガラスから漂《ただよ》う冷気に身をすくめ、早足に行き過《す》ぎようとして、その少年——一二歳の誓護は足を止めた。

「あ……」

小さな女の子がこちらを見ていた。カーテンにくるまって、ぽつねんと立っている。人形みたいだと思ったのは、美しかったからと言うより、生気が感じられなかったからだ。

衣装も人形じみていた。母親の趣味《しゅみ》だけで着せたようなふわふわのワンピース。その上から、フリルのたっぷりとした、エプロンふうのスモックを着ている。

こうして向かい合うのは二年ぶりだったが、誓護は妹の名前を覚えていた。

「いのりちゃん、何してるの？」

いのりはじっと誓護を眺《なが》めていた。返事はない。

「僕《ぼく》がわかる？　わかんないかな？　最後に会ったときは二歳だったもんね」

やはり答えない。興味《きょうみ》のない動物を見るような、感情の見えない無表情。

「うわぁ、どうしよう……。すごく拒絶《きょぜつ》されてるっぽい……。いのりちゃん、ひょっとして、僕のこと嫌《きら》い……だったりする？」

反応があった。ゆっくりと、小さくかぶりを振《ふ》る。

「はは……。うん、って言われたら立ち直れないとこだったよ。仮《かり》にも兄妹《きょうだい》だしね」

半分だけとは言え、血をわけた兄妹だ。

と、そのとき――

「あの人は猫舌《ねこじた》なのよ！　こんな熱いのはダメよ！」

突然《とつぜん》、階下からヒステリックな怒鳴《どな》り声が聞こえてきた。

「もういいわ！　後はあたしがやるから！」

キンキンと頭に響《ひび》く嫌《いや》な声だ。思い出したくもない。

一階の食堂で騒《さわ》いでいるらしい。ここまで聞こえてくるのだから、間近で聞かされた方はたまったものじゃないだろう。誓護は手伝いのシスターに同情した。

いのりが縮《ちぢ》こまり、カーテンの中に隠《かく》れてしまう。

過剰《かじょう》な反応《はんのう》。気になる仕草だった。何となく立ち去りがたくなっていると、

「ほんっと、使えない！　だからちゃんとした料理人を雇《やと》えって言ったのに……」

ブツブツ言う声とともに、ハイヒールの靴音《くつおと》が近付いてきた。

一瞬、その場を逃《に》げ出してしまいたい衝動《しょうどう》に駆《か》られた。

が、踏《ふ》みとどまる。それは敵前逃亡《てきぜんとうぼう》みたいで気に入らない。誓護は親に口答えもしない少年だったが、どうして僕が逃げなくちゃならないんだ、と思うくらいには反抗期《はんこうき》だった。

「やっほー。お久《ひさ》しぶり、誓護さん」

目ざとくこちらを見つけ、馴《な》れ馴れしく声をかけてくる。

母は両手に一つずつ、湯気の立つマグカップを持っていた。相変わらず『歩く宝石屋《ほうせきや》』で、夕闇《ゆうやみ》の中、彼女の周辺だけがギラギラと不潔《ふけつ》な明るさを保《たも》っている。胸《むね》が悪くなるほどに強烈《きょうれつ》な香水《こうすい》の匂《にお》い。誓護は何となく食虫植物をイメージした。

「……こんにちは、有希《ゆき》さん」

「あーら。お母さまとは呼《よ》んでくれないの？」

「……すみません、お母さま」

言うまでもなく、誓護はこの母が嫌いだった。二年前に事実上の別居《べっきょ》が始まり、正直言ってほっとした。これで彼女が昼間から男を引き込もうと、一日中パチンコ屋に入り浸《びた》ろうと、今以上には嫌わずに済《す》むと思ったから。だが、それは甘《あま》い見通しだったようだ。会うたびに嫌悪《けんお》

の情《じょう》が募《つの》る。何から何までカンに障《さわ》る女だった。

だが、それも今日までだ。父との離婚《りこん》が成立すれば、二度と顔を合わせないで済む。

「ま、いいけどぉ。ママは寛大《かんだい》だから、許《ゆる》してあげる」

「どうも……」

「それにしても、年々可愛《かわい》くなるわね〜」

有希はちろりと唇《くちびる》を舐《な》めた。

「うふん、ママがいろいろ教えてあげようかしら?」

すっと背後《はいご》から体を押しつけてくる。触手《しょくしゅ》にからめとられるようなおぞましさ。襟《えり》のあたりに生温かい息がかかり、首筋《くびすじ》にびっしりと鳥肌《とりはだ》が立った。

「や、やめてください……っ」

上ずった声で抵抗《ていこう》する。力尽《ちからず》くで跳《は》ねのけるほどの勇気は、当時の誓護にはまだない。

「い、いのりちゃんが、見てますよ!」

「あら……アンタ、いたの」

いのりは必死に身を縮め、すみっこで小さくなっていた。

「……ふん、ちっともなつかないのよね〜。可愛くなーい」

唾棄《だき》するような言葉。その直後、有希はこう言った。

「何でこんなの産んじゃったかなあ……」

一七歳の誓護なら、間違《まちが》いなくこぶしを叩《たた》き込んでいた。

だが、一二歳になったばかりの誓護は、まだ心がかよわかったのだ。

大人は間違わないものだと心のどこかで信じていたし、両親は立派《りっぱ》な人間だと、そうあって欲《ほ》しいと、あれほど裏切《うらぎ》られても、まだ心のどこかで期待していた。

その気持ちを踏《ふ》みにじられ、めちゃくちゃにされ、ゴミ箱に投げ捨《す》てられた。

「陰気《いんき》な子……。ほらほら、笑ってみなさいよ。ばぁーか」

いのりが反応《はんのう》を返さないのを見ると、有希は大きな舌打《したう》ちをした。すぐに興味を失くしたらしく、たるんだ尻《しり》を振り振り、バルコニーの方へと歩いて行った。

誓護は震《ふる》えた。傷《きず》ついた、などという段階《だんかい》はロケット推進《すいしん》で過ぎてしまった。

生まれて初めて、明確な憎《にく》しみを覚えた。人間というものが他人をここまで憎めるものなのだと、初めて知った。誰《だれ》かを殺したいと思ったのも初めてだった。

階段の手すりにひたいを預《あず》け、はあはあと荒《あら》い息を吐《は》く。己《おのれ》の感情を持て余《あま》し、どうしていいかわからない。全身をどす黒い血が回る。それも初めての経験《けいけん》だった。

数分ほどもそうしていただろうか。ふと、脚《あし》にやわらかい布《ぬの》が触《ふ》れ、我《われ》に返った。

ふわりとしたスモックだ。人形のような少女が下から誓護の様子をうかがっている。

「……だい」

「え……」

「じょうぶ……？」

刺《さ》されたように肋骨《ろっこつ》が痛《いた》んだ。胸《むね》が潰《つぶ》れそう、というのはこの感覚か。

誓護は自分を恥《は》じた。僕は何をヘコんでる。僕が傷《きず》ついたような顔をしていて、いいはずがない。だって、本当に踏みにじられたのは、この子の方じゃないか……。

「うん。ありがとう」

やっとのことで笑顔《えがお》をつくる。誓護はその場にかがみ、少女に目線《めせん》を合わせた。

「何か、あべこべだね。僕がしっかりしなくちゃいけないのに……」

頭をなでようと手を挙げると、いのりはびくっとして身を引いた。

衝撃《しょうげき》だった。この少女がどんな扱《あつか》いを受けているか、一瞬《いっしゅん》で理解《りかい》できた。

それでも内心の動揺《どうよう》を隠《かく》し、笑顔を崩《くず》さずに、ゆっくりゆっくり手を伸《の》ばす。

「……ごめん、脅《おど》かしちゃった？」

そっと、壊《こわ》しちゃいけない美術品《びじゅつひん》に触れるよりもそっと、いのりに触れた。

パサついた髪《かみ》。首筋《くびすじ》にはあせもができている。頰《ほお》の黄色は汚れじゃなくて内出血だ。

実母の愛情を受けられず、カーテンにしがみついているしかない——この幼《おさな》い妹が憐《あわ》れで、愛《いと》しかった。

温度を確《たし》かめるように、優《やさ》しく二回、頭をなでた。

「いのりちゃんはいい子だなぁ……」

もう一回。いのりの頬に、ほんのりと赤みが差す。

いのりは目を閉《と》じ、気持ちよさそうに息をついた。小さな体から力が抜《ぬ》ける。

誓護は声を上げて泣きたくなった。

こんな小さな女の子が、どんな痛みを背負《せお》って生きてきたんだろう？

僕が『顔を合わせないで済《す》む』と喜んだ人と、どんなふうに暮《く》らしてきたんだろう？

ふと、いのりがふるっと震《ふる》えた。

「寒い？　ここ、冷えるもんね。シスターたちのところに行こう——」

いのりの手を取ろうとして、そのことに気付く。

紅葉《もみじ》のような手が、小さなスプーンを握《にぎ》りしめていた。

柄《え》の装飾《そうしょく》に見覚えがある。食堂で使っているものだ。持ってきてしまったのか。

「あ、おままごとしてたんだ？」

ふるふる、と首を左右に振《ふ》る。

「チョコレート」

「うん」

「げんきになる……」

「うん」

「おくすり」

「……うん？」

いのりはスモックのポケットから親指大の塊《かたまり》を取り出した。

そっと渡《わた》してくれる。硬《かた》い。銀紙に包まれている。どうやらチョコレートらしいが、市販品《しはんひん》じゃない。形も飾《かざ》り気がなく、職人《しょくにん》の手によるものとは思えなかった。

「……たべちゃ、だめなの。パパのだから」

「父さんの？」

父は酒を飲むが、若《わか》い女性《じょせい》に好みを合わせ、甘いものも苦とはしない。確かにチョコレートは嫌《きら》いじゃないが……子供《こども》に食べさせないほどケチでもない。

「でも、ママにも」

「うん」

「げんきになってほしい……」

「あ、有希さんのか」

一二歳の誓護も今と変わらず聡《さと》かった。

だから、もう違和《いわ》感に気付いている。

あの人が持ち込んだ、チョコレート。

——父さんに、食べさせる？

「いのりちゃん……。このチョコ」

やめろ、その先は……。一七歳の誓護は心の中で叫《さけ》んだ。その甲斐《かい》もなく、一二歳の誓護は確かめてしまう。当然だ。これは過去《かこ》、既《すで》に起こってしまったことなのだから。

「そのスプーンで……溶《と》かしたの？」

「うん。ひとつ」

「なに」ひくっと、喉《のど》が変な音を立てる。「何に、溶かしたの……？」

「あのね、おてつだいしたの」

「うん……偉《えら》いね。誰のお手伝い……？」

いのりはちょっぴり胸《むね》を張《は》って、得意げに言った。

「おだいどころ」

目の前が真っ暗になった。

ホットチョコレート。離婚《りこん》。別居《べっきょ》。慰謝料《いしゃりょう》。浮気《うわき》。断続《だんぞく》的な思考が浮《う》かんでは消えていく。協議。昼間から男を。加速する思考に言語が追いつかない。元気になる。スプーン。ママにも。スモック。おくすり……。

おてつだい。

ずしん、と手の中のチョコレートが重くなる。銀紙から黒々とした妖気《ようき》が溶け出して見える。それも錯覚《さっかく》だ。そんなのはわかってる。それだけが現実《げんじつ》のもの。錯覚だ。まとわりつくような恐怖《きょうふ》。

まさか。

いや、間違《まちが》いない。

あれから何分経《た》った？　三分……いや、五分か？　殺すつもりで用意した劇薬《げきやく》を、殺すつもりで飲ませたのなら、それは致命《ちめい》的な時間の経過《けいか》だ。

先ほどとは違う理由で、誓護は震えた。指先から血の気が失《う》せる。

「そのスプーン、……舐《な》めた？」

「ううん。おくすりだから」

「……いのりちゃんは偉いね。優しいし、お行儀《ぎょうぎ》がいいね」

髪をなでる。いのりは嬉《うれ》しそうに笑った。

「でも、このチョコのこと、誰にも言っちゃいけないよ」

「…………？」どうして、と問うように小首を傾《かし》げる。

「いいことをしたときはね、そのことを言っちゃいけないんだ。言いふらすより、黙《だま》ってる方がもっといいことなんだよ。神様はちゃーんと見てるからね」

いのりは誓護を疑《うたが》おうともせず、素直《すなお》にうなずいた。

健気《けなげ》な姿《すがた》だった。

誓護はたまらなくなり、涙《なみだ》をこらえ、少女を抱《だ》きしめた。

この先——このいたいけな少女を護《まも》れる人間がいるとしたら、それは自分だけだ。

叔父《おじ》が失踪《しっそう》しているため、父の身内は既《すで》に遠縁《とおえん》ばかり。仮《かり》に親族がいたとしても、心からは信頼《しんらい》できないのが桃原《ももはら》の一族だ。父は優《すぐ》れた経営者《けいえいしゃ》だったが、敬愛《けいあい》される素質《そしつ》には欠けていた。父亡《な》き後、グループ全体がガタガタになるのは目に見えている。さまざまな欲望《よくぼう》と軋轢《あつれき》からいのりを護り、損得抜《そんとくぬ》きで愛し育むことができるのは……。

この世にただ一人、僕だけなんだ。

ごく短時間で、誓護は覚悟《かくご》を決めた。

いのりの手から慎重《しんちょう》にスプーンを取り上げ、駆《か》け出す。まずは階段《かいだん》へ。急ぎ厨房《ちゅうぼう》の状況《じょうきょう》を見《み》極《きわ》め、隠《かく》すべきは隠し、矛盾《むじゅん》が生じないようにしなくてはならない。

このときから、兄の孤独《こどく》な戦いが始まった。

## Episode 34

映像《えいぞう》は次第《しだい》にもやがかったようになり、薄《うす》れ、やがて見えなくなった。

ただ、カーテンに染《し》みついていた五年前の汚《よご》れ――毒を含《ふく》んだチョコレートの染みが、名残《なごり》を惜《お》しむように、いつまでも青い燐光《りんこう》を放っていた。

誓護は床《ゆか》に這《は》いつくばり、はあはあと荒《あら》い息を吐《は》いていた。

過去《かこ》の再生《さいせい》をやめさせようと念をしぼり、精神《せいしん》を磨《ま》耗《もう》したのだ。それは念力でテレビのチャンネルを変えるようなもので、要するに、まったく効果《こうか》がなかった。

「……ずっと、不思議だったのよ」

アコニットは抑揚《よくよう》のない声で、独《ひと》り言のように言った。

「貴方《あなた》は、人間にしては頭が回る方だった。理不尽《りふじん》な状況にもすぐに順応《じゅんのう》した。冷静に、冷徹《れいてつ》に計算していた。その貴方が……なぜ残滓条痕《フラグメント》の収集《しゅうしゅう》を急がなかったのか」

誓護はまだ息を整えている。

「だって、おかしいでしょう？　貴方は『覗《のぞ》き見は趣味《しゅみ》が悪い』なんて言ったけど、モラルを持ち出す余裕《よゆう》なんてなかったはず……。あのとき、貴方はまだ遡及編纂《デフラグメント》の仕方を知らなかった。それがどんなもので、どれだけ時間がかかり、どれだけ手間なのかを、まったく。何も知らないくせに、試《ため》してみようともしなかったわ。それは貴方という人間の傾向《けいこう》から外れてた……らしくなかった」

返事ができない。いや、その必要がない。何もかもアコニットの言う通りだから。

「誓護。貴方は怖《おそ》れてたのね」

「………………」

「残滓条痕《フラグメント》を集める過程《かてい》で、この事実が露見《ろけん》してしまうことを。つまり、貴方の両親を死に至《いた》らしめたのが、貴方じゃなく――」

「言うな！」

叫《さけ》んでしまう。無駄《むだ》なことだと知りながら。

ふ、ふ、とかすれた笑い声が漏《も》れた。誓護は脱力《だつりょく》し、仰向《あおむ》けに転がった。

「はは……悪いことってのは、上手《うま》くいかないもんだなぁ……」

ぼんやりと天井《てんじょう》を眺《なが》める。疲《つか》れたような顔に、むしろ晴れ晴れとした笑《え》みがあった。

「騙《だま》し通すつもりだったのにさ。君の言う通り、僕はおばかさんだ。バカもバカ、大バカだよ。チョコを溶《と》かした厨房とか、有希さんの寝室《しんしつ》がマズイってのは意識《いしき》してたのに……一番肝心《かんじん》なシーンがどの場所で起きたのか、すっぽり抜け落ちてたんだもんな……」

「……〝振《ふ》り子〟の完全な統制《とうせい》は私たち煉獄《れんごく》の使徒でも難《むずか》しいわ。まして、にわか使徒の貴方では……深層《しんそう》に強く刻《きざ》まれた記憶《きおく》を嫌《いや》でも呼《よ》び覚ましてしまう」

「あれ、慰《なぐさ》めてくれてるの？」

「……コケにしてるのよ」

誓護は寝転《ねころ》がったまま、目だけでアコニットを見上げた。

「さすがにもう、誤魔化《ごまか》せない……かな？」

アコニットは答えない。

「……そうだよ。君が思ってる通り」

ため息とともに吐き出す。答える必要もない。

「いのりが、毒を混《ま》ぜちゃったんだ」

言葉は反響《はんきょう》すらしなかった。セグメントの障壁《しょうへき》に吸《す》い込《こ》まれ、すぐに静寂《せいじゃく》が還《かえ》る。

「どう考えても過失《かしつ》だよ。それに、子供《こども》のしたことだ。ありのままを警察《けいさつ》に言っても、何のおとがめもなく、いのりが責《せ》めを負うことはなかった。むしろ、僕《ぼく》が余計《よけい》なことをしたせいで、秘密《ひみつ》という十字架《じゅうじか》をいのりに背負《せお》わせちゃったのかも知れない。でも――」

うつ伏《ぶ》せになり、冷たい床にこぶしを叩《たた》きつける。

「いのりはまだ四歳だったんだぜ？　あんなちっちゃな子にさ、この先ずっと殺人者として生きて行けだなんて、酷《こく》だろ！」

「……子供の記憶はあやふやなものよ」

「いのりが覚えてなくたって、周りは忘《わす》れない。いのりもいつか気付く。そして、きっと苦しむ。そんなの、僕は絶対《ぜったい》に許《ゆる》せない。……認《みと》められない」

てのひらの肉が裂《さ》けるほど、こぶしを握《にぎ》る。

「だから、僕は決めたんだ。この事実を誰にも知らせない。想像《そうぞう》すらさせない。生涯《しょうがい》、死ぬまで隠し通してやる。万一露見しそうになったときは、僕が全てを引き受ける。こんなものを背負うのは僕だけで十分――いのりには絶対、背負わせない」

「ふん……。妹の罪《つみ》をかぶって、身代わりになるですって？」

アコニットは鼻で笑った。いや、むしろ怒《おこ》っているらしい。扇《おうぎ》を振《ふ》り回し、いつになく大《おお》仰《ぎょう》な動きで、ひと息にまくしたてる。

「煉獄《れんごく》をナメてるんじゃない？　地獄という言葉の意味を本当にわかってる？　そこは永遠《えいえん》の牢獄《ろうごく》よ。見渡《みわた》す限《かぎ》りの人外境《じんがいきょう》——灼熱《しゃくねつ》の海や、酸《さん》の泉《いずみ》や、剣山《けんざん》の荒野《こうや》が続く異形《いぎょう》の世界。全《すべ》てが嗜虐の遊戯《ゆうぎ》に都合よく、亡者《もうじゃ》を苦しめるためだけに造《つく》られた歪《ゆが》んだ環境《かんきょう》なのよ。硫黄《いおう》の大気は吸《す》い込むだけで肺を焼き、酸の雨は浴びるだけで肌《はだ》をただれさせる。渇《かわ》きを癒《い》やすものはなく、飢《う》えを満たすものは同じ人間の肉しかない。罪人どもは互《たが》いの腐肉《ふにく》をあさり、あばら骨《ぼね》をしゃぶり、臓物《ぞうもつ》を引きずって過《す》ごすのよ。いつまでもいつまでも——気の遠くなるような時間をね。人格《じんかく》が壊《こわ》れるまでに、貴方は百万遍《ひゃくまんべん》も後悔《こうかい》するわ」

聞いているうちにおかしくなり、誓護はくすくすと笑い出した。

「何よ……ふざけてるの？」

「案外バカだな、アコニット」

「なん——」ムカッ。「何ですってぇ……？」

「逆《ぎゃく》だよ、逆。全部、逆。そんな恐ろしい場所だからこそ」

顔を上げ、穏《おだ》やかに微笑《ほほえ》む。

「いのりを絶対《ぜったい》、行かせないんだろ」

こつん、と黒い扇が床を叩く。アコニットが取り落としたのだ。

紅《あか》い瞳《ひとみ》が呆然《ぼうぜん》と誓護を見下ろしていた。信じられないものを見たように。唇《くちびる》がかすかに開き、何事かを言おうとしたが、言葉にはならなかった。

「僕は百万遍も感謝《かんしゃ》するよ。どんな責《せ》め苦を受けるときも。いや、痛《いた》みが烈《はげ》しいときにこそ。この痛みがいのりを襲《おそ》わなくてよかった、ってね」

「……貴方、イカレてるわ」

「これがイカレるってことなら、むしろ大歓迎《だいかんげい》」

「いい加減《かげん》にして！」

ついに、アコニットは声を荒《あら》らげた。どん、と足を踏《ふ》み鳴らし、

「私が聞きたいのはそんなことじゃない！　どうしてそこまで執着《しゆうちゃく》できるのか、それを」

「あー、はいはい、OKOK。君が理解《りかい》しないなら僕は何度でも言うよ」

やれやれとため息をつき、それから口を開く。

嚙《か》んで含《ふく》めるようにゆっくりと。

「あの日、あのとき、僕は生涯《しょうがい》いのりを護《まも》ると決めたんだ。その決定は、相手が神さまだろうと、悪魔《あくま》だろうと、教誨師《きょうかいし》だろうと──絶対に、覆《くつがえ》らない」

アコニットは絶句《ぜつく》した。気圧《けお》されているのか、何も言えない。ただ、まだ納得《なっとく》はしていないらしく、もどかしそうに唇を嚙み、顔を歪《ゆが》めていた。

誓護は身を起こし、その場にあぐらを組んだ。ちょっとおどけた口ぶりで、

「さて、では真相を踏《ふ》まえた上で尋《たず》ねたい。君はどうする、アコニット？」

「────」

「君は全てを知った。それでどうする。この問題をどう裁《さば》くんだ？」

アコニットは忌《い》ま忌ましそうに奥歯《おくば》を噛んだ。

「どうもこうもないわ。こうなった以上、貴方《あなた》との契約《けいやく》は破棄《はき》——」

「おっと！　そりゃないぜアコニットさん。アンタ、はっきり言ったじゃないか」

眉をひそめる。「……どういう意味？　私が何を」

「夜明けまでに教誨師の務《つと》めを果たせたら、毒殺の罪を見なかったことに、告白は聞かなかったことにする——だろ？　君は、誰の罪とは言わなかった」

「……だから、うなずいたって言うの？」

返事の代わりに、にやりと笑って見せる。

アコニットは、それはそれは苦々しげな渋面《じゅうめん》をつくった。

「……やっぱり私、貴方が嫌《きら》いだわ。人間にしては利口すぎるもの」

「僕のことなんか嫌ってくれてかまわない。でも」

誓護は床に両手をつき、土下座《どげざ》の姿勢《しせい》で懇願《こんがん》した。

「頼《たの》む……」

すがりつく想《おも》いで見つめる。視線《しせん》の力比《くら》べ。ほとんどにらみ合いに近い。

「……ふん。頼む、ですって？」

そんな誓護の視線を一蹴《いっしゅう》し、アコニットは嘲笑《あざわら》った。

「下僕《げぼく》が主人を言いなりにしようなんてナマイキだわ。そういうナマイキなことは」

すっと、横に視線を外し——

「務めを果たしてから言うのね」

その言葉の意味を理解するのに、数秒かかった。

「あ……」

「……ふん」

「ああ……」

「……何よ」

「ありがとう！」

誓護は飛び起き、アコニットに駆《か》け寄《よ》った。そのまま手を握《にぎ》りしめ——いや、もはや体を抱《だ》きしめたいと思ったのだが、バチッと黒い稲妻《いなずま》が進路をふさぎ、それは叶《かな》わなかった。

ビリッバリッと激烈《げきれつ》なしびれが脳髄《のうずい》を貫《つらぬ》く。指先から輪切りにされるような痛みとともに、両腕《りょううで》から煙《けむり》が上がった。あわてて床《ゆか》を転がり、消火する。

「何すんだよ!?」

「このアコニットに向かって、ばかって言ったでしょう。その分よ」

アコニットは腕を組み、『フン！』という感じで、そっぽを向いた。

「……ったく。その放火癖《ほうかぐせ》がなけりゃ、ちょっとは可愛いんぎゃあああ!?」

「おばかさん……浮《う》かれるのはまだ早いんじゃない？」

アコニットは扇を開き、横目でこちらを見た。

「わかってるんでしょうねぇ……？　私は私の言葉を守っただけ。貴方の言い分ももっともだと思ったから、賭《か》けを続けると言っただけ」

出逢《であ》った直後に見せたような、怖ろしげな笑みを浮かべる。

「愚図でのろまでおばかさんの貴方は、ちっとも捜査《そうさ》を進めてない……あら、もう夜明けまで七時間もないわよ？　日が昇《のぼ》るまでに罪人《ざいにん》を見つけ出せなかったら、そのときは」

ふっと、アコニットが笑みを消した。

「貴方の代わりに、あの子が行くのよ」

じっと確《たし》かめるような眼差《まなざ》し。その瞳を誓護は美しいと思った。

地獄《じごく》の業火《ごうか》がこんな色なら、奈落《ならく》の暮らしも悪くない。

誓護はいつも通りの軽い笑顔を浮かべ、心の底からこう言った。

「そのときは、僕も行くさ」

## Episode 35

アコニットは寝室《しんしつ》に戻《もど》り、約束通り、いのりの番をしていた。

いのりは大人しかった。先ほどの『兄の諭《さと》し』が効《き》いたのか、単にそれどころじゃないのか、アコニットにもさほど怯《おび》えず、ベッドのすみっこでさめざめと泣いていた。そのうちに泣き疲《つか》れてしまったらしく、栗鼠《りす》のように丸まって眠《ねむ》ってしまった。

アコニットはもう一台のベッドの上で膝《ひざ》を抱《かか》えて座《すわ》っていた。いのりと同じようにすみっこに陣取《じんど》り、ブツブツとつぶやいている。

「愚《おろ》かな人間……。おばかだわ。おばかの極《きわ》み」

誓護の監視《かんし》などそっちのけで、もの思いに耽《ふけ》る。

疑問《ぎもん》は尽《つ》きない。特に、誓護の言動がまるで理解《りかい》できなかった。

誓護は妹を護《まも》ると言った。

自分がそう決めたのだと。その決定は絶対で、決して覆《くつがえ》らないのだと。

それがアコニットにはわからない。そして、腹立《はらだ》たしい。

妹だから？　血がつながってるから？　血って何？　命を懸《か》けるほどの絆《きずな》なの？

たまたま同じ家に生まれただけ。

あの兄妹《きょうだい》は母親が違《ちが》う。一緒《いっしょ》に過ごした時間も短い。

それでもなお、一二歳の誓護は即断《そくだん》した。一生のあいだ、妹を護ると。

同情《どうじょう》、だったのか。

わからない。

わかっていることはただ一つ。

成長した誓護にはいささかの迷《まよ》いもない。妹を護ること、それが彼の至上《しじょう》命題であり、彼の正義《せいぎ》だ。その一点で、彼は完全に思考停止している。

もし、『生まれ』によって絆の強さが決まるなら——

いや、生まれに限《かぎ》らなくていい。ともにいた時間。親愛の情。触《ふ》れ合った気持ち。そういったもので決まるなら。

（なぜ、私は……）

このアコニットは、裏切《うらぎ》られなければならなかったのだろう？

胸《むね》が痛《いた》む。鉄の杭《くい》を押《お》し込まれたように。この感じは嫌《きら》いだ。きゅきゅ、と軋《きし》む胸骨《きょうこつ》。凍《こご》えるように冷たい。たまらなくなる。ぽっかりあいた穴《あな》を風が吹き抜《ふぬ》けているのに、埋める方法がわからない。自分がひどく無力で、つまらない存在《そんざい》に思えてくる。だから嫌だ。こんなのはらしくない。アコニットじゃない。私はそうじゃない。私は……。

ふっ、と照明が消えた。

アコニットはきつく目をつむっていたが、それでも明るさの変化に気付き、はっとして目を開けた。

「ふん……。何事？」

停電だ。

電力の供給《きょうきゅう》が断《た》たれると、当然ながら電化製品《せいひん》が動きを止める。空間を支配《しはい》していたわずかな物音——冷蔵庫《れいぞうこ》や空調の音がすべて止まり、息苦しいほどの静けさが襲《おそ》ってきた。

自分の鼓動《こどう》を耳元に聞きながら、アコニットは思いを巡《めぐ》らせた。ひょっとして、セグメントの障壁《しょうへき》が送電線まで分断《ぶんだん》してしまったのか。

誓護はどうしたかしら、と考える。

闇《やみ》の中でオロオロしてるんじゃないかしら。人間は臆病《おくびょう》で、おまぬけだから。

「……私は、怖《こわ》くないわ」

わざわざ声に出して言う。

「このアコニットは動じもしない。全然平気よ、ほら……」

アコニットはずかずかと歩き出した。机《つくえ》とかベッドとか照明とか、あちこちぶつかりながら、優雅《ゆうが》さのかけらもない動きで、あわただしくドアの方へと向かう。

外の様子を確《たし》かめるべく、そっとドアを開ける。

やはり、完全に停電らしい。照明は落ち、非常灯《ひじょうとう》だけがついている。廊下《ろうか》はひっそりと静かで、まるで物音がしなかった。

ふと、廊下の突《つ》き当たりに目が吸《す》い寄《よ》せられた。

闇の中に、ぬぼーっ、と白いものが浮《う》かんでいた。

白い服だ。ゆったりとしたロングのスカート。ふわりふわりと揺《ゆ》れている。

アコニットはぎくりとした。

「……残滓条痕《フラグメント》？」

人影《ひとかげ》はうっすらと透《す》けていた。向こう側の壁《かべ》が見える。淡《あわ》い燐光《りんこう》を放ち、周囲を光の粒子《りゅうし》が舞《ま》っている。何とも幻想的《げんそう》で、そして不気味な光景だ。

亡霊《ぼうれい》が存在しないと知っていれば、怖くないかと言えばそんなことはない。存在しないはずのものが見えてしまう恐怖《きょうふ》は、むしろ大きい。

「誓護……そこにいるの？」

過去《かこ》の残滓《ざんし》が再生《さいせい》されているのなら、当然、そうなる。そうじゃないとおかしい。

だが、闇の中から答えはなかった。耳に痛いほどの静寂《せいじゃく》がアコニットを包む。

白い女は相変わらずゆらゆらと、音もなく揺れていた。人相ははっきりしない。そのくせ、微笑《ほほえ》んでいるのがわかる。真っ赤な唇《くちびる》が裂《さ》け、ちろちろと舌《した》がのぞく。

「ふん……、脅かしてるつもり？　下僕《げぼく》のくせに返事もないなんて、どういう了見――」

一歩そちらへ踏《ふ》み出した瞬間《しゅんかん》。

ずぶり、と生々しい感触《かんしょく》とともに。

板状《いたじょう》の鋭利《えいり》な金属《きんぞく》が、背後《はいご》からアコニットの腹《はら》を貫通《かんつう》した。

「――」

とっさには声も出せない。

「…………………………あ、ら？」

刃物《はもの》だ。衣服をたやすく切り裂《さ》き、やわらかい肉をかきわけ、臓腑《ぞうふ》を貫《つらぬ》いた刃物の一撃《いちげき》。

ぶしゅう、とまるで袋《ふくろ》に穴があいたように、血が染み出した。

根こそぎ力を持っていかれる。

全身が硬直《こうちょく》した。足ががくがくと痙攣《けいれん》し、まともに立っていられない。

アコニットは自分の迂闊《うかつ》さを呪《のろ》った。

注意が足りなかった。思慮《しりょ》も足りなかった。

遠くの白い影《かげ》に気を取られ、すぐ近くの黒い影を見落としていた。

「に……、人間……？」

今このとき、アコニットの背後には、黒く、重く、生臭《なまぐさ》い生き物が存在《そんざい》していた。

反射的《はんしゃ》に帯電する。パッ、パッ、とひらめく小さな火花。銀の髪《かみ》を黒い電流が伝い、眉間《みけん》のあたりに集まってくるが、しかし炸裂《さくれつ》するには至《いた》らない。静電気のように力なく、稲妻《いなずま》が四方に逃《に》げていくのを、アコニットはどうすることもできなかった。

ずっ、と刃物が引き抜《ぬ》かれた。その反動でバランスを崩《くず》し、膝《ひざ》をつく。どしゃどしゃと惜《お》しげもなくぶちまけられる血液《けつえき》。取り落とした扇《おうぎ》が血だまりに沈む。

「…………く」

誰《だれ》――？

アコニットは必死に振《ふ》り向き、闇に目をこらした。

襲撃者《しゅうげきしゃ》の人相は判然《はんぜん》としない。黒いシルエット。不気味なほど大きく感じる。

幕《まく》を下ろすように、視界《しかい》が急速に閉《と》じていく。本能《ほんのう》が全力で叫《さけ》んでいる。目を閉《と》じるな。動きを止めるな。そうしたが最後、お前の存在は消滅《しょうめつ》する！

しかし、その叫《さけ》びに応《おう》じるだけの余力《よりょく》がない。

襲撃者が刃物を振りかぶった。アコニットの頸動脈《けいどうみゃく》を狙《ねら》っているらしい。

「う……、せ……」

思わず唇からこぼれた言葉は、長い歳月《さいげつ》をともに過《す》ごした者の名ではなく、知り合って間もない、愚《おろ》かで、ちっぽけで、妹のためなら地獄《じごく》も恐《おそ》れない――

「誓、護……」

――『おばか』な人間のものだった。

# Chapter 5 【反転】

## Episode 02

## Episode 37

「ねえ。その退屈《たいくつ》な風景を、飽《あ》きもせずに眺《なが》めてるのはなぜだい？」


自分でもはっきりわかるほど、アコニットは重傷《じゅうしょう》だった。

常識《じょうしき》的に考えて致命傷《ちめいしょう》。軽く見積もっても致命傷。残り時間がどれだけかの違《ちが》いだ。

思考力が鈍《にぶ》り、何もわからなくなる。そのまま消し飛びかけたアコニットの意識《いしき》は——

「……あ」

不意に出現《しゅつげん》した少女の気配で、風の吹《ふ》き戻《もど》しのように戻ってきた。

いのりだ。いのりが開けっ放しのドアの前で、怯《おび》えきって棒立《ぼうだ》ちになっている。

目が醒《さ》めたのか。何て間《ま》の悪い……。アコニットは歯ぎしりしたい気分だった。

襲撃者がそちらに手を伸ばし、捕《つか》まえようとする。とっさにその足を払《はら》うと、力んだ拍子《ひょうし》に腹《はら》から血があふれた。人間と同じ、赤い血液。

敵《てき》は床《ゆか》に叩《たた》きつけられ、いのりの方へと転がった。

体が一〇倍も重い。それでも気力を振りしぼり、アコニットは壁伝《かべづた》いに立ち上がった。

いのりを寝室《しんしつ》へ……いや、それはだめだ。傷《きず》ついたアコニットよりも襲撃者の方が素早《すばや》い。

そして、襲撃者はいのりよりも敏捷《びんしょう》なのだ。鍵《かぎ》をかける前に刃物《はもの》が届《とど》く。

「こっちへ……早く！」

我《われ》ながら滑稽《こっけい》だった。自分は相当に怖《おそ》ろしい形相をしていたはずだ。私は地獄《じごく》のアコニット。

人間の子供《こども》など、泣いて逃《に》げ出すに違いない。

ところが、いのりはきゅっと目をつむって、素直《すなお》にこちらへと駆《か》けてきた。

(……おかしな兄妹《きょうだい》)

地獄の使いを恐れないとは。——信じるとは。

襲撃者が飛び起きる。間一髪《かんいっぱつ》、いのりが相手の指をすり抜《ぬ》けた。

「下がって。私の後ろへ……」

いのりを背中《せなか》に隠《かく》す。いのりが怯えるたび、誓護《せいご》がよくこうしていた。

襲撃者は悔《くや》しそうに舌打《したう》ちした。だが、してやったり、と思う余裕《よゆう》はアコニットにはない。

萎《な》えそうになる膝《ひざ》を励《はげ》まし、襲撃者をにらみつけるので精一杯《せいいっぱい》だ。

鉄の味が口の中一杯に広がった。

上がってくる胃液《いえき》にも血が混《ま》じっているらしい。胃に穴《あな》をあけられたか？

唇《くちびる》の端《はし》に血泡《けっぽう》が溜《た》まる。傷は肺《はい》にまで届いている？

（誓護……。答えなさい、誓護……）

左手の指輪を意識し、強く呼《よ》びかける。

（聞こえないの？　まったく……本当に使えない……）

誓護が使えないのではなく、能力《のうりょく》が使えないのだ。

指輪を通してメッセージを送りたいのに、指輪はうんともすんとも言わない。アコニットの体力は既《すで》に限界《げんかい》に達し、魔力《まりょく》のたぐいが一切《いっさい》使えなくなっている。

扇《おうぎ》が手元にあれば、闇《やみ》の障壁《しょうへき》を呼び出せる。

深手を負っていなければ、地獄の雷霆《いかずち》を召喚《しょうかん》できた。

二つの〝振《ふ》り子〟がそろっていれば、人間の攻撃《こうげき》など当たる道理もない。

だが今は、乙女《おとめ》のかよわき肉体がひとつきりだ。

（ふふふ……おばかさん……）

ここまで追《つ》い詰められてしまうと、逆《ぎゃく》に愉快《ゆかい》になってくる。何よりおかしいのは、こんなひどい状況《じょうきょう》にもかかわらず、

（おばかさんだわ――アコニット）

まったく逃《に》げようとしない、自分自身だった。

「ふふ……。お互《たが》い、残念ねぇ……？」

笑い声に反応《はんのう》し、襲撃者《しゅうげきしゃ》はあわてて飛びのいた。姿勢《しせい》を低くする。どうやら、アコニットが放つ稲妻《いなずま》を警戒《けいかい》したらしい。アコニットは苦笑《くしょう》した。愚《おろ》かな人間……。もしも稲妻を呼び出せるのなら、そんな防御姿勢《ぼうぎょ》には何の意味もない。

「私は……ねえ、煉獄《れんごく》に名だたる……アネモネの血族……」

胸中《きょうちゅう》で己《おのれ》に言う。震《ふる》えるのをやめなさい、私の唇。さもないと、嚙《か》み千切るわよ。

「故《ゆえ》に、このアコニットは……ひとたび交《か》わした契約《けいやく》を……決して違《たが》えない」

人間とは相容《あいい》れないとか、護衛《ごえい》なんてグリモアリスの役目じゃないとか、そんなことは関係がなかった。深手を負っていることも、魔力に頼《たよ》れないことも、何の言い訳《わけ》にもならない。話はもっとシンプルだ。ただ単純《たんじゅん》に、ひとたび身柄《みがら》を任《まか》された以上――

（絶対に、護《まも》り抜く！）

アコニットは顔を上げた。くっと背筋《せすじ》を伸《の》ばし、仁王立《におうだ》ちになる。

武器《ぶき》はない。盾《たて》もない。腕力《わんりょく》もない。体力もない。

それでも、まだ意識がある。

意識は告げている。務《つと》めを果たせ。契約《けいやく》を履行《りこう》せよ。誓《ちか》いのままに。護るべき者を。

それが、お前の法規《ルール》だと。

（ぁあ……、そういうこと……）

襲撃者が油断《ゆだん》なく刃《やいば》を構《かま》え、こちらににじり寄《よ》ってくる。その接近《せっきん》をなす術《すべ》もなく見守りながら、アコニットはかすかに笑った。

完全に、とはいかないが、少しなら、わかった。

誓護もまた、自分と同じなのだ。

自分を支配《しはい》し、自分の法規《ルール》で生きている。

だが、すべては遅《おそ》かったのかも知れない。

気力だけで立ち続けるには、アコニットの傷《きず》は深すぎた。目がかすみ、平衡《へいこう》感覚が失われる。倒れているのか、立っているのか、それすらわからない。もともと暗かった視界《しかい》がますます暗くなる。墨《すみ》で塗《ぬ》り潰《つぶ》されるように、アコニットの視界は闇に沈んだ。

待って、と思った。待ちなさい。それは困《こま》る。私は護ると決めたのに……。

襲撃者の気配がどんどん近付く。冷たい殺気と、熱い呼吸《こきゅう》。だが——そこまでだ。

自分の結末すらわからないまま、何もかもが中途半端《ちゅうとはんぱ》で、今度こそ意識《いしき》が途切《とぎ》れた。

背後《はいご》の少女はどうなるのだろう？

それだけが、気がかりだった。

## Episode 36

キィ、と木戸が鳴き、誓護は背後を振り返った。

数メートル後ろで、半開きだったドアがゆっくりと閉《し》まった。完全には閉まりきらず、カチカチと金具が鳴る。亡霊《ぼうれい》の仕業《しわざ》……というわけでもないだろう。単に、誓護の動きが空気の流れを生み出しただけだ。

誓護は肩《かた》をすくめ、再《ふたた》び歩き出した。

いくらも行かないうちに、足を止める。

背後から、ヒタ、ヒタという足音が聞こえてきた。

全身が耳になったような錯覚《さっかく》。

……いや、これは足音じゃない。溶《と》けた雪が樋《とい》からしたたり、雫《しずく》がテラスを打つ音だ。

どっと力が抜《ぬ》けた。冷や汗《あせ》をぬぐった途端《とたん》、ぶるりと身震《みぶる》いがくる。真夏の熱帯夜ならともかく、真冬の凍《こご》える廊下《ろうか》では、たかが冷や汗が相当にきつい。

「ビビってるなぁ、僕《ぼく》」苦笑《くしょう》が漏《も》れる。「ったく、真白《ましろ》さんが妙《みょう》なこと言うから……」

真白が語った怪談《かいだん》(と言うか物語)を思い出す。非業《ひごう》の死を遂《と》げた少女が、己の肉体をあきらめきれずに、今も修道院《しゅうどういん》の中を徘徊《はいかい》している……という、ベタな怪談だ。

ベタだろうと何だろうと、気味が悪いことには変わりない。ひと気のない廊下を歩いていれば、背後の曲がり角から誰かがこちらを見ているような気がするし、足もとに注意しながら階《かい》段《だん》を下りれば、天井《てんじょう》から誰かがぶら下がっているような気がする。窓《まど》の向こうにはこちらをのぞく目があり、半開きのドアからはひそひそ話す声が漏《も》れてくる。

亡霊を視《み》た者は、大勢《おおぜい》いるらしい。

誓護は今日まで亡霊の存在《そんざい》を信じなかった。が、超常現象《ちょうじょうげんしょう》すべてを頭から否定《ひてい》していたわけではない。科学的には、火にかけたやかんが凍《こお》りつく確率《かくりつ》はゼロじゃないし、火種もなしに人体が燃《も》え上がる確率もゼロじゃない。つまり、あり得るわけで、そんな現象が我《わ》が身に降《ふ》りかかったらどうなるか……という空想は、やはり恐怖《きょうふ》を呼《よ》び起こす。

まして、グリモアリスなどという理不尽《りふじん》な存在とかかわりを持ってしまい、地獄《じごく》が実在するとさんざん脅《おど》された後だ。こうなると、亡霊だって何か理屈《りくつ》——考証《こうしょう》とも言う——をつけて出てきそうな、そんな気持ちになる。

亡霊はとても美しい、と聞く。

(……ちょっとだけ、視てみたい気もするよな)

などと不埒《ふらち》なことを考えた罰《ばち》が当たったのか。

ふっと、ろうそくの火を吹《ふ》き消すように、唐突《とうとつ》に暗闇《くらやみ》が襲《おそ》ってきた。

床《ゆか》の段差《だんさ》に蹴《け》つまずき、受け身も間に合わず、ひじとひたいを強打する。

「ててて……。何だよ……停電?」

最初に考えたのは、いのりとアコニットのことだった。

いのりは暗いところが平気……と言うか、むしろ好む傾向《けいこう》があるので問題ない。アコニットも煉獄《れんごく》の使者を自称《じしょう》するくらいだから、暗闇なんて平気だろう。

それよりも、問題はそれ以外のメンツだ。パニックを起こさなければいいが……。猜疑心《さいぎしん》から殺し合い、なんて展開《てんかい》はゴメンだ。これからフラグメント収集《しゅうしゅう》の予定だったが、今はほかの面々と合流した方がよさそうだ。

針路変更《しんろへんこう》。非常灯《ひじょうとう》のあかりを頼《たよ》りに、食堂へと向かう。

途中《とちゅう》、廊下《ろうか》の壁《かべ》に懐中《かいちゅう》電灯がかかっているのを見つけた。表面にはサビが浮《う》き、ほこりまみれ。『非常用』とペンで書かれている。作動するとは思えなかったが、スイッチを入れると、意外にも点灯した。電池も電球も生きていたようだ。

そのオンボロな懐中電灯を使って、食堂の中を照らす。

「あれ？　みんな、いないのか……」

ひとまず、テーブルには誰もついていない。無人のように見える。

いないものは仕方がない。きびすを返そうとして——思い直した。

ついでに、過去《かこ》を視てみよう。

上手《うま》くすれば、皆《みな》がどこへ行ったのか、わかるかも知れない。

誓護は呼吸を整え、蛇《へび》の指輪にキスをした。すると……。

「——————？」

おぼろげながら、虚空《こくう》に映像《えいぞう》が生じた。映《うつ》りの悪いテレビのような、不安定な画像だ。もやがかったようで判然《はんぜん》としない人物の姿《すがた》……この不明瞭《ふめいりょう》さには既視《きし》感を覚える。アコニットが二度目に見せてくれた、〈絞殺《こうさつ》〉の映像にそっくりだ。

暗がりの中、ぼやけた人影が厨房《ちゅうぼう》に立っている。

手には道具を持っている。板状《いたじょう》の金属《きんぞく》。刃物《はもの》だ。包丁……いや、もう少し大きいか？

（くそっ、もっと鮮明《せんめい》にならないのか？）

もどかしい。しかし、誓護があせるほどに映像は揺《ゆ》らぎ、ますますぼやけ、やがて別の映像と重なり、最後には違《ちが》うチャンネルに切り替わってしまった。

ところが、そちらの光景もまた、誓護を大いに動揺《どうよう》させたのだ。

Episode 33

そちらの映像でも、食堂は暗かった。

廊下の暗がりから、ひょこっと首が飛び出す。真白だ。

「……姫沙《きさ》さん？　加賀見《かがみ》さん？」

戸惑《とまど》ったような声。

「あら、皆さん……。もうお開きですか……？」

がたん、と不意にテーブルの脚《あし》が揺れた。

真白の肩《かた》が跳《は》ね上がる。修道服《しゅうどうふく》のスカートがめくれ、白タイツの膝《ひざ》が丸見えになった。

テーブルは断続的《だんぞく》にガタガタ言っている。真白は次第《しだい》に落ち着きを取り戻《もど》し、おっかなびっくり身をかがめ、そーっとテーブルの下をのぞいた。

「うぎっ⁉」

二つの光るものがこちらをにらんでいた。ばっちり目が合う。人間の眼球《がんきゅう》だ。真白は腰《こし》を抜《ぬ》かしかけたが、すぐに正気に戻り、あわてて蛍光灯《けいこうとう》のスイッチを入れた。

テーブルの下にいたのは姫沙だった。さるぐつわを噛《か》まされ、しゃべれない。しきりに首を振《ふ》って、身ぶりで何事かを告げようとしている。真白は首をひねり、とにかく姫沙を救出しようと、テーブルに一歩近付いた——その瞬間《しゅんかん》。

再《ふたた》び蛍光灯が消え、一瞬、完全な闇《やみ》が訪《おとず》れた。

ぼぐっ、と鈍《にぶ》い音とともに、強烈《きょうれつ》な一撃《いちげき》が真白の背中《せなか》にめり込む。

真白の足から力が抜け、目玉がくるっと引っくり返った。

あっけなく気絶《きぜつ》し、マグロのように床《ゆか》に転がる真白。

姫沙が絶望《ぜつぼう》的な表情《ひょうじょう》で顔を背《そむ》ける。

ぬーっと大きな腕《うで》が闇の中から現《あらわ》れ、真白の首筋《くびすじ》をつかみ上げた。

## Episode 38

誓護は立ちすくんだ。

いや、動揺《どうよう》してる暇《ひま》なんてない。それはわかってる。急げ。急いで思考をまとめ上げろ。

今の映像は、いつの、いつのものだ？

それほど前のことじゃない。と言うより——

つい、さっきのこと？

バッと懐中電灯を振り回し、背後《はいご》を探《さぐ》る。誰《だれ》もいない。誓護は身構《みがま》え、壁《かべ》を背負った。

ゆっくりと、慎重《しんちょう》に光を動かす。

テーブルの上には料理の皿。飲みかけのワインがグラスに少し。ぽつんと残ったひとかけのパン。丸められたナプキン……。まるで、今このときも、誰かが食事をしているかのようだ。

過去再生《さいせい》の余韻《よいん》か、それぞれがかすかに燐光《りんこう》を放っている。

懐中電灯は少しずつ照らす位置を変える。テーブルの陰《かげ》に、椅子《いす》の後ろに、窓《まど》の側《そば》に、くずかごの向こうに、今にも真白や姫沙の死骸《しがい》が浮《う》かび上がりそうな、そんな予感。

突然《とつぜん》、んー、んー、という低い音が鼓膜《こまく》に届《とど》いた。

誓護は腰のポケットを押《お》さえた。携帯《けいたい》電話のバイブレーション？

——否《いな》、手で確《たし》かめるまでもなく、そこに振動《しんどう》はない。

音はまだ続いている。誓護はゆっくりと光を向けた。厨房のカウンターが照らし出される。

音はそちらから聞こえてくる。足を向ける。一歩ずつ、進む。

やがて……。

厨房の奥《おく》の奥……。

勝手口へと続くドアの向こうに……。

「……姫沙さん」

水道管にくくりつけられた、姫沙がいた。

一人じゃない。真白と二人、ビニールひもで背中合わせに縛《しば》りつけられている。さるぐつわはハンドタオル。手足を拘束《こうそく》され、立ち上がることもできないらしい。

二人は白目をむいて——いることもなく、瞳孔《どうこう》が開いて——いることもなかった。むーむーとかまびすしい。ゆさゆさと体を揺すり、『ほどけ！』とアピールしている。

生きている。

ほっとしたその瞬間、誓護の回路が直結した。

二人をこうした犯人《はんにん》は、まだ二人を殺してはいない。従《したが》って今、死体の始末などしてない。

では、今このとき。

犯人は、どこで何をしている？

その刹那《せつな》、はるか遠くに人間の声のようなものを聞いた。

それが撃針《げきしん》だった。誓護は撃発された弾丸《だんがん》のように走り出した。

（落ち着け。大丈夫《だいじょうぶ》だ。大丈夫だ。心配ない）

そう、大丈夫だ。アコニットがついている。黒い稲妻《いなずま》を自在《じざい》に操《あやつ》り、絶対《ぜったい》の障壁《しょうへき》を生み出せる彼女は、滅多《めった》なことじゃやられない。やられるはずがない。

玄関《げんかん》ホールまで到達《とうたつ》したとき、今度ははっきりと、階上で大きな物音がした。

いのり！　アコニット！

叫《さけ》びたかった。それは狂《くる》おしいほどの衝動《しょうどう》だった。だが、もし何らかの理由でアコニットが追い詰《つ》められ、今も戦っているのなら、叫んだところで大した意味はない。アコニットが苦戦するほどの相手なら……奇襲《きしゅう》、一択《たく》。ほかに手はない！

靴《くつ》を脱《ぬ》ぎ、足音を殺して、すべるように階段《かいだん》を駆《か》け上がる。

二階に到達。階段に体を残したまま、手すりの陰《かげ》から首を突《つ》き出す。

二階の廊下《ろうか》では、アコニットと何者かが対峙《たいじ》していた。

襲撃者の手には金属的《きんぞく》な光沢《こうたく》を放つ物体が握《にぎ》られている。ナイフ……いや、包丁だ。対するアコニットは空手《からて》で、しかもふらふらと姿勢《しせい》が安定しない。

（アコニット……⁉）

いのり──いのりはどこだ？

姿が見えない。しかし、確かめている余裕《よゆう》はない。誓護は息を詰《つ》め、俊敏《しゅんびん》に、しかしほとんど音を立てずに、手すりの陰から躍《おど》り出て、襲撃者に襲《おそ》いかかった。

すんなりと背後を取る。ぐっと膝《ひざ》を胸《むね》に引きつけ、一拍《ぱく》。

敵《てき》の腎臓《じんぞう》の裏《うら》あたりを、かかとで思い切り踏《ふ》み抜いた。

# Episode 02

赤茶けた大地の上を、灼熱《しゃくねつ》の大気が吹《ふ》き抜ける。

見渡《みわた》す限《かぎ》りの荒野《こうや》と砂漠《さばく》。熱砂《ねっさ》の大地のただ中に、巨大《きょだい》な樹木《じゅもく》がそそり立つ。

樹高五〇〇メートルにも達しようかという常識《じょうしき》外れの大樹だ。幹《みき》は巨大な塔《とう》、梢《こずえ》は一つの島のようで、葉は熱帯の森のように生《お》い茂《しげ》っている。葉から蒸散《じょうさん》する水が雲をつくり、ときに雨を降《ふ》らす。枯《か》れたような風景の中、この大樹の周りだけがみずみずしい。

その大樹にへばりつくようにして、空中に都市が建てられていた。白亜《はくあ》の建物が立ち並《なら》ぶ、瀟洒《しょうしゃ》な市街だ。都市は迷宮《めいきゅう》のように入り組んでいるが、決して雑然《ざつぜん》とはしていない。小船の形のゴンドラがゆったりと空中を行き交《か》うさまは、さながら水の都の趣きだ。

まるで神話の世界のような、理不尽《りふじん》な光景。

だが、決して豊《ゆた》かな光景ではない。生き物と言えば人間と同じ姿《すがた》のグリモアリスと、わずか数種類の鳥、そして鉢《はち》植えの花くらいしか目につかない。

その神話的な街の一角、大枝《おおえだ》の一つに、石のデッキが組まれていた。公園のようだが、浮遊《ふゆう》ゴンドラの発着場を兼《か》ねていて、『空の波止場《はとば》』と言った風情《ふぜい》だ。

そのデッキの手すりにもたれ、ひと組の男女が談笑《だんしょう》していた。

人間で言えば一五、六歳くらいの少女と、それより五歳ほど年上の青年だった。二人はともに花のように美しく、面立《おもだ》ちもどことなく似通《にかよ》っていた。

「人界ではね、オンラインゲームってのが流行《はや》ってるんだよ」

青年が語る話を、少女は目を輝《かがや》かせ、熱心に聞き入っている。少女は話の内容《ないよう》よりも、青年の言葉そのものに飢《う》えていた。

「この前、原始的な情報端末《じょうほうたんまつ》のことを話したろ。電話線で構築《こうちく》された通信網《つうしんもう》のことも。そのインフラを駆使《くし》してだね、地理的に遠く離《はな》れた人間同士が一緒《いっしょ》に遊ぶんだ」

「ふーん。何をして遊ぶの？」

「何でも。戦争でも、探索《たんさく》でも、結婚《けっこん》でも。自分の分身を仮想《かそう》世界に送り込んで、好きなように暮《く》らせるものもあるよ。言ってみれば、もう一つの世界だね」

「それって……人界そのものじゃない」

「そうなんだよ。それで面白《おもしろ》いと思って、いろいろと調べてみた」

「そんなこと言って、遊んでたんじゃない？」

「実はその通り！」

青年は楽しげに武勇伝《ぶゆうでん》を語った。それはおとぎの国の見聞録のようで、面白かった。少女はあれこれと空想を膨《ふく》らませ、想像《そうぞう》上の竜《りゅう》や森や草花にうっとりした。

「人間は何のためにそんな世界を造《つく》ったの？　やっぱり〈選《え》り分け〉のため？」

「違《ちが》うよ。人間はただ、楽しむために造ったんだ。普段《ふだん》と違う世界、違う環境《かんきょう》、違う人々と遊ぶためにね。ワクワクするだろ、そういうのって」

「……人間はおばかさんだわ」

少女はふわりと跳《と》んで、手すりの上に座《すわ》った。

「そんなものを造らなくたって、人間の世界はあんなにも綺麗《きれい》なのに」

視線《しせん》を市街の外へと投げる。荒涼《こうりょう》たる赤い土くれの海が地平線まで続いている。

「……人間の世界の方が綺麗」

「そうだね」

「この世の風景は退屈《たいくつ》。どこまで行っても砂《すな》ばかり」

青年は少女のとなりに座り、ぐいっと肩《かた》を抱《だ》き寄《よ》せた。

「ねえ。その退屈な風景を、飽《あ》きもせずに眺《なが》めてるのはなぜだい？」

「……飽き飽きしてるわよ」

「だって、僕《ぼく》がここに戻《もど》ってくるとさ、いつも君が待ってるじゃないか。いと畏《かしこ》きアネモネのお姫《ひめ》さまが、一人の供《とも》も連れず、庶民《しょみん》のような普段着で」

少女はムスッとして、そっぽを向いた。

「クリソピルムは意地悪だわ」

青年はほがらかに笑い飛ばした。少女の背中《せなか》をぽんぽん叩《たた》き、解放《かいほう》する。

あ……、と物足りない顔で手を伸《の》ばしてしまう。そんな自分がひどく無様に思えて、少女はあわてて手を引っ込める。

上目遣《うわめづか》いに見上げると、青年は手すりの上に立ち、吹き上がる風に目を細めていた。

「確《たし》かに退屈な眺めだけど、僕は案外気に入ってるんだ。この世界は嫌《きら》いじゃない。それどころか、綺麗だと思うこともあるよ。だってここには——」

笑顔《えがお》で振《ふ》り向く。

「アコニットがいるからね」

少女はほんのりと頰《ほお》を染《そ》めた。うつむき、長い前髪《まえがみ》で顔を隠《かく》す。それから少しだけ勇気を出して、絶対《ぜったい》に聞こえないくらいの声量で、「……私も」とささやいた。

相手はとても聡明《そうめい》だ。聞き取れたはずはないのに、少女の言葉を理解して笑った。そして、理解しておきながら、わざわざ顔を近付けて、意地悪くこう言うのだ。

「聞こえないよ？」

「……ばか」

少女は心から思う。この青年が好き。ずっと一緒にいたい。そうすれば、この寒々しい地表にも我慢《がまん》できる。人間の汚《きたな》い部分ばかりを見せられる、あの呪《のろ》わしい役目も。

この穏《おだ》やかな日々が永遠《えいえん》に続くこと。それだけを願っていた。本当に、それだけを。

優《やさ》しげな微笑《ほほえ》みを、もっと。もっと笑って欲《ほ》しい。笑いかけて欲しい。

（クリソピルム……私の……たった一人の……）

風景がぼやける。何もかもが白い霧《きり》の向こうに消える。待って……、と追いすがる声は届《とど》かない。それはちょうど、あの日に還《かえ》れないのと同じことだ。

だが、その代わり――

うっすらと、別の景色が目に飛び込んできた。

「お目覚めですか、姫？」

優しげな笑顔がアコニットをのぞき込んでいた。

## Episode 39

「う……」

アコニットがかすかに身じろぎ、うめき声を漏《も》らす。しどけない寝姿《ねすがた》そのままに、うめき声まで無防備《むぼうび》だ。すっきりと耳に心地《ここち》よい、可愛《かわい》らしいつぶやきだった。

長いまつ毛がゆっくりと上がり、その下から宝石《ほうせき》めいた紅《あか》い瞳《ひとみ》が現《あらわ》れる。

「お目覚めですか、姫？」

誓護はおどけて、アコニットのほっぺたをぷにっと押した。

「らしくないな～。だらしなく伸びてたぜ～？」

紅い瞳の視線が泳ぐ。失礼なことをされたのに、アコニットは怒《おこ》らなかった。

「あれ、ちょっと……アコニットさん？　焦点《しょうてん》合ってないけど、大丈夫？」

こきゅ、と細い喉《のど》が上下した。天井《てんじょう》を見つめたまま、

「……夢《ゆめ》を、見ていたわ」

「どんな？」

「…………」

アコニットは二度まばたきをして、それからぼんやりと横を向いた。そして、自分の右手が誓護の左手をしっかりと握《にぎ》りしめていることに気付くと、

「……何、触《さわ》ってるのよ」

眉間《みけん》に切り傷《きず》のようなしわを刻《きざ》んだ。誓護はあわてた。

「何って、覚えてないの？　君がつかんできたんだろ。『振り子、振り子』って」

ビリッと復活《ふっかつ》の放電現象《げんしょう》。誓護は手の表面を焼かれ、声にならない悲鳴をあげた。

「それは〝振り子〟を寄越《よこ》せと言ったのよ。……たぶん」

「って、覚えてないの⁉　覚えてないのに折檻《せっかん》したの⁉」

「お黙《だま》り。もう一発食らいたいの……？」

「めっそうもない！」

誓護にも言い分はある。手をつないでいるあいだ、アコニットはぐんぐん快復《かいふく》した。見る間に傷がふさがり、血色もよくなった。それゆえに放っておいたのだが……。

そこは誓護といのりの寝室《しんしつ》だった。アコニットが寝《ね》かされているのはベッドの上。誓護は同

じベッドに腰《こし》かけ、ずっとアコニットの手を握っていた。

「それより、さ」ちろり、とアコニットの全身を眺《なが》め、「……大丈夫《だいじょうぶ》？」

「……平気よ。もう快復したわ」

「だって、しぼんでるぜ？」

アコニットがはっとして自分の手を見る。ちんまりと小さく、指も短い。手袋《てぶくろ》がだぶだぶで、脱《ぬ》げそうになっていた。いや、手だけじゃない。全身が縮《ちぢ》んでいる！

ほとんどいのりと同サイズだ。アコニットはじろりと誓護をにらみ、

「……変なこと、してないでしょうね？」

「してないよ!? いいから、まずは身体《そっち》の心配をしろよ。戻《もど》るの？」

「……こんなの、時制調律《アライメント》が狂っただけよ」

再《ふたた》び誓護の左手をつかみ、目を閉《と》じて何やら念じる。

もやっと黒い霧《きり》が出たかと思うと、アコニットの身体《からだ》はするすると成長し、もとの大きさに戻った。下着がずれたのか、服を引っ張《ぱ》って微調整《びちょうせい》する。

「……今、『残念』とか思ったでしょう？」

「思ってませんそんなコト！　つうか聞け。桃原《ももはら》誓護くんは決してロリコンじゃないっ」

「ふん……」

横になったままサイドテーブルの時計を見る。表示《ひょうじ》は午前三時。かれこれ二時間以上、正体

もなく眠《ねむ》りこけていた計算になる。気位の高いアコニットは自尊心《じそんしん》をいたく傷《きず》つけられたらしい。腹《はら》いせなのか、苦々しげに憎《にく》まれ口を叩《たた》いた。

「……愚《おろ》かな人間。この隙《すき》に私を始末しようとは思わなかったの？」

ぎくりとする。誓護はばつが悪くなって、うつむいた。

「……ゴメン。正直、考えた」

アコニットは暗い目をして、薄笑《うすわら》いを浮《う》かべた。『やっぱりね』という顔だ。

「でも、無理だった」

「……無理？」

「うん、無理。全然、無理。だって君は――」

そっと体を倒《たお》して、自分の後ろを見せる。背後《はいご》のベッドでいのりが丸くなっていた。誓護の上着をかけられ、くーくーと小さな寝息を立てている。

「ありがとな、いのりを護《まも》ってくれて」

「……勘違《かんちが》いもはなはだしいわ。私は冥府《めいふ》から遣《つか》わされたのよ。罪人《ざいにん》を探《さぐ》り当てるためにね。教誨師《グリモアリス》が、どうして人間の子供《こども》なんか」

「ほら見ろよ、アコニット～。この天使の寝顔……。なー、可愛いだろ～？　ああ、何て清らかな――うあっち!?　ちょ、やめろよ！　いのりが起きちゃうだろ！」

「ふん……」バチバチ。

「あんま無理するなよ、こっぴどくやられたんだし。傷の具合はどう？　痛《いた》む？」

その途端《とたん》、アコニットはびくっと硬直《こうちょく》した。腹がかすかに痙攣《けいれん》する。痛みがぶり返したのかと思ったが、どうも違《ちが》うらしい。

「ふ、ふふ……、何もかも狙《ねら》い通り……。思った通りだったわ」

乾《かわ》いた笑い声が漏《も》れる。アコニットは腹を揺《ゆ》すって笑っていた。

「私は獲物《えもの》を誘《さそ》い出したのよ。自らを餌《えさ》としてね……」

何かに憑《つ》かれたかのように、勢《いきお》い込んで語り出す。

「ご覧《らん》なさい、誓護。この汚《きたな》らしい建物を。ここは檻《おり》……退路《たいろ》を封《ふう》じた迷宮《めいきゅう》よ。こうして、愚《おろ》かな人間を檻の中に閉じ込めておくとね、獲物は勝手にしっぽを出すの。ある者は私を殺そうとし、ある者は同胞《どうほう》に罪をなすりつけようとし、そしてある者は疑心暗鬼《ぎしんあんき》に駆《か》られ、居合《いあ》わせた連中を皆殺《みなごろ》しにしようとするわ」

「……もういいよ、アコニット」

「踊《おど》らされてるとも知らず……ふふふ、人間ってどうしてこうも愚かなのかしら？　恐怖《きょうふ》に駆られた人間がどんなあやまちを犯《おか》そうと、このアコニットには何の関係もない……。もちろん、責任《せきにん》もない。だって、私が自らの手で人間を殺したわけじゃない……」

「……もういいって」

「だから、私は――」

誓護はアコニットの腕《うで》をつかんだ。アコニットが驚《おどろ》いた目で誓護を見る。

「もう大丈夫だから。だから、もう怖《こわ》がらなくていいよ」

雪のように白い肌《はだ》に見る見る血がのぼり、憤怒《ふんぬ》の形相になった。

「……怖がる、ですって？　このアコニットが？　人間ごときを怖《おそ》れるですって？」

誓護は返事をしない。ただ、じっと目の前の少女を見つめる。

「何を言ってるの、誓護。あきれたおばかさん……。そんなおばかな誤解《ごかい》もないわよ。今は、ただ、ちょっと……ケガをしたから、少し、狼狽《ろうばい》してるかも知れないけど」

「いや、君は最初から怖がってたよ」

静かな言葉。誓護は穏《おだ》やかに言葉をつむぐ。

「思い出せよ。君の言う通り、この修道院は隔離《かくり》されてた。誰《だれ》も、逃《に》げられっこなかった。なのに君は『罪人を逃がさない』なんて理由をつけて、時間を止めた」

「…………」

「僕もね、ずっと不思議だったんだよ。君がどうしてそんなことをしたのか」

その理由を考えてみた。そうして、たどり着いた結論《けつろん》が――

「怖れ、だと言いたいの……？」

誓護はやはり返事をしなかった。

アコニットは唇《くちびる》を歪《ゆが》めた。あざけりの色がありありと浮かぶ。

「おばかさん……。考えたらわかるじゃない。人間の攻撃《こうげき》は私には当たらないのよ？」

「君、動物園に行ったことある？」

「ど……？」意味がわからず、むっとする。「……何を言ってるの」

「檻《おり》の中にさ、ワニとかライオンとか入ってるんだけど。連中がこっちに突進《とっしん》してくるとね、頭じゃ絶対《ぜったい》に安全だとわかってても、やっぱ怖いんだ」

「──だからって」

「大体さぁ」

誓護はアコニットの腕を持ち上げ、ぎゅうう～っと、きつく握《にぎ》った。

アコニットの肌は見た目通りしっとりとして、やわらかかった。ほっそりとした手首に指が食い込み、手の形にへこみが生じる。

「……何の真似《まね》。放して」

「ほらね？　今の君には実体がある」

「！」

アコニットは強引《ごういん》に腕を振《ふ》りほどき、シーツをずって、壁際《かべぎわ》に下がった。それから、自分の胸《むね》を抱《だ》きしめるようにして、誓護に警戒《けいかい》の目を向けた。

「……いつ、気付いたの。……私が、手傷《てきず》を負わされたから？」

「違う違う。すぐだよ、超《ちょう》すぐ。君がリングを外した瞬間《しゅんかん》から」

「――」

「驚くとこじゃないだろ。あのときから、君は物をすり抜《ぬ》けなくなったし、空も飛ばなかったし、一緒《いっしょ》にゴハンも食べた。まあ、見た感じからして違う――ね」

アコニットはおし黙《だま》った。屈辱《くつじょく》を受けたような表情《ひょうじょう》だ。

「要するに、リングが二つあって初めて、君は超人でいられる。片方《かたほう》を外した今、君には実体があり、時間を操《あやつ》ることもできず、包丁で刺《さ》されたら傷を負う。つまり」

誓護は優《やさ》しく、いたわりをこめて言った。

「怖いに決まってるさ。刺された後じゃ、特にね」

アコニットは舌打《したう》ちした。淑女《しゅくじょ》らしからぬ行為《こうい》だが、今の誓護には微笑《ほほえ》ましく見える。

「……醜《みにく》いヘラヘラ顔。胸が悪くなるから見せないでって言ったでしょう」

「醜い!? おまッ、この……こんな絶世の美少年をつかまえて!?」

「何を愚図愚図《ぐずぐず》してるのよ。もうすぐ夜明けよ。私にかまってる場合?」

「大丈夫、まだ三時間以上あるよ。それに、急がなくても――ほら」

今度はドアの方を示《しめ》す。開放《かいほう》したクロゼットの中に、一人の男が押《お》し込められていた。

加賀見だ。後ろ手に拘束《こうそく》され、ぐったりと前のめりに座《すわ》り込んでいる。意識《いしき》はない。

アコニットが帯電する。

「ストップ! アコニットさん、ストーップ!」

即座《そくざ》に焼き殺そうとするじゃじゃ馬をどうどうとなだめ、クロゼットから引き離《はな》す。

それから加賀見を一瞥《いちべつ》し、誓護はため息をついた。

「……何か、ショックだな。加賀見さんは信じられると思ってたから。僕《ぼく》、人間を見る目にはちょっと自信あったんだぜ？」

「じゃあ、誰なら納得《なっとく》したのよ」

「うむ、それを訊《き》かれると困《こま》るのだが」

とにかく、アコニットに闇討《やみう》ちをかけたのは加賀見だった。凶器《きょうき》は厨房《ちゅうぼう》にあった包丁。姫沙と真白も、やはり加賀見にやられたらしい。

自ら教誨師排除《きょうかいしはいじょ》に動いた以上、〈罪人《ざいにん》〉も加賀見で決着しそうな気配だった。アコニットが襲《おそ》われたのは冷や汗《あせ》ものだったが、悪いことばかりでもない。こうして加賀見を捕縛《ほばく》し、当面の脅威《きょうい》が去った今、安心してフラグメント収集《しゅうしゅう》に専念《せんねん》できる。

「後は証拠《しょうこ》となるフラグメントか……」誓護はあごに手をやった。「どうする？　闇雲に探《さが》し回るより、加賀見さんを拷問《ごうもん》して聞き出しちゃった方が早い？」

何が気に食わないのか、アコニットはムスッと黙《だま》りこくっている。

突然《とつぜん》、右手で誓護の左手をつかみ、ぐいっと引き寄《よ》せて、そこにキスをした。

「わ——」

アコニットの唇《くちびる》は熱く、綿菓子《わたがし》のようなやわらかさだった。思わずドキドキッとしてしまう誓護の眼前《がんぜん》で、ぽぅー、とフラグメントふうの映像《えいぞう》が浮《う》かび上がる。アコニットはその映像を眺《なが》め、不満げに肩《かた》をすくめた。

「頭を打ったようね。この男は、まだ二時間ほど目覚めないわ」

「まあ、投げ飛ばしたし……。あ、ひょっとして未来を視《み》たの？　予知もできるんだ？」

「……うるさいわねぇ。見ての通りよ。原理は違《ちが》うけれど」

「後学のために訊《き》くけど、どう違うの」

「過去《かこ》と未来はまったく別のものよ。過去は確定《かくてい》された事実の集積。未来はあくまでも確率《かくりつ》上の予測《よそく》に過《す》ぎない……」

「へえ……。ちなみに、僕にもできる？　未来予知」

「その〝振《ふ》り子〟では無理よ。右手は未来を、左手は過去を視るの」

「でも、君はこっちのリングで未来を視たじゃないか」

「……私たちと人間は鏡映《うつ》しの存在《そんざい》よ。〝振り子〟の意味も逆転《ぎゃくてん》するわ」

つまり、誓護が持っている方の指輪はもともと未来を視るためのもので、誓護が使用する限《かぎ》りにおいて過去を再生《さいせい》できるらしい。

「ふん……不思議なものね。人間にとっては、過去を視ることが未来を視ることなのよ」

一瞬《いっしゅん》、アコニットの横顔から険《けん》が消えた。凪《な》ぎのように穏《おだ》やかになる。

誓護は見とれた。怒《おこ》っていたり、馬鹿《ばか》にしていたり、激《はげ》しく怒っていたり、脅《おど》かしていたり、めちゃくちゃ怒っていたりする姿《すがた》も綺麗《きれい》だけれど、これは特別……。

「……何よ？」

「な、何でもない。じゃ、君も起きたことだし、僕はフラグメントを探《さが》しに行くよ」

「あ……」

怪我《けが》のせいで気がゆるんでいたのか、アコニットは最悪の失態《しったい》を犯《おか》した。立ち上がった誓護に向けて、置いてきぼりを食った仔犬《こいぬ》のような眼《め》を見せてしまったのだ。

誓護はにやりとして、

「おや～、アコニットちゃん、まだ怖《こわ》いのかな——って熱い⁉　怖いじゃなく熱い⁉」

「つまらないことを言うからよ」バチバチ。「……ほかの人間どもはどうしたの？」

「ああ……女性陣《じょせいじん》なら、三人とも隣《となり》の部屋にいるよ」

そうだ、と大事なことを思い出す。

「そのことなんだけど。姫沙さんと真白さん、相当まいっちゃってるみたいなんだ。二人だけでも、修道院の外に出してあげられないかな？」

「……何ですって？」

「いや、ほら、それも手だと思わない？　活性化《かっせいか》とかいうのを逆手《さかて》に取ってさ。二人を逃《に》がして、もし過去の映りが悪くなるようなら、どっちかが罪人ってことになるだろ？　映りが悪くならないなら、ほぼ加賀見さんで決まりってことでさ」

警察《けいさつ》など第三者の介入《かいにゅう》を避《さ》けたいなら、二人を逃がした後で、再《ふたた》び壁《かべ》を作ればいい。

アコニットはむっつりと黙《だま》り込《こ》んだ。鼻の付け根にしわが寄《よ》っている。『そんな面倒《めんどう》なこと、ごめんよ』とすげなく断《ことわ》られる……かと思いきや、

「……〝エンメルトの利剣《りけん》〟はどこ？」

「エン……何だって？」

「扇《おうぎ》よ、扇。相変わらず血の巡《めぐ》りの悪い男ね」

「あー、はいはい、ただいま……」

そう言えば、血で汚《よご》れていたので洗《あら》ったのだ。バスルームに行き、干《ほ》してあったのを持ってくる。黒い羽がまだ生乾《なまがわ》きで、ちょっと気持ち悪い。

アコニットは心底嫌《いや》そうに羽をいじったが、文句《もんく》は言わなかった。黙って窓《まど》に向かい、強固なガラスめがけ、扇を当てる。

渦巻《うずま》く霧《きり》の障壁《しょうへき》は、その一撃《いちげき》であっけなく砕《くだ》け散——らなかった。

砕けるどころか、窓はやはりびくともしない。扇はガチンと跳《は》ね返されてしまった。

「こんな……⁉」

アコニットが愕然《がくぜん》とする。ただごとじゃないらしい。

「……あ、ひょっとして壊《こわ》れた？　水洗いはまずかった？」

「いいえ。〝エンメルトの利剣〟は言うなればただの指示棒《しじぼう》。壊れるとか、壊れないとか、そ

ういう次元の存在じゃないし……その気になれば、貴方《あなた》にだって使えるもの」

「じゃ、何がどうなってんの？」

「待って……考え、させて……」

「何を考える必要があるんだ。教えてくれよ！」

バチッと空気が焦《こ》げる。ケガの影響《えいきょう》か、ずいぶん小さな火花だったが、そのぶんコントロールが甘《あま》く、見事に誓護の鼻っ柱を直撃した。思わず涙《なみだ》がにじむ。

「何すんだ、この――」

「考え事を・してるときは・どうしろと・言ったかしら……？」

「や、あのっ、調子にのってました！　すみませんでした！」

銀髪《ぎんぱつ》が静電気で逆立っている。触《さわ》らぬ神に何とやらだ。

考えを整理するためか、アコニットはブツブツと独《ひと》り言を言った。

「どういうことかしら……。この扇で作った分節乖離《セグメント》は、この扇でしか壊せない……。逆に、この扇でなら、どんな条件下《じょうけんか》でも壊せるはず……」

「じゃ、その扇で作ったものじゃない、とか」

銀色の頭がくるりと向き直る。彼女には似《に》つかわしくない、気の抜《ぬ》けた表情《ひょうじょう》。

「……私の、認証《コード》じゃない？」

まじまじと穴《あな》のあくほど誓護を見つめる。

「誓護……。貴方って本当に」

「おばかさん？」

「人間にしては利口だわ」

「素直《すなお》に誉《ほ》められると気味が悪いんぎゃあああ!?」

「そう……そうね。簡単《かんたん》なこと」

アコニットのこめかみに冷や汗《あせ》が光る。

「このアコニットのほかにも、教誨師《グリモアリス》が訪れてるのよ」

「なん――」

誓護はごくりと喉《のど》を鳴らし、おそるおそる訊《き》いた。

「……そういうことって、よくあるの？」

アコニットは扇を唇《くちびる》に当てた『考えるポーズ』で、じっと宙《ちゅう》をにらんだ。

「教誨師《グリモアリス》は単身赴任《ソリテティア》が原則《げんそく》……。同一案件《あんけん》に重複《ちょうふく》することはないわ」

「じゃ、事件が複数《ふくすう》なら、かぶることもある」

「理屈《りくつ》だけど……。戦時下ならともかく、こんなぬるま湯の社会情勢《じょうせい》で……？」

「現代日本《げんだいにほん》だぞ？　未解決《みかいけつ》の殺人事件がかぶることくらい、ザラにあるって！」

「でも、だとしたら、一体誰を狙《ねら》ってきたと言うの？」

「……いのりを、捕《つか》まえにきた、とか？」

アコニットは否定《ひてい》しなかった。つまり、その可能性《かのうせい》は、否定できない……。

「マジかよ⁉」誓護は頭を抱《かか》えた。軽くパニックを起こす。「うわぁ、どうしよう⁉　まじー、まじーっ。相手は地獄《じごく》の使いだぜ？　どうやったら逃《に》げられんだよ⁉」

誓護はアコニットの肩《かた》をつかみ、揺《ゆ》さぶった。

「なあ、本当に罰《ばつ》を受けなくちゃならないのか？　だって、あれは過失《かしつ》だろ？　殺意があったわけじゃない。それに、小さな子供《こども》がやったことじゃないか！」

「……言ったでしょう。結果が全《すべ》てなの。意図はどうあれ、二人の人間が死んだのよ」

何も言えなくなる。アコニットは視線《しせん》をそらし、うつむいた。

「それに、咎《とが》を認定《にんてい》するのは死者どもよ。殺された側が決めることだわ。これは私の感じだけれど……あの子の母親が、あの子を赦《ゆる》すかしら……？」

「――くそっ！　死んでまでも忌《い》ま忌ましい女だ！」

怒《いか》りで全身が煮《に》えたぎった。死んで改心、とか、娘《むすめ》への愛情に目覚めて、とか、そんな奇跡《きせき》を信じるくらいなら超常《ちょうじょう》現象を信じる。墓《はか》を暴《あば》いて遺骸《いがい》をもう一度殺したい。

とにかく考えろ。何か方法はないのか。何か、追及《ついきゅう》をかわす妙案《みょうあん》は。

アコニットとの賭《か》けに勝ち、見逃《みのが》してもらった暁《あかつき》には、この建物を解体するか、リフォームするつもりだった。そうすれば、フラグメントの収集《しゅうしゅう》は困難《こんなん》になるという話だし。だが、当然ながら、そんなことが今すぐにできるはずもない。だとしたら……。

「…………あ！」

そうだ。その手があった。

「なあ、アコニット。フラグメントを消すことって、できる？」

「……できるわ。改竄《かいざん》は無理だけど、消去は比較的《ひかく》簡単よ」

鋭《するど》い視線が威嚇《いかく》するような強さで誓護に突《つ》き刺《さ》さった。

「言っておくけど、教誨師《グリモアリス》がそれをやったら大罪《たいざい》よ。貴方の考えていることは」

「違《ちが》う違う！　そうじゃなくて！」

「何を……」紅《あか》い瞳《ひとみ》が光る。「ぁあ、そういうこと……」

「そうだよ。それができるんならさ、ひょっとして……」

あのぼやけた映像《えいぞう》は、教誨師《きょうかいし》の仕業《しわざ》なんじゃないのか？

「でも、そんな、まさか……」

アコニットは口をつぐんだ。例によって扇《おうぎ》を口元に寄《よ》せる。

もしも教誨師の仕業なら、あの不自然に早い劣化《れっか》も説明がつく。見事に人相が判然《はんぜん》としない、作為《さくい》的な乱《みだ》れも。だが――だとしたら何のために？

「とにかく可能性はあるんだろ。おっし、僕としては教誨師の仕業であることを願うね！」

「……どうして？」

「取り引きができるからさ。しっぽをつかんじまえば、交渉《こうしょう》の余地《よち》はある」

早速《さっそく》、身支度《みじたく》を始める。と言っても、錆《さ》びた懐中《かいちゅう》電灯をベルトに差し、冷え込み対策《たいさく》のコートを羽織《はお》るだけだ。

アコニットはかなりためらってから、思い切ったように口を開いた。

「……待って。私も行くわ」

「え――？」

「聞こえなかったの？　私も手伝うと言ったのよ」

ぽかんとする誓護に、アコニットは言い訳《わけ》がましく言った。

「このアコニットの担当《たんとう》案件に土足で踏《ふ》み込んできたのよ？　とっちめてやりたいじゃない。それに……………貴方は、二時間もの時を無駄《むだ》にしたわ」

後半は聞き取れないほどの小声だった。

しかし、せっかくの殊勝《しゅしょう》な申し出を、誓護はにべもなく、

「いや、だめだ」

「……何ですって？　どうしてよ！」

「手伝ってもらったら、君との賭《か》けは僕の負けになる」

唖然《あぜん》とする。直後、アコニットは珍《めずら》しく気色ばんだ。

「そんなことを言ってる場合？　相手の意図も目的もわからないのよ？　教誨師《グリモアリス》は人間にどうこうできる相手じゃないわ！」

「そこまでは僕も同意見」

「だから二人で手分けして、少しでも早く残滓条痕《フラグメント》を集めないと――」

「うん。だからそっちはさ、君には無理だろ」

「……どういう意味？　このアコニットをばかにしているの？」

ふー、とため息をつく。

「無理するなよ。理由はわかんないけど、君――フラグメントが怖《こわ》いんだろ？」

アコニットは瞠目《どうもく》した。かなりの動揺《どうよう》。思わず扇を取り落としそうになる。

「何を……言っているの？」

「わかるよ。君には『過去《かこ》を視《み》る』なんていうすごい力があった。そんな力があるのに、君はその力を使おうともせず、僕らを脅かして、罪人《ざいにん》に自白させようとした。それが失敗すると、今度は僕を使って代わりにフラグメントを集めさせた」

「…………」

「面倒《めんどう》だったから？　暇《ひま》つぶしに？」かぶりを振《ふ》る。「それが真実だとしても、もっとスマートなやり方があったよ。僕ならもっと上手《うま》くやってのける自信がある」

絶句《ぜっく》するアコニット。一方、誓護は淡々《たんたん》と続けた。

「最初は人間にやらせたい理由があるのかと思ったんだけど。……ほら、フラグメントを再生《さいせい》したとき、君はすごく疲弊《ひへい》してたろ。だから、何か魂《たましい》っぽいものを消費《しょうひ》しちゃうーとか、人間がやらないとこの世を傷《きず》つけてしまうーとか、そんな感じの理由かなって。でも」

ふっと笑う。

「おかしいんだよ、それだと。教誨師ってのは罪人を探《さが》すための存在《そんざい》なんだろ。便利《べんり》な道具を持ってて、怖《おそ》ろしい力を持ってて。なのに、主たる業務《ぎょうむ》のフラグメント収集《しゅうしゅう》が難《むずか》しくてどうするよ。だとしたら、君が僕なんかを『下僕《げぼく》』にしなけりゃならなかった理由——実体化のリスクを負ってまで他人に代行させなきゃならなかった理由——そりゃ当然」

誓護は身をかがめた。アコニットに目の高さを合わせ、紅い双眸《そうぼう》をのぞき込む。

「フラグメントなんか視たくない、だよな？」

無言で唇《くちびる》を噛《か》むアコニット。

「一種の拒絶反応《きょぜつはんのう》——普通《ふつう》に考えて、心的外傷《トラウマ》ってとこ？」

「……おばかな妄想《もうそう》だわ。私は教誨師《グリモアリス》なのよ。冥府《めいふ》に名立たるアネモネの血族……。その私が、遡及編纂《デフラグメント》を怖れるですって？　くだらないことを」

「あーもう、強がるのはやめろよ！」

ほっそりとした腕《うで》をつかむ。その腕はかすかに震《ふる》えていた。それでも、アコニットは無駄《むだ》な努力をやめない。むしろ必死になって、卒倒《そっとう》しそうな顔色で続ける。

「あるわけ……ないじゃない……そんなことが……」

「鏡見ろ、鏡。そんなツラで嘘《うそ》がつけるか。体だってまだ本調子じゃないくせに」

アコニットを握《にぎ》る手に力を込める。まるで言い聞かせるように、

「弱みを見せたら、つけ込まれる。それはカンペキこの世の真実だけど。いつでもそうとは限《かぎ》らないだろ。僕《ぼく》が打算だけで生きてると思うなよ」

「だって……っ」瞳が揺《ゆ》れる。「私は、人間とは、相容《あいい》れない……」

「まだそんなこと……」やれやれ、という苦笑《くしょう》。「あのさ、僕らはお互《たが》いに弱みを握り合ったんだ。それは信頼《しんらい》と同じことだろ？」

「――――！」

「君がそんなに隠《かく》したい秘密《ひみつ》なら、僕にとっては最高の、そして最後の切り札《カード》だ。だから」

にこっと笑いかける。

「君が僕を裏切《うらぎ》らない限《かぎ》り、僕は君を裏切らないよ」

その言葉は、まるで魔法《まほう》のような効果《こうか》をもたらした。

くしゃ、とアコニットの表情《ひょうじょう》が崩《くず》れる。ひどく苦しげな、そして激《はげ》しい怒《いか》りの表情。

ひょっとしたら、泣きそうになっていたのかも知れない。

アコニットはそっぽを向いた。長い銀髪《ぎんぱつ》がさらりとかかり、瞳を隠す。

「……貴方《あなた》は、ひねくれてるわ」

「知ってるよ」

「歪《ゆが》んでるわ」

「ちょっとはね」

「そんなだから、女にモテないのよ」

「な――ッ!?　き、貴様《きさま》、言ってはならぬことを……っ」

こつん、とアコニットは誓護の肩《かた》にひたいをぶつけた。

意外に高い体温が伝わってくる。細い肩が小刻《こきざ》みに揺れていた。

「ふふふ……滑稽《こっけい》でしょう？　残滓条痕《フラグメント》を怖がる教誨師《グリモアリス》なんて、笑い話にもならないわ。まるで魚が水を怖がるようなものよ」

「別に、おかしくなんかないよ」

「ふん……見え透《す》いたことを言うと殺すわよ？」

「やめてくれ。大体、そんなこと言ったらさ、僕だって相当おかしいぜ。自分から進んで地獄《じごく》に行こうってんだから。生存本能《ほんのう》がないんだよ。生き物としては欠陥《けっかん》商品だ」

「……へったくそな慰《なぐさ》め。反吐《へど》が出るわ」

「お褒《ほ》めにあずかりまして」

そっとアコニットの肩に手を回そうとしたところ、手の甲《こう》を思いっきり引っぱたかれた。そこまで露骨《ろこつ》に拒絶《きょぜつ》されると、ちょっと傷《きず》ついてしまう誓護である。

腫《は》れ上がりそうな手を振り振り、

「むやみに突《つ》っつきたくないけどさ。一つだけ、訊《き》いてもいい？」

「……何よ」

「君のフラグメント恐怖症《きょうふしょう》は、君が誰《だれ》かに裏切《うらぎ》られたことと、関係がある？」

長い長い沈黙《ちんもく》の後、アコニットはこっくりとうなずいた。

「そっか……。それを聞いちゃった以上、僕は絶対、下僕《げぼく》の務《つと》めを果たさなきゃな？」

「――――！」

誓護はそっと立ち上がり、眠《ねむ》り込んでいる妹に近寄《ちかよ》った。

いのりは誓護の上着にくるまったまま、すやすやと寝入っていた。指の背《せ》でそっと頬《ほお》をなでると、くすぐったそうに小鼻をぴくぴくさせる。

その寝顔を見ているだけで、一〇倍も強靭《きょうじん》で、一〇倍も屈強で、一〇倍も堅固《けんご》な肉体を手に入れたような気分になる。

そうとも。この子を護《まも》るためなら、一〇倍でも一〇〇倍でも強くなってやる。

誓護はいのりを見つめたまま、背後《はいご》のアコニットに言った。

「なあ、例のセグメントとかいう壁《かべ》で、この部屋を囲えない？」

「……理由もなしに、ほかの教誨師《グリモアリス》の妨害《ぼうがい》はできないわ」

「理由ならあるよ。加賀見さんの逃走防止《とうそうぼうし》」

「――――」

「君を襲撃《しゅうげき》したんだしね。おまけに罪人候補《ざいにんこうほ》。逃《に》がさないようにしないと」

「……ふん」にやりとする。「そういうことなら、仕方ないわね」

アコニットは扇《おうぎ》を開き、口元を隠して言った。

「言っておくけど、分節乖離《セグメント》の向こうに私の声は届《とど》かないわよ」

「上等。後は一人で何とかするさ」

視線《しせん》を交《か》わす。

「いのりを頼《たの》むぜ？」

「下僕のくせに命令しないで」

「そう、それ。その憎《にく》まれ口がアコニットさんらしいですよ？」

こんなときだと言うのに、誓護の口から笑いが漏《も》れた。アコニットは相変わらず不機嫌《ふきげん》そうだったが、それでもほんの少しだけ、唇《くちびる》の両端《りょうはし》がゆるんでいた。

最後にもう一度だけいのりを見つめ、そして寝室《しんしつ》を後にする。

先ほどの停電は加賀見の仕業《しわざ》だったが、シスター森《もり》がブレーカーを復旧《ふっきゅう》させてくれたので、廊下《ろうか》には既《すで》に薄暗《うすぐら》い照明が戻《もど》っていた。ただし、きっちり断熱《だんねつ》された寝室とは異《こと》なり、廊下の暖房《だんぼう》は相変わらず不十分。朝方の冷気が浸透《しんとう》し、息も凍《こお》るような寒さだ。その冷え冷えとした空気を左右にかきわけるようにして、誓護は目的の場所へと走り出した。

拾いたいフラグメントは、必ずそこにある。

やはり、ぼやけた映像《えいぞう》だった。

人相のわからない人影《ひとかげ》が、厨房《ちゅうぼう》で刃物《はもの》を動かしている。

例によって、あたりは暗い。乱《みだ》れた映像と同様、音声も判然《はんぜん》とはしない。耳に栓《せん》をされたようなもどかしさ。それでも、耳栓が殺しきれない音が伝わってくる。

音は、女のすすり泣きだった。

影はすすり泣きながら、刃物をしきりに動かしているのだ。

何かを切っている。

連続的な音。

ぞりぞりぞりぞり……。

のこぎりを引く音。

刃物は――のこぎりだ。

厨房にのこぎりとは妙《みょう》な組み合わせだ。吐《は》き気を誘《さそ》う違和《いわ》感。

影は一心不乱《ふらん》に作業を続ける。

流し台の上には大きな縦長《たてなが》の物体。

影は自分よりも大きな物体を解体《かいたい》している。

黒々とした塊《かたまり》。ところどころ赤い。肉の断面《だんめん》。

マグロの半身かとも思われたそれは――


つまり、人間だった。

## Episode 40

身の毛もよだつ、とはまさにこのことだ。

誓護は吐き気をこらえるのに必死だった。口の中が酸《す》っぱい。とっくに胃を通過《つうか》したはずのビーフシチューが上がってくる。ビーフ。赤身。肉の塊――。そんな連想でも吐き気が助長され、めまいがする。内臓《ないぞう》が裏返《うらがえ》しに口から飛び出しそうだ。

グロテスクな映像も衝撃《しょうげき》だったが、それ以上に、自分の思考に衝撃を受けていた。

僕は……いや、僕たちは、とんでもない思い違《ちが》いをしていたんじゃないか。

逆《ぎゃく》。逆だ。そう、逆。全部、逆。

話はあべこべだったのだ。怖《おそ》ろしい地獄《じごく》の使いは怖《こわ》がりの少女で、殺人を告白した自分は実は殺人者ではなく、女を襲《おそ》ったはずの罪人《ざいにん》はとっくに解体されていた。

誓護の推理《すいり》が真実の的を射《い》貫《ぬ》いているのなら。

本当の〈罪人〉とはつまり――

そのとき、カタン、と椅子《いす》が揺《ゆ》れた。

一瞬《いっしゅん》だが、確《たし》かに心臓が止まった。数秒も止まっていたかも知れない。その遅《おく》れを取り戻《もど》そうとしてか、今度は通常《つうじょう》の三倍速で鼓動《こどう》を刻《きざ》む。バクバクと暴《あば》れる拍動《はくどう》で息ができず、石像《せきぞう》のように立ち尽《つ》くす。暴走する血液《けつえき》で五体がバラバラになりそうだ。

「あら。また邪魔《じゃま》をしてしまったかしら？」

一人の少女がテーブルについていた。

誓護の焦点《しょうてん》は定まらない。目に飛び込《こ》んでくるのは輪郭じゃなく、色彩《しきさい》ばかりだ。

初めに目についたのは、雪の白、血の紅《くれない》、黒檀《こくたん》の黒。

それは白い肌《はだ》であり、紅《あか》い頬《ほお》であり、黒い髪《かみ》だった。

真っ白なワンピース。赤い表紙の本。

真白の〈怪談《かいだん》〉に出てくる亡霊《ぼうれい》にそっくりな、見目麗《うるわ》しく、たおやかな少女。

とっさにその指を見る。少女の両手の薬指には。

二匹《ひき》の蛇《へび》がからみ合う、金銀の指輪が。

「いい夜ね、桃原誓護くん」

——存在《そんざい》しなかった。

「君《きみ》、影《かげ》、さん……？」声がかすれる。「どうして、ここに……？」

少女はかすかに微笑《ほほえ》み、小首を傾《かし》げた。

「どうして？　おかしなことを訊《き》くのね」

闇《やみ》の深淵《しんえん》のような瞳《ひとみ》が、磨《みが》き上げられた鏡のように誓護を映《うつ》す。

「明白なことよ。約束通り、貴方《あなた》に会いにきたのだわ」

# Chapter 6 【鏡よ、鏡】

Episode 09

それは雪のように白く、血のように紅《あか》い、とても美味《おい》しそうな林檎《りんご》でした。

これを見た者は、誰もが手に取って食べたいと思うのですが、ひと口食べたが最後、その者は死なねばならなかったのです。


（白雪姫《しらゆきひめ》より）

Episode 41

「僕に……会いに？」

言葉が舌《した》にからみ、上手《うま》くしゃべれない。

少女は悪戯《いたずら》っぽく笑って、

「というのは冗談《じょうだん》。目が醒《さ》めてしまったから、水を飲みにきたの」

この修道院《しゅうどういん》にいたのか。今の今まで、まったく気付かなかった。

少女は昼間会ったときと同じ服装《ふくそう》をしていた。白いワンピース。決して寝巻《ねま》きには見えない。表情《ひょうじょう》はハツラツとして、深夜だというのにくたびれたところがない。

不自然だ。何かがおかしい。

そもそも、彼女がいたことに、なぜ今の今まで気付かなかったのだろう？

食堂の照明はついている。そこに座《すわ》っていたのなら、入った瞬間《しゅんかん》に気付いたはずだ。

それに——

もし修道院の中にいたのなら、どうして今まで姿《すがた》を見せなかった？

どこにいたんだ？　寝室《しんしつ》か？　なぜ会わなかった？

「……どうしてたんです、今まで」

「まあ、おかしな質問《しつもん》。別に、普通《ふつう》にしていたわ。部屋で本を読んだり、ほかの人とおしゃべりしたり、食堂でご相伴《しょうばん》にあずかったり……。それがどうかしたの？」

誓護《せいご》の疑問《ぎもん》などおかまいなしで、少女はにこやかに言った。

「ちょうどよかったわ。話し相手が欲《ほ》しかったの。少し、おしゃべりしましょうよ」

「……まあ、少しなら」

怪《あや》しい。不審《ふしん》だ。信じられない。

「お茶を淹《い》れましょう。ポットのお湯は温かいかしら？」

厨房《ちゅうぼう》のカウンターに向かい、湯のみとポット、お茶のセットを引っ張《ぱ》り出す。慣《な》れた手つきで緑茶を淹れる。その後ろ姿はあまりに無防備《むぼうび》だ。

……襲《おそ》ってみるか？

もし、この少女が教誨師《きようかいし》なら、黙《だま》って倒《たお》されるはずがない。

（いや……無謀だ）

それはあまりにリスキーだ。アコニットの攻撃能力《こうげきのうりよく》を思い出せ。もしも〈当たり〉だったら、こっちが即座《そくざ》にやられてしまう。そもそも、こっちの意図に勘付《かんづ》かれていたらどうする。向こうがわざと抵抗《ていこう》しなければ、話はますますややこしくなるぞ。

結論《けつろん》。その案は却下《きやつか》だ。

その瞬間《しゆんかん》、少女が含《ふく》み笑いを漏《も》らした。

「試《ため》してみてもよかったのに」

「――――！」

「きっと私は抵抗しなかったわ。それとも、このカラダではご不満？」

少女が振《ふ》り返り、湯のみを持って戻《もど》ってくる。そのあいだ中、誓護の目は少女のつつましやかな胸《むね》でも、ほっそりとした腰《こし》でもなく、指先に吸《す》い寄《よ》せられていた。

「さっきから、そこばかり見るのね」

「……すみません」

「普通《ふつう》、男性は別のところに目がいくものだと思ったけれど」

「そう……ですね」

「上の空？　ずいぶん余裕《よゆう》がないのね」

「ええ、まあ……ちょっと」

「何なのかしら。おかしな人」

少女はくすくすと上品に笑った。それから、漆黒《しっこく》の瞳《ひとみ》を妖《あや》しく輝《かがや》かせ、

「そんなに、これの行方《ゆくえ》が気になるのかしら？」

パッとこちらに手の甲《こう》を向ける。いつの間にか、その指と指とのあいだには――

きらきらときらめく、二つの指輪が挟《はさ》み込まれていた。

「――――っ！」

ぶわ、と真下から突風《とっぷう》が吹《ふ》く。少女の髪《かみ》が、服が、風にあおられて大きく広がった。

猛烈《もうれつ》な風圧《ふうあつ》にテーブルごと弾《はじ》き飛ばされ、誓護は真後ろに転がった。驚《おどろ》きはしたものの、反《はん》射的《しゃ》に床《ゆか》を蹴《け》って反転、片膝《かたひざ》をついて身構《みがま》える。せっかく淹れたお茶は湯のみごと吹き飛び、湯のみは床に当たって無惨《むざん》に砕《くだ》け散った。

両腕《りょううで》で顔面をかばいながら薄目《うすめ》を開ける。荒《あ》れ狂《くる》う暴風《ぼうふう》の中心に、神々《こうごう》しいほどのオーラを背負《しょ》って、花のように美しい少女が立っていた。

アコニットとは対照的に、少女の妖気《ようき》は白かった。白。穢《けが》れなき白。その真っ白な気流はしかし、底冷えがするほどに怖《おそ》ろしく、まがまがしい。それは燃《も》え尽《つ》きた灰《はい》の白さであり、漂白《ひょうはく》

された骸骨《がいこつ》の白さだった。

少女は赤い背表紙の本をかざした。ページがひとりでにめくれ、開いた紙面から白い光があふれ出る。それはやがて空中で黒く変色し、渦《うず》をなして周辺に漂《ただよ》い始めた。

どろりとまとわりつくような濃霧《のうむ》の障壁《しょうへき》——セグメントだ。

もはや、疑《うたが》いようもない。

これが幻覚《げんかく》でないのなら。

こんなことができる存在《そんざい》とは、つまり。

「ええ、そう」少女は首肯《しゅこう》する。「煉獄《れんごく》より遣《つか》わされし教誨の使徒——グリモアリス」

とっさに、誓護は自分の指輪を右手で覆《おお》った。

「あら。あの子を呼《よ》んでも無駄《むだ》だわ」

なぜ……、とは問うまでもない。ほかならぬアコニット自身が言っていた。

「そう、分節乖離《セグメント》は絶対《ぜったい》の生垣《いけがき》。振り子の蔓《つる》も切れてしまうの」

「……らしいね」

どうする——？

誓護は自問した。周囲はセグメントの檻《おり》、逃《に》げ場はない。アコニットに助けを求めることもできず、身動きもとれず、切れるカードもない。こんな状況《じょうきょう》でどうやって……。

「取り引き？　取り引きとは、何なのかしら？」

「──────⁉」

「そう、私と取り引きをしたいのね。それはなぜ？」

次々と先回りされる。誓護は戦慄《せんりつ》した。

少女は意味ありげに誓護を見つめている。漆黒《しっこく》の双眸《そうぼう》が誓護をとらえて放さない。違和《いわ》感が疑《ぎ》惑《わく》に、疑惑が確信《かくしん》に変わる。

「まさか……」

「そう、明白なことね。私は人間の心が読めるのよ」

心を？　読むことができる、だって？

（──まずい！）

その意味を理解《りかい》した瞬間《しゅんかん》、誓護の全身からどっと冷や汗《あせ》が噴き出した。

それが本当なら、何もかもバレる。妹を護《まも》るどころの話じゃなくなる！

妨害《ぼうがい》……そう、妨害だ。思考を読まれなければ問題ない。

相手はどうやって探《さぐ》っている？　読心術《どくしんじゅつ》？　コールドリーディング？

誓護の思考を読み、少女はゆっくりとかぶりを振る。

「いいえ、違《ちが》うわ。これは習得した技術《ぎじゅつ》ではなく、後天的に獲得《かくとく》した特質《とくしつ》でもない。もっと本能的な……そう、ＥＳＰのようなものと考えて頂戴《ちょうだい》」

そんなバカな。信じられない。強くそう思う一方で、全力で対策《たいさく》を練る自分がいた。それこそ本能的に危険《きけん》を察知している。教誨師《きょうかいし》にこの世の常識《じょうしき》は通用しない。アコニットの稲妻《いなずま》がそうであるように、連中の異能《いのう》は人智《じんち》を超《こ》えている！

絶対にバレないようにしなくては。あのことが、決して伝わらないように。

少女は気の毒そうに微笑《ほほえ》み、同情《どうじょう》のこもった声音《こわね》で言った。

「心配しないで。『あのこと』が何を意味するのかはわからないけれど、伝わるのは表層思考《ひょうそう》のみよ。そう、言葉という輪郭《かたち》を持った思考だけ」

それはいいことを聞いた。誓護はとっさに計算した。計算と言っても駆《か》け引きではなく、文字通りの計算問題だ。昨日の昼間、授業《じゅぎょう》でやったばかりの積分方程式《ほうていしき》を暗算する。

「あら、利口ね」

少女はにっこりした。

「そう、言語思考しなければ伝わらないの。複雑《ふくざつ》な計算式を思い浮かべるのは精神遮蔽《せいしんしゃへい》の定石だわ。筋《すじ》のいい人間……あの子が気に入るだけのことはあるわね」

あの子。アコニットのことか？

「ふふ、もう計算が止まっているわよ」

「く……っ」

いのりのことは間違っても考えるな。もっと思考を遠くへ飛ばせ。もっと遠くへ！

「そんなに構《かま》えないで頂戴。別に貴方《あなた》をどうこうしようというつもりはないの」

頭の中で〝大声の〟計算を続けながら、誓護はつぶやくように言った。

「……じゃ、一体何の用なんです？」

少女は目をみはった。

「まあ、驚《おどろ》いた。もう遮蔽しながら会話ができるの？　こんなに素早《すばや》く順応《じゅんのう》してしまうなんて、素敵《すてき》だわ。人間にしておくのがもったいないくらい」

「……そりゃどうも」

「あら、貴方が女の子に誉《ほ》められるなんて、滅多《めった》にないことなのね？」

「…………」自己嫌悪《じこけんお》。

「今のは思考を読んだのではないわよ。ふふ、明白なこと」

「ちょ……ッ、傷《きず》つくんですけど!?」

思わず突《つ》っ込《こ》んでしまう。集中が乱《みだ》れる。あわてて計算をやり直す。

少女は愉快《ゆかい》そうに笑った。誓護を追い詰《つ》めて喜んでいる。そういうところは、アコニットに似《に》ていなくもない。だが、アコニットは虚勢《きょせい》を張《は》っていただけで、本当は弱く、もろく、壊《こわ》れやすい少女だった。一方、この少女には恐怖《きょうふ》も気負いもない。当然だ。人間など歯牙《しが》にもかけない――それが教誨師とやらのスタンダードだろう。逆《ぎゃく》の立場なら……つまり、連中のような力があったなら、誓護だって人間なんか恐《おそ》れない。

この圧倒《あっとう》的な存在《そんざい》、人間をはるか超越《ちょうえつ》した存在が、僕《ぼく》に一体何の用だ？

「手をお出しなさい。貴方に重要なヒントをあげるわ」

少女は誓護に握《にぎ》りこぶしを差し出した。何かを握りしめているようだ。おそるおそる手を出すと、少女は小さな物体を誓護のてのひらに落とした。

硬《かた》い。少女のぬくもりが残っているが、基本《きほん》的にはひんやりした感触《かんしょく》だ。板のような、棒《ぼう》のような形状《けいじょう》。一部がギザギザしている。これは……鍵《かぎ》だ。

でも、どこの？

「明白なことよ。貴方なら、答えを聞かずともわかるのではなくて？」

暗算を続けながら、断片《だんぺん》的なイメージのみで思考する。

施錠《せじょう》されている場所。どこだ。地下室。いや、あれは簡単《かんたん》な南京錠《なんきんじょう》だった。これは民家で使われるようなピン・タンブラー錠の鍵。だとすると……？

パッとひらめいた情景《じょうけい》がある。閉《と》ざされた扉《とびら》。あそこか。

「わかったようね。そう、その場所よ」

「……院長室」

「正解」

少女は嬉《うれ》しそうに本を叩《たた》いた。拍手《はくしゅ》のつもりらしい。

「行ってご覧《らん》なさい。その場所で、貴方はとても大切な手がかりを得るでしょう」

「……なぜ、協力してくれる？」

「さあ……あら、条件《じょうけん》？　そんなものはないわ。だって、この案件が解決してくれれば、私はそれでいいのだもの。私は不真面目《ふまじめ》なあの子とは違うわ」

背《せ》を向け、立ち去ろうとして、思い出したように振《ふ》り返る。

「ああそう、最後に訊《き》きたいことがあるのだけれど」

「……何です？」

「なぜ、そんなに必死になって心を隠《かく》すの？」

「……女性《じょせい》を見て、何を考えてるかなんて、悟《さと》られたくないですよ、年頃《としごろ》の男としては」

「もっともね。明白なこと」

わかったようにうなずき、きびすを返す。

「それじゃ、ごきげんよう、桃原《ももはら》誓護くん」

白いワンピースがふわりと揺《ゆ》れ、ほのかに生花の香《かお》りが漂《ただよ》った。その一瞬《いっしゅん》――

「スプーン、とは何のことかしら？」

スモック。いのり。チョコレート。

あっ、と思ったときにはもう遅《おそ》い。決定的な単語を三つも言語化してしまっていた。おまけに画像《がぞう》つき。カーテンにくるまってこちらを見ていた、幼《おさな》き日の妹の姿《すがた》まで！

少女は狡猾《こうかつ》な狐《きつね》のように目を細めた。霧《きり》の障壁《しょうへき》を本で破壊《はかい》し、悠然《ゆうぜん》と立ち去る。

誓護はしばし放心した。

やられた……。

室温は一〇℃を下回っているだろうに、嫌《いや》な汗《あせ》がわきの下ににじむ。

少女の小さな背中《せなか》が食堂を出て、廊下《ろうか》を歩いて行く。誓護の目には、今にもいのりを地獄《じごく》送りにしようとしているように見えた。

どうしていいか、わからない。

指輪を片方《かたほう》だけでも奪《うば》えれば、教誨師《きょうかいし》は実体化する。取っ組み合いの勝負なら、華奢《きゃしゃ》な少女一人、どうとでもなるだろう。しかし、こちらの思考を読まれてしまう上、実体があるのかないのかわからないのでは、指輪を奪うところまでいけるかどうか……。

それに、教誨師を攻撃《こうげき》することが本当に有効《ゆうこう》なのか。あの世から応援《おうえん》がきたり、しないのか。

あの世の警官《けいかん》に追い回されるのだとしたら、抵抗《ていこう》する意味がない。

後ろ姿はどんどん遠ざかる。ほんの数秒のあいだに、数時間分の葛藤《かっとう》を体験した。

そうしてしぼり出した結論《けつろん》は、うんざりするほど退屈《たいくつ》で、至極《しごく》まっとうだった。

わざわざ命の危険《きけん》を冒《おか》して、蛇《へび》が出そうな藪《やぶ》を突つくより、今は相手の言いなりになる方が一〇〇〇倍も利口だ。まずは相手の意図を理解《りかい》するところから始めよう。

誓護は嘆息《たんそく》した。相手の思惑《おもわく》通りに動くのが、これほど気障《きざわ》りなものだとは。

根の生えたような足を無理やり動かし、誓護は真っ暗な階段《かいだん》を駆《か》け上がった。

寝室《しんしつ》にはどんよりと重苦しい空気が垂《た》れ込めていた。

姫沙《きさ》にあてがわれた部屋だ。両腕《りょううで》に包帯を巻《ま》いた姫沙と、腰《こし》に氷嚢《ひょうのう》を当てた真白《ましろ》が、お互《たが》いにそっぽを向いて座《すわ》っている。二人ともまだ口の周りが赤い。きつく嚙《か》まされたさるぐつわのせいで、すっかりあざになっていた。

「……正直、信じられんな」

一〇数分ぶりで、姫沙が口を開いた。ただし、八つ当たりのようにとげとげしい。

「君ならともかく、あのコック……加賀見《かがみ》氏と言ったか。彼があんな思い切った行動に出るとは。思慮《しりょ》深い男だと思ったのだが」

裏切《うらぎ》られて傷《きず》ついたような、そんな雰囲気《ふんいき》が言葉ににじむ。

加賀見と一対一になれば、その段階で姫沙の敗北が決まっていた。小柄《こがら》な姫沙は大柄な加賀見に手もなくひねられ、縛《しば》り上げられてしまった。

「姫沙さんったら、だらしなく鼻の下を伸《の》ばしてたんじゃないですか？」

真白は辛辣《しんらつ》だった。嫌みたっぷりに追い討《う》ちをかける。

「姫沙さんの大好きな方にそっくりですものね。もっとも、顔が似《に》てるだけでなびくなんて、そんなの泥棒猫《どろぼうねこ》でもやりませんけど」

刹那《せつな》の一瞥《いちべつ》。視線《しせん》がスパーク。二人は同時に『ふんっ』と背《せ》を向けた。

また、数分の沈黙《ちんもく》が流れる。

ややあって、今度は真白が口を開いた。

「……遅《おそ》いですね、シスター森《もり》」

「ふむ……そろそろ、小一時間になるな」

本人の言葉を信じるなら、シスター森は手洗《てあら》いに立ったはずだが……。

突然《とつぜん》、真白の顔色が変わった。何か思い当たることでもあるのか、あわてて腰を浮《う》かす。

「ちょっと、捜《さが》しに行ってきます！」

「何だと？　いや待て、それでは君まで単独《たんどく》行動になる！」

「だって、放っておけません！　もし……」

真白はひどく青ざめていた。その表情《ひょうじょう》はとても演技《えんぎ》で作ったものには見えない。真白は心底から心配しているらしい。真白とはまったく水が合わない姫沙だったが、さすがに反論する気力をそがれてしまった。

「……わかったよ。それなら、私も行こう」

「いえ、姫沙さんは怪我人《けがにん》ですから。無理しないでください」

「しかし……」

「廊下には亡霊《ぼうれい》がウロウロしてますよ？　姫沙さんが見たとかいう亡霊ですよ？」

「む……」

「もう、さっきのアレは地下まで聞こえましたよ。すっごい悲鳴でしたものね〜」

「うるさいっ、意地悪を言うな！」

真白は『べー』と舌《した》を出し、

「仕返しです。さっき、ちょっと泣かされちゃったので」

いい気味です、と言い残し、真白はさっさと出て行った。

「あ……」

置いていきぼりにされ、ぽつんとする姫沙。

真白が出て行ってしまうと、室内は本当に静かだった。安眠《あんみん》できるように、という配慮なのだろう。十分な防音《ぼうおん》が施《ほどこ》されているため、風の音もどこか遠い。

眼鏡《めがね》のブリッジを押《お》さえ、硬《かた》い笑顔《えがお》で不敵《ふてき》に笑う。

「ふん……バカめ。確《たし》かに廊下は怖《こわ》いがな」

パチン、と水道管がラップ音を立て、姫沙の小さな体がベッドの上で大きく跳《は》ねた。

「ひ……」涙声《なみだごえ》で言う。「独《ひと》りも、怖いぞ……っ」

ふと、そのとき。

ヒタ、ヒタ、ヒタ……。

と、かすかな足音が響《ひび》いてきた。廊下を誰《だれ》かが歩いている。

聞きたくないのに耳を澄《す》ましてしまう矛盾《むじゅん》。音はやけに軽い。たぶん、女の足音だ。

ヒタ、ヒタ……ヒタ。

足音が止まる。

よりにもよって、このドアの前で。

三秒ほど遅《おく》れて、姫沙はびくっと震《ふる》えた。傍目《はため》には間抜《まぬ》けな光景だが、本人は今すぐ泣き叫《さけ》びたくてたまらずにいる。既《すで》にじんわり涙が浮いていた。

布団《ふとん》を頭からかぶりたい。かぶって耳を塞《ふさ》ぎたい。そう思うのに、目はドアに釘付《くぎづ》けのまま、微動《びどう》だにしない。できない。目がそらせない！

不自然な沈黙《ちんもく》が続く。足音の主は既に通り過《す》ぎたのだろうか？　それとも——息を殺して、こちらの様子をうかがっているのだろうか？

姫沙の控《ひか》えめな胸《むね》が大きく脈打った。体が心臓《しんぞう》に振《ふ》り回される。

やがて。

ぎぎぃぃぃ、とドアが開いた。

その段階《だんかい》で、姫沙はもう失神寸前《すんぜん》だった。従《したが》って、ぬーっと黒い手が室内に差し入れられたときには、もちろん喉《のど》が張《は》り裂《さ》けそうなほど絶叫《ぜっきょう》した。

院長室は質素《しっそ》だった。

スチール製《せい》の事務机《じむづくえ》にキャスター付きの椅子《いす》。粗末《そまつ》なPCラックには、いかにも旧世代《きゅうせだい》ふうの古ぼけたPCと、日焼けしたブラウン管モニター。ぐるりと部屋を囲む本棚《ほんだな》は安物、蔵書《ぞうしょ》も古本。来客用のソファだけが、少しばかり上等な本革張《ほんかわば》りだ。

今、夕陽《ゆうひ》の差し込む窓辺《まどべ》に一人の修道女《しゅうどうじょ》が立っていた。

背後《はいご》でノックの音がする。修道女は振り向かず、「どうぞ」と気のない返事をした。

ドアが開く。

遠慮《えんりょ》がちに入ってきたのは——真白だ。

「失礼します、シスター森。ご出発の支度《したく》は……？」

「大丈夫《だいじょうぶ》。もう済《す》んだわ」

はあ〜、とため息をつく。それから、誰に言うともなくつぶやいた。

「主のおぼし召《め》しとは言え、こんなに早く、ねえ……。もっといろいろ、たくさんのことを教わりたかったのに……」

真白はもじもじとするばかりで、返事をしない。何と答えていいのかわからなかったのだろう。いくつかの慰《なぐさ》め、見舞《みま》いの言葉を吟味《ぎんみ》した後で、結局はこう言った。

「皆《みな》さんは、もうお車の方に行かれましたけど」

「ええ……。わたくしももう行きます」

そうは言ったものの、修道女は窓際《まどぎわ》を離《はな》れなかった。

ぼんやりと窓《まど》越《ご》しの風景に見入っている。修道服が残照を浴び、オレンジに染《そ》まる。

「そう言えば、もう明日なのね」

「え……？」

「桃原のご夫妻《ふさい》が天に召《め》された日よ。わたくしは昨日のことのように覚えています」

真白はうつむいた。下唇《したくちびる》に歯が食い込《こ》む。

「貴女《あなた》一人で大丈夫かしら？　桃原の若《わか》さまがいらっしゃるのよ」

「大丈夫です。ここにくる前、坊《ぼっ》ちゃまとはけっこう仲がよかったんですよ？」

「ああ、そうだったわねえ……。じゃあ、毎年たくさんの寄付《きふ》をくださる方よ――なんてことも、とっくに承知《しょうち》しているわね」

「はい。それはもう」

「以前ご縁《えん》のあった方とは言え、粗相《そそう》のないようにお願いしますよ。何事かあったら、本部に叱《しか》られちゃいますからね」

「はい、わかりました」

修道女は思いを振り切るように深呼吸《しんこきゅう》した。

その場で身をかがめ、足もとのボストンバッグを抱《かか》え上げる。

「じゃあ、確《たし》かにお任《まか》せしましたよ。わたくしも翌日《よくじつ》には戻《もど》ります。夜間はあちらの教会にいますから、何かあったら連絡《れんらく》をちょうだい」

「はい。シスター森も、道中お気をつけて」

ボストンバッグを肩《かた》に提《さ》げ、真白を振り向いた修道女は——

「じゃあ、行ってくるわね」

ふっくらとふくよかな、五〇代も終わり際《ぎわ》の女性《じょせい》だった。

## Episode 42

目にしたものが信じられず、誓護はカカシのように立ち尽くした。

何だ、今のは？

どういうことだ？

僕はどこで間違《まちが》った？

だって、可能《かのう》なのか？　そんなことが、本当に？

だったら、あれは一《い》体何者……？

それは——つまり——たぶん——偽者《にせもの》。そう、偽者だ。

すると、どうなる？

さあ、考えろ。もっと早く。もっと先まで。もうわかりかけている。断片《だんぺん》的な映像《えいぞう》が次々とフラッシュバック。首を絞《し》められる女性《じょせい》。死体を背負《せお》い、運び出す男。そして、厨房《ちゅうぼう》で解体《かいたい》される肉……その先だ。その先はどうなる。肉は処分《しょぶん》される。当たり前だ、そのために解体したんだ。なら、どう処分される。きっと、薄暗《うすぐら》く、狭《せま》い——

あたかも稲光《いなびかり》がひらめくように、それは誓護の脳裏《のうり》に突如《とつじょ》として生じた。

そうだ……。そういうことなんだ……。

誓護は震《ふる》えながら歩き出した。足は勝手にサイクルを速め、駆《か》け足になり、やがて全力疾走《しっそう》となって、暗い廊下を切り裂《さ》いていく。どこに向かっているのか、はっきりとは理解できないまま、しかし直感がそうさせるのか、少しも迷《まよ》わずに走り続ける。

気がつくと、ぽっかり口を開けた暗闇《くらやみ》の前に立っていた。

ひんやりと冷たい風が漂《ただよ》ってくる。地の底から染《し》み出すような、湿《しめ》った空気が。

地下室へと下りる階段。その前に誓護は立っていた。

呼吸《こきゅう》を整え、もう一度思考を整理する。誓護の推理《すいり》が正しければ——正しいはずだ——この事件《じけん》の最後のピースは、この下に存在《そんざい》しなければならない。

目を閉《と》じ、深呼吸《しんこきゅう》。意を決して踏《ふ》み出そうとしたとき。

「————？」

ふっ、と誰かの吐息《といき》が誓護の襟足《えりあし》をなでた。

それが何を意味するのか、理解する暇《ひま》もなかった。

がーん、と後頭部から眼球《がんきゅう》に抜《ぬ》ける痛《いた》み。足もとの床《ゆか》に血の花が咲《さ》く。ドバッ、バシャッ、と景気よく。飛沫《しぶき》が飛んで、制服《せいふく》のすそが濡《ぬ》れた。

おいおい、と思った。

おいおい……、これは死ぬんじゃないか？

だって、めまいがするぞ。目の前が真っ暗だぞ。前後不覚……だぞ？

天地が引っくり返る。まっ逆《さか》さまの浮遊《ふゆう》感。ごち、とひたいを強打して、それからガタガタと体が揺《ゆ》れた。そのまま落ちて、落ちて、落ちて——

巨人《きょじん》の大あごに咀嚼《そしゃく》されるような感覚を最後に、誓護は意識《いしき》を失った。

## Episode 23

二人の女が言い争っている。

映像が鮮明《せんめい》になるにつれ、言い争いの方も聞き取れるようになっていく。

「……何度も言わせるな」

「お言葉ですけど、それはこちらの台詞《せりふ》です」

「私は足取りを調べたんだ。間違いなくこの修道院《しゅうどういん》を訪《おとず》れている」

「……ですから、お帰りになられたと」

「嘘《うそ》をつけ！」

「嘘なんて……。一体、何が言いたいんですか？」

「ふん、わからないのか？」

間を置く。そちらは姫沙だ。姫沙が鬼《おに》のような形相で、こう言った。

「君が殺したんだろう、と言っているのだよ。人殺し！」

「ひ……!?」

しゃっくりのような音。真白だ。真白は顔を真っ赤にして、叫《さけ》んだ。

「人を殺したのはそっちでしょう！　旦那《だんな》さまを——奥《おく》さまも！」

「な……!?」

思わぬ反撃《はんげき》だったのか、姫沙は鼻白み、こちらもしゃっくりのようになる。

「あれはただの心中だ！　先代が奥方を引き止めようと」

「旦那さまはそんなことしません！」

「なぜ言い切れる！」

「旦那さまは、もう奥さまに未練なんてありませんでした！」

「なるほど」姫沙は侮蔑《ぶべつ》の目を向けた。「泥棒猫《どろぼうねこ》にはそれがわかるわけだ？」

「ど——」

真白は絶句《ぜっく》した。次の瞬間《しゅんかん》、猛々《たけだけ》しい怒《いか》りの炎《ほのお》が瞳《ひとみ》に燃《も》え上がった。

「私は泥棒じゃない！　私は旦那さまの、恋《こい》——」

「黙《だま》れ！　離婚《りこん》の引き金になったのは貴様《きさま》だろうが！　よくもぬけぬけと……よくも恥《は》じもせず、あの兄妹《きょうだい》の前に顔を出せたものだな！」

真白は言葉に詰《つ》まった。

ただでさえ痛《いた》いところを容赦《ようしゃ》のない一撃《いちげき》に貫《つらぬ》かれた……そんな顔だった。

姫沙はここぞとばかりにたたみかけた。

「さすが、色ボケの金持ちじじいにしつけられただけのことはある。父親が死んだら、お次はその息子に取り入ろうというのだからな。まったく恐《おそ》れ入るよ！」

真白は怒鳴《どな》り返そうと息を吸《す》い込《こ》んだ。その途端《とたん》、ぽろ、と涙《なみだ》がこぼれてしまった。涙が出てしまったせいで、言葉はすとんと引っ込んでしまう。

真白は口を押《お》さえ、弾《はじ》かれたように部屋を飛び出して行った。

## Episode 44

寝室《しんしつ》のドアがゆっくりと開く。

ドアの向こうは黒い霧《きり》で遮断《しゃだん》されている。その障壁《しょうへき》をすり抜けて、にゅっと黒い手袋《てぶくろ》が突《つ》き出された。それからブーツの足が、ふわりとしたスカートが、銀と紅《くれない》の髪《かみ》が、次々と障壁をすり抜け、アコニットが室内に戻《もど》ってきた。

顔色がよくない。傷《きず》はほとんど癒《い》えているのに、呼吸《こきゅう》が荒《あら》く、冷や汗《あせ》がびっしょりだ。

アコニットは用心深く室内を見回した。

いのりはまだベッドで眠《ねむ》っている。加賀見も然《しか》り、クロゼットから動いていない。アコニットはほっとため息をつき、それからムスッとして、テレビの上に腰《こし》を下ろした。

（いいこと、誓護。これは力を貸《か》したのでも、借りを返したのでもないわよ……）

たった今、アコニットは姫沙の部屋でフラグメントを回収《かいしゅう》した。

別に誓護のためにしたことじゃない。ただ単純《たんじゅん》に、アコニットもまた、真白と姫沙が何を言い争っていたのか気になっただけだ。だから確《たし》かめた。それだけのこと。

アコニットは足を組んで座《すわ》った。重ねた膝《ひざ》の上に頬杖《ほおづえ》をつき、考え込む。

姫沙は真白を人殺しだと決めつけた。

それがわからない。なぜ、決めつける。いや、それ以前に——

誰を殺したというのだろう？

問い詰《つ》めようにも、肝心《かんじん》の姫沙はアコニットを見るや気絶《きぜつ》してしまったので、アコニットの疑問《ぎもん》は宙《ちゅう》ぶらりんのままだ。

だが、まったく想像《そうぞう》もつかない、というわけでもない。

アコニットにはもう予想がついている。

ただ、それを証明《しょうめい》できるほどには、過去《かこ》の残滓《ざんし》が集まっていない。いや、もしかしたら、その過去は二度と復元《ふくげん》できないかも知れない。最初の〈絞殺《こうさつ》〉映像《えいぞう》と同じように、はっきりとした像を結ばない可能性《かのうせい》は——大いに、ある。

（ふん……厄介《やっかい》なこと）

アコニットはイライラしてテレビを蹴《け》った。

（誓護とも連絡《れんらく》が取れないし……。何をやってるのかしら、あのおばか下僕《げぼく》）

姫沙の寝室から戻る途中《とちゅう》、アコニットは指輪を通して誓護に呼《よ》びかけてみた。

しかし、誓護からは一切《いっさい》の応答《おうとう》がなかった。会話もできず、監視《かんし》もできず、〝振《ふ》り子〟が今現在《げんざい》どこにあるのかもわからない。完全に連絡が断《た》たれてしまっていた。

彼の身に、何かあったのだろうか？

まさか——グリモアリスの手に落ちた？

「……落ち着きなさい、アコニット」

アコニットは無意識《むいしき》のうちにつぶやいた。

「人間一人がどうなったところで、貴女《あなた》には関係がない……そうでしょう？」

ふふん、とせせら笑う。

「彼との契約《けいやく》？　そんなものは破棄《はき》されるだけよ。対象が死んだら——」はっとして、そしてむっとする。「死んでないわよ。滅多《めった》なことを言わないで！」

独《ひと》り言に独り言で反論《はんろん》してしまい、アコニットはちょっと赤面した。

「ばかみたい……。ああ、そうよ、〝振り子〟だわ。あれがなくなったら、私はとても困《こま》るもの。心配するのも当然よ。やむを得ないことよ」

一人納得《なっとく》し、うんうんとうなずく。喉《のど》に引っかかっていたものが取れたような気がして、少し安心する。よかった、これで安心して心配できる。

（……全然、よくないじゃない）

自分でもわけがわからなくなり、アコニットは渋面《じゅうめん》になった。眉間《みけん》のあたりでパチパチと電流が弾ける。トラウマの元凶《げんきょう》、フラグメントを視《み》たせいで胸《むね》も悪い。

ふと、自分で自分が可笑《おか》しくなった。

戸惑《とまど》ったり、怒《おこ》ったり。疑《うたが》ったり。誰《だれ》かの身を案じたり。

そんなのはまるで――人間と同じじゃないか。

「ふん……このアコニットが？　人間と同じですって？　冗談《じょうだん》じゃないわ」

愚《おろ》かな人間とグリモアリスが同じであるはずがない。

――愚かな？

果たして、そうだろうか？

確かに、人間は輪廻《りんね》のルールも人界のシステムも理解《りかい》してはいない。欲望《よくぼう》のままにふるまい、無益《むえき》な争いを繰《く》り返し、無為《むい》な遊興《ゆうきょう》に耽《ふけ》っている。

だからと言って、それが愚かさの証明《しょうめい》なのか。

誓護のことを考える。

彼は輪廻のことを知る前から、妹のために命を投げ出していた。人間にとっては『たった一つきりの』命を投げ出すこともいとわず、永遠《えいえん》の責《せ》め苦を笑って受け入れると言った。そんな向こう見ずは愚かさの証明だと思う。一方で、その愚かしさはどこか高潔《こうけつ》なのだ。なぜだか、彼を愚者《ぐしゃ》と断《だん》じることには抵抗《ていこう》があった。

そもそも、誓護は頭が回る。前世は名のある賢者《けんじゃ》だったのかも知れない。

上役はもちろん、親しい者にも秘密《ひみつ》にしていたことを、彼はあっさりと見抜《みぬ》いてしまった。人界、冥府《めいふ》を通して、誓護は唯一《ゆいいつ》、アコニットの秘密を知る者となった。

フラグメントを恐怖《きょうふ》するグリモアリス——それは絶対の秘密だった。

高所恐怖症のパイロット。スピード恐怖症のレーサー。血液《けつえき》恐怖症の外科医《げかい》……。そんなものはどれも笑い話だ。いや、笑われるだけならまだいい。この秘密が公《おおやけ》になれば、アコニットは教誨師《きょうかいし》の任《にん》を解《と》かれてしまうだろう。蔑《さげす》みと、憐《あわ》れみ、そしてある種の失望とともに。そうなれば、アネモネの雷名《らいめい》も地に堕《お》ちる。

この先も教誨師として生きるなら、誰に明かすこともできない秘密。いのりの過失《かしつ》が誓護にとってそうであるように、永遠《えいえん》に隠《かく》し通さなければならない種類の秘密だ。

恥ずべきことなのだと、ずっと思い込んでいた。

だが、誓護は笑わなかった。

蔑むことも、憐れむこともしなかった。

ただ、拙《つたな》い慰《なぐさ》めを言ってくれた。僕《ぼく》もそうだよ、と。

胸《むね》の真ん中がもわもわする。くすぐられるような、不思議な高揚《こうよう》。

(何よ、この感じ……イライラするわね)

ずいぶん長いあいだ、忘《わす》れていた。この感覚。この懐《なつ》かしいぬくもり。それは『嬉《うれ》しい』という感情《かんじょう》なのだと、ようやく気付く。

(許《ゆる》せないわ。愚かな人間のくせに、アコニットを……こんな気分にさせるなんて)

鳥が飛べなくなるとき。馬が走れなくなるとき。音楽家が聴力《ちょうりょく》を失うとき。詩人が言葉を忘《わす》れるとき。その喪失《そうしつ》に怖《おそ》れを抱《いだ》かないはずがない。苦しまないはずがない。

誓護の言葉は、ほんの少しだけ、その苦しみをやわらげてくれる。

アコニットは絶対《ぜったい》に認《みと》めないが、誓護がくれた言葉は、この先何度も記憶《きおく》の箱から引っ張《ぱ》り出して慈《いつく》しむことになりそうな、そんな言葉なのだった。

人界がたとえ偽《いつわ》りの世界だとしても。この世にたった一人、アコニットの弱みを知り、受け入れてくれる者がいる。それは何と大きな慰めだろう。そしてアコニットもまた、誓護の絶対の弱みを握《にぎ》っているのだ。

それは信頼《しんらい》と同じこと。誓護はそう言った。そんな皮肉めいた言い方で、彼は不器用に伝えてくれたのだ。完璧《かんぺき》な存在《そんざい》じゃないからこそ、僕は君を信頼するよ、と。

少なくとも誓護の前では、もう秘密を守ろうと気を張らなくて済《す》む。

きゅ、とドレスの胸元《むなもと》を握りしめる。きつく、きつく。まるで戒《いまし》めるように。

これ以上、気持ちが浮《う》つかないように。

「……わかってるの、誓護？」声に出してつぶやく。「こんなことは許されない。糾弾《きゅうだん》されるべきことなのよ。貴方《あなた》みたいな、愚かで、おまぬけな人間なんかが——」

このアコニットに、心配をかけるなんて。

そんなこともわからないようなら、やはり誓護は愚か者だ。どうしようもないおばかさんだ。

アコニットはそう結論《けつろん》し、腹立《はらだ》ちまぎれに放電した。

と、その静電気の乱舞《らんぶ》につられたように、クロゼットの加賀見が身じろぎした。何度か頭を振《ふ》り振り、ひどく重たげに身を起こす。

——意識《いしき》が戻《もど》ったのだ。

アコニットは扇《おうぎ》を握りしめた。冷たい水を胃袋《いぶくろ》に流し込まれたような気分だ。先ほど味わったアイスクリームと同じ冷たさだったが、先ほど味わった多幸感はない。

ふさがったはずの傷口《きずぐち》がうずく。肉の裂《さ》ける感じや、血管を切断《せつだん》される痛《いた》みを思い出す。

（いい加減《かげん》にして……。これ以上、醜態《しゅうたい》をさらすと言うの？）

己《おのれ》を叱咤《しった》する。恥《はじ》を知りなさい、アコニット。人間ごときを相手に畏縮《いしゅく》する必要なんてないわ。アネモネの名に傷をつけるつもり？

アコニットは扇を開き、口元を隠した。それだけのことで、少しだけ不安が消える。

「気分はいかが？　愚かで、礼儀《れいぎ》知らずの、野蛮《やばん》な人間」

「……生きてやがったか。バケモノめ」

ずどん、と制御《せいぎょ》できない稲妻《いなずま》が空を裂《さ》き、床《ゆか》や天井《てんじょう》を黒く焦《こ》がした。いのりが飛び起きる。いのりは何だかわからないままに、誓護の上着を頭からかぶり、亀《かめ》のようになって、あわあわとベッドのすみっこに避難《ひなん》した。

加賀見は顔色も変えなかったが、軽くのけぞった。明らかに圧倒《あっとう》されている。

アコニットは平静を装《よそお》って言った。

「……そうよ。私は異界《いかい》の怪物《かいぶつ》。ひよわな人間を殺すくらい、わけないわ」

「なら、さっさとそうしろよ？」

からかうような薄笑《うすわら》い。加賀見は強気だ。もう腹《はら》をくくったらしい。

「……貴方に訊《き》きたいことがあるの」

「話すと思うか？」

「あら、話してくれないの？」

「――――」

加賀見は拍子抜《ひょうしぬ》けしたようだ。アコニットの言葉には既《すで》に険《けわ》しさがない。

「まあ、聞きなさいよ、愚かな人間……。アコニットは疑問《ぎもん》に思ってるのよ。……いえ、不安に思ってる、と言うべきかしら」

じっと、加賀見を見つめる。

「ひょっとして……私と貴方は、大きな誤解《ごかい》をしてるんじゃない？」

「……誤解？」

怪訝《けげん》そうに繰《く》り返す。それから、露骨《ろこつ》なあざけりの表情《ひょうじょう》。

「何だ。話せばわかる、とでも言うつもりか？」

「ねえ、貴方……」

アコニットはテレビを下り、ゆったりと位置を変え、いのりのベッドに腰《こし》かけた。

いのりは誓護の上着から頭だけを出して、アコニットの方をうかがっていた。アコニットの手が伸《の》びてくると、一度は上着の中に隠れたが、しばらくするとまた、そろーっと顔をのぞかせた。不思議そうにアコニットを見上げる。

アコニットの長い指が、そっといのりのあごをなでさする。ゆっくりと、いとおしむように。

いのりは気付いてないが、喉笛《のどぶえ》が今にも握りつぶされそうだ。

優《やさ》しげな指使いとは裏腹《うらはら》に、アコニットは油断《ゆだん》なく加賀見を見据《みす》えている。一方、加賀見は息を詰《つ》めて、アコニットといのりを交互《こうご》に見ていた。意図がわからず、緊張《きんちょう》を強《し》いられている様子だ。あるいは、何かを恐れている……？

アコニットはある種の確信《かくしん》とともに、こう問いかけた。

# Episode 45

「貴方——この子の命が惜《お》しくない？」

睡眠《すいみん》不足も手伝って、目覚めたときにはけっこうな時間が経《た》っていた。朦朧《もうろう》とする意識と、あちこち痛む全身とを無理やりに働かせ、携帯《けいたい》電話で時刻《じこく》を確認《かくにん》。既《すで》に午前六時を一五分も回っていた。実にきわどい……。もうすぐ夜明けじゃないか。

誓護は床《ゆか》に転がったまま、しばらくうんうんうなっていた。

体も痛むが、何より頭だ。ずーんと重たく、骨が三倍に膨《ふく》らんでいる気がする。指先で傷《きず》の具合を確《たし》かめてみて、妙《みよう》な異物《いぶつ》感に気付いた。

（あれ……？　この手触《てざわ》り……）

何と、頭に包帯がまかれていた。誰かが応急処置《おうきゆうしよち》をしてくれたのだ。殴《なぐ》った本人だろうか。殴っておいて治療《ちりよう》するというのもわけがわからない。

幸い陥没《かんぼつ》している感じはないが、その代わりコブになっていた。この痛みと重さは、たぶん軽い脳震盪《のうしんとう》だ。柔道《じゆうどう》の稽古《けいこ》で一度やったことがある。数日は顔はむくみ、腫《は》れ上がることだろう。せっかくの美男子が台なしだ。

誓護は壁際《かべぎわ》まで這《は》い、壁をよじ登るようにして身を起こした。

ごつり、と背中《せなか》に当たるのは鉄の扉《とびら》だ。たぶん、入口。異様《いよう》なほど手触りが硬《かた》く、びくともしない。一方、室内の空気は湿《しめ》っていてやわらかく、修道院《しゅうどういん》の廊下《ろうか》よりむしろ暖《あたた》かいくらい。独特《どくとく》の臭気《しゅうき》がさっきから鼻を刺《さ》している。

携帯電話のフラップを開き、液晶《えきしょう》の弱い光で照らしてみた。

思った通り、そこは——

「……地下室か」

昨日の夕方、真白に連れられて入った、あの食料庫だった。階段《かいだん》を滑《すべ》り落ちた誓護を、殴った犯人《はんにん》はそのままここに運び込《こ》んだらしい。

扉《とびら》を押《お》してみる。がきん、と頑固《がんこ》な手応《てごた》え。外から施錠《せじょう》されているようだ。

「だめか……。おっと、ラッキー♪」

とある事実に気付き、カラ元気でおどけてみた。

「さっすが誓護くんはついてるぜ。日頃《ひごろ》の行いがいいもんな～。ほーら、その証拠《しょうこ》に」

左手を目の高さに上げると、それは液晶の光に照らされ、キラリと光った。

「……ここに、コイツが残ってる」

アコニットから借り受けた指輪だ。プルフリッヒの振《ふ》り子、と彼女は呼《よ》んでいた。

それが、まだ左手の薬指に残っている。それとも、意図的に『残された』のか？

いや、今は罠《わな》の可能性《かのうせい》など考えない。誓護は指輪をさすり、呼びかけた。

「アコニット？　おーい、アコニットさーん？　返事してくれー。アイスあげるからー」

腹立ちまぎれの稲妻《いなずま》が走り、突破口《とっぱこう》が開く……という展開《てんかい》を期待したのだが、残念ながら、思い通りにはならなかった。

まったく音もない。なしのつぶて。

まさか、アコニットの身に何か……？

痛《いた》む頭を左右に振《ふ》る。いや、それはない。一度は人間相手に遅《おく》れを取ったアコニットだが、今は完全に臨戦態勢《りんせんたいせい》で、教誨師《きょうかいし》が存在《そんざい》することも知っている。油断《ゆだん》はないはずだ。何だか知らないが、あの世に名立たる名家の出身だとか、そんなことを言ってたし。

いのりは無事だろうか。あの白い教誨師と遭遇《そうぐう》してないか。地獄《じごく》に……連れ去られてはいないか。いや、大丈夫《だいじょうぶ》。大丈夫に決まってる。いのりはきっと無事だ。そう信じろ。そうでなければ——心配で、胸《むね》がつぶれてしまう。

状況《じょうきょう》はうんざりするほど絶望《ぜつぼう》的だ。漬物《つけもの》くさい暗がりに一人きり。アコニットとは分断され、閉《と》じ込められている。だが、僕はまだ生きている。喜べ、桃原《ももはら》誓護。まだチャンスが残っているぞ。いのりを護《まも》る、わずかなチャンスが。

誓護はもう一度、指輪に視線《しせん》を落とした。

からみ合う二匹《ひき》の蛇は、サファイアとルビーの瞳《ひとみ》で、もの言いたげに誓護を見つめていた。

「……言われなくてもわかってるよ、畜生《ちくしょう》」

投げやりっぽく笑う。

「とりあえず、ここで過去《かこ》を再生《さいせい》しろってんだろ？」

誓護は指輪にキスをした。

祈《いの》り、念じる。

そして、意外な事実を知る。

## Episode 04

古くなった蛍光灯《けいこうとう》から、どろりとした光が降《ふ》りそそぐ。

暗闇《くらやみ》を溶《と》かすように現《あらわ》れた情景《じょうけい》もまた、同じようにどろりとしていた。

男女がぴったりとくっついて、お互《たが》いの唇《くちびる》を貪《むさぼ》っている。ねっとりとからむ唾液《だえき》。舌《した》を奪《うば》い合うような、濃厚《のうこう》な接吻《せっぷん》だ。

糸をひいて二人が離《はな》れる。

その刹那《せつな》、誓護は目をむいた。塊《かたまり》のような息が喉《のど》に詰《つ》まる。

二人の人相には見覚えがあった。叔父《おじ》の鏡哉《きょうや》と、継母《ままはは》の有希《ゆき》だ。

有希がくすくす笑い出し、叔父はぶすっとした。

「……何か、可笑《おか》しいですか？」

「だって、その顔……。別人としてるみたい」

「慣《な》れてください。この先は長い付き合いになるのですから」

叔父はしきりに誓護の方を──つまり入口の方をうかがっていた。

「臆病《おくびょう》ね〜。心配しなくても、三時を過《す》ぎるまでは誰もこないわよ」

「ふざけないでください。一体、誰のせいだと……」

鼻の穴《あな》を膨《ふく》らませ、腹立《はらだ》たしげにうごめかせる。

「肝心《かんじん》のブツを忘《わす》れるなんて、何を考えているのか……。あれがただの一つでも警察《けいさつ》の目に留《と》まってみなさい。私たちは一発で破滅《はめつ》ですよ」

「わ、わかってるわよ。大丈夫だってば。すぐに見つかるわ」

「貴女《あなた》の娘《むすめ》がいじったのではないでしょうね？」

「それは……」有希はあわてて言い添《そ》えた。「だ、大丈夫よー　ちゃんと誤魔化《ごまか》しといたわ。あの子バカだから、絶対に気付かないわよっ」

叔父は舌打ちした。唾棄《だき》しなかったのが奇跡《きせき》のような、苦りきった表情《ひょうじょう》だ。

「ああん、もぉ、そんなに怒《おこ》らないで……ね？」

有希は熟《じゅく》しきった胸をすりつけた。むき出しのふとももを叔父の足の間に差し入れ、艶《なまめ》かしく腰《こし》をくねらせる。

ほんの一瞬《いっしゅん》、叔父の口元に隠《かく》しきれない嫌悪《けんお》がにじんだ。

有希はまったく気付いた様子もなく、くねくね動作を続けている。

叔父は苦笑《くしょう》しつつ、セカンドバッグの中からビニール袋《ぶくろ》を取り出した。中に小さな塊がいくつか入っている。誓護ははっとした。銀紙に包まれた……チョコレート！

「……どうぞ。コイツは簡単《かんたん》には溶けません。しっかり溶かしてくださいね」

「絶対に大丈夫よ～。あの糞《くそ》オヤジは死ぬほど用心深いんだから。絶対、私が口をつけた方を取るわ。渡《わた》す前に溶かしとく」

「……そんな用心深い男に、本当に飲ませられますか？」

「それも大丈夫。バカみたいにロマンチストだから。自分に酔《よ》ってるのよ」

有希は濁《にご》った眼《め》を少女のようにキラキラさせ、笑いながらチョコレートをもてあそぶ。

「うふふ、すごーい。ねえ、これって簡単に手に入るものなの？」

「……ま、私には簡単、といったところです。ツテがありますから」

「ふふん、それも本業で培《つちか》った人脈ってわけ？」

「まあ、そうです」

「ねえ、家の方はどうなってるの。私が失くし……じゃない、忘れたチョコは」

「ぬかりありません。そちらには姫沙を向かわせ――いてっ！」

女の付け爪《づめ》が男の肉に食い込んでいた。ちぎれそうなほどつねり上げている。

歯をむき出しにする。叔父の取り澄《す》ました顔に、野卑《やひ》で獰猛《どうもう》な本性《ほんしょう》がのぞいた。

「何をする！」

「だって……」

有希はすねて見せた。叔父《おじ》は一転、相好を崩《くず》し、有希の肩《かた》に手を回した。耳たぶに息がかかるくらいの距離《きより》から、甘《あま》ったるくささやく。

「可愛《かわい》い人だ……あんな小娘に嫉妬《しっと》しているのですか。何度も言ったでしょう。私たちは親子のようなもので、決して男女ではないと」

「だって貴方《あなた》、いつもあの子を側《そば》に置いてるじゃない」

「仁義《じんぎ》ですよ、渡世の仁義」

べろり、と有希の首筋《くびすじ》に舌を這《は》わせる。

「身よりのないガキを拾ってやったようなものです。まあ、彼女もそれを恩義《おんぎ》に感じて、イロイロと尽《つ》くしてくれますが——あいでででで！」

「ほーら、やっぱり尽くさせてるんでしょぉ……？」

「やれやれ……。知ってるでしょう？　私は悪い女にしか勃《た》たないのです」

「あら奇遇《きぐう》ねぇ？　私も悪い男じゃないと濡《ぬ》れてこないの」

二人は再《ふたた》び接吻を交《か》わした。先ほどよりもいくぶん軽い。有希は食いついていくような求め方だったが、叔父の方は素《そ》っ気なく、あしらうような口付けだった。

「続きはいずれ……。そのときはたっぷりと可愛がって差し上げますよ」

「あ〜ん、待ってよぉ〜」

「馬鹿な……。一緒《いっしょ》のところを見られたらどうするのです」

冷淡《れいたん》とも言える口調だ。ところが、有希はますます燃《も》えたらしく、ますます甘えた声を出して、叔父の腕《うで》にしがみついた。恋人《こいびと》気取りの上目遣《うわめづか》い。

「上手《うま》くいったら、詐欺師《さぎし》なんてもうやめね？」

「いえ、より大きな詐欺をやるのです。桃原の総帥《そうすい》なんて、詐欺の親玉でしょう？」

叔父はちょん、と有希の頬《ほお》に口付けた。有希にとっては、その奇襲《きしゅう》がもっとも効果《こうか》を上げたらしい。年甲斐《としがい》もなく頬を染《そ》め、ぽーっと熱《ねつ》っぽい眼《め》で叔父を見送る。

「では失礼。次に会うときは『桃原鏡哉』ということで、よろしく」

「う、うん……。バイバイ、鏡哉さん」

有希がひらひらと手を振《ふ》る。叔父は振り向きもせずに出て行った。

Episode 46

肩がわななき、震《ふる》えが止まらなかった。

誓護は右手で自分の肩をつかんだ。指が食い込む。かまうものか。握《にぎ》りつぶすほどに強く。もっと強く。強く握り、煮《に》えたぎる激情《げきじょう》をやり過《す》ごす。

それでも、呼吸《こきゅう》ができるようになるまで、ずいぶん時間がかかった。

はああああ、としぼり出すようなため息。

両手で顔を覆《おお》う。手はそのまま上に流れ、髪《かみ》をつかむ。膝《ひざ》を引き寄《よ》せ、背中《せなか》を丸める。誓護は貝のようになって、じっと考えがまとまるのを待った。

おぼろげに輪郭《りんかく》をなした思考は、一瞬で理路整然たる理屈《りくつ》に変わり、ほとんど真実になってしまった。今ならほとんどのことを説明できると思う。誰が、何をしたのか。

そういうことだったのか。

そんな……そんな、簡単《かんたん》なことだったのか。

なぜ、こんな手に引っかかった？

グループの重鎮《じゅうちん》どもは何をやっていた？

（……いや、これも逆《ぎゃく》……かな。全部、逆だ）

単純《たんじゅん》な手だからこそ、上手くいったのだ。

親族的結びつきの弱い一族。親族の少ない父親の代。その弱みを見事に突《つ》かれた。

結局のところ、桃原には国家ほどの防備《ぼうび》も知性《ちせい》もない。各社の重役連中は古老の言いなり。上意下達が是《ぜ》とされ、忠実《ちゅうじつ》な社員ほど上からの情報《じょうほう》を疑《うたが》わない。精査《せいさ》など、望むべくもない。

誓護自身、最初の調査報告《ほうこく》を聞いた後では、もう疑わなかった。

全員に思い込みがあった。巨大《きょだい》な企業《きぎょう》グループを相手に、そんな幼稚《ようち》な詐欺を仕掛《しか》ける奴《やつ》がいるはずがないと。特に役員連中は夢《ゆめ》にも思わなかっただろう。

父母の死後、叔父がひょっこり現《あらわ》れたとき、その身辺調査を二つの調査会社が担当《たんとう》した——察するに、そのどちらもが敵《てき》の手の内にあったのだ。

叔父は古参の重鎮たちにも認《みと》められて、誓護の後見人となった——つまり、桃原の重鎮の中にも裏切《うらぎ》り者がいたというわけだ。

構図《こうず》はこうだ。

あるところに悪い詐欺師がいました。詐欺師はお金持ちの奥《おく》さまをたらし込み、仲良くなりました。詐欺師は奥さまを利用し、財産《ざいさん》を丸ごといただいてしまおうと考えたのです。

ところで、お金持ちの旦那《だんな》さまには弟がいました。この弟は独立独歩の人で、しきたりばかりの家を嫌《きら》い、先代と大喧嘩《げんか》のすえ出奔《しゅっぽん》してしまったワンパク坊主《ぼうず》。西欧《せいおう》や中近東をふらふらしているという噂《うわさ》はありましたが、行方《ゆくえ》はようとして知れませんでした。

しめしめ、これを利用しない手はないぞ、と詐欺師は考えます。そして自分の顔を変え、まんまとこの弟君に成りすましたのです……。

誓護はもう一度ため息をついた。

もういい。もう十分だ。

いよいよ——確《たし》かめるときがきた。

ゆっくりと顔を上げる。

目の前には、どこまでも深い闇《やみ》が横たわっている。

闇の中には吊《つ》るされた死骸《しがい》のような、ハムやらベーコンやらソーセージやら。

そしてあたかも棺桶《かんおけ》のような、大小の樽《たる》。

誓護はゆらりと立ち上がった。

一歩ずつ、踏《ふ》みしめるように前に進む。

ほんの数歩の距離《きょり》が永遠《えいえん》に感じた。背中《せなか》に冷たい雫《しずく》を垂《た》らされたような、そんな戦慄《せんりつ》。

やがて、一際《ひときわ》大きな樽の前に立つ。ほとんど直感的に、その樽を選んでいた。

震える指でフタを取っ払《ぱら》う。中は真っ白で、それこそ雪原のような風情《ふぜい》だ。

素手《すで》でかき回す。ゆっくりと。粉雪をすくい取るように。

塩の手触《てざわ》りはむしろざらめ雪に近い。手の動きは次第《しだい》に速く、雑《ざつ》になる。誓護はほとんど泳ぐような勢《いきお》いで、塩を床《ゆか》にぶちまけていった。

そして。

意外なほどあっさりと、最後のピースが埋《う》まる。

「ふふ……ふふふ……ふふ……」

笑いたくなんか、ない。なのに笑いが漏《も》れる。漏れて止まらない。

「はは、人が悪いな……」

雪のように真っ白な塩の下に——

「……お久《ひさ》しぶりです、叔父さん」

男の頭が漬《つ》け込《こ》まれていた。

変わり果てた、と言うほどでもない。首から下を失い、ミイラのようにしなびていることをのぞけば。ずいぶん人相は変わっているが、間違《まちが》いなく『叔父』のものだった。

「とうとう……見つかっちゃった」

ふと、しゃがれた声が闇の中にこだました。

目の前のミイラがしゃべったわけではなかった。声は樽よりもさらに向こう、入口とは反対側の壁際《かべぎわ》から響《ひび》いてきた。

それが誰《だれ》かは、もうわかっている。

「……貴女《あなた》だったんですね」

誓護はひどく絶望《ぜつぼう》的な気分で、深い暗闇に光を当てた。

# Chapter 7 【かくてアダムの死を禁《きん》ず】

## Episode 49

七人の罪《つみ》びとがいたのです。

一人は雪の中に。

二人は墓《はか》の中に。

そして、四人は檻《おり》の中に。

## Episode 47

闇の中から現《あらわ》れたのは、誓護《せいご》のよく知る人物だった。

陰鬱《いんうつ》に翳《かげ》る、うつむき加減《かげん》の表情《ひょうじょう》。伏《ふ》し目がちに、誓護にたずねる。

「ご存知《ぞんじ》……だったんですか？」

「信じたくはなかったけど」

「……どうして、私だと？」

「シスター森《もり》が偽者《にせもの》だった」

「――――」

「さっき、院長室で知ったんだ。それで、わかった。院長の入れ替《か》わりを秘匿《ひとく》できた人物――今夜ここに居合《いあ》わせた人の中で、院長を院長として扱《あつか》えた人物は、貴女しかいない」

「そう、ですか。院長が偽者だって、バレて。ふふ……心配してたことが……現実《げんじつ》に」

弱々しく笑って、さらにたずねる。

「いつから、疑《うたが》ってらしたんですか？」

「初めから。貴女がこの修道院《しゅうどういん》に入りたいと言ったときから」

反応《はんのう》を見る。真白《ましろ》は素直《すなお》に納得《なっとく》しそうな雰囲気《ふんいき》だった。誓護は苦笑《くしょう》して付け加えた。

「なーんて、嘘《うそ》だけどね。本当はもっと後。……もうわかったと思うけど、僕《ぼく》は過去《かこ》の出来事を再生《さいせい》することができる。今夜だけね。その力を使って、厨房《ちゅうぼう》で視《み》たんだ」

真白が目を閉《と》じる。誓護は油断《ゆだん》なく真白を観察しながら、続けた。

「女の人が、男の死体を解体《かいたい》してた」

「……………」

「ずっとね、死んだのは女の人だと思ってた。僕たちは」

「……………」

「女の人が殺される映像《えいぞう》を視《み》たから。いや、殺されかけた映像、かな。……あれは作為《さくい》的に切り取られた映像だったんだな。信じられないことだけど、女の人は死んでなくて……あの後、どこかで立場が逆転《ぎゃくてん》して、男が殺された。男は解体されて、そして……」

ぐるりと見回し、肩《かた》をすくめる。

「まさか、こんなところにほったらかしだったとはね」

「……地下室《ここ》の管理って、新参者の仕事なんです。お漬《つ》け物も、燻製《くんせい》も。だから……。それに、ほかには……隠《かく》せる場所が見つからなくて」

「悪趣味《あくしゅみ》だね。おまけに豪胆《ごうたん》だ」

「本当は、昨夜、埋《う》めるはずでした。院長や、先輩《せんぱい》たちが、いないうちに……」

真白は嘆息《たんそく》した。残念そうに。深々と。

「もう、それだけなんですよ。本当に、それだけ。何度もばれそうになって、そのたびに亡霊《ぼうれい》にかこつけてごまかして……。本当に、それが最後の……」

「……あのとき、何があったの？　どうして叔父《おじ》さんは貴女《あなた》を殺そうと？」

見当はついている。だが、確《たし》かめなければならない。場合によっては、真白も誓護の敵《てき》になるからだ。つまり、真白が五年前の真実を知っている場合には……。

真白はどこか遠くに視線《しせん》を投げて、

「春まで、あとどのくらいでしょうか。雪が融《と》けるまで……」

と、突然《とつぜん》そんなことを言い出した。怪訝《けげん》に思う誓護に、いきなり爆弾《ばくだん》を投下する。

「ねえ、誓ちゃま。雪融けを待って、拾いにいらした銀のチョコレート」

「――――!?」

「あの中に、毒は入っていましたか？」

誓護はあんぐりと大口を開けた。

「何で、真白さんが……そのことを……」

まさか。

いや、それしかない。

「真白さん、……拾った、の？」

真白は寂《さび》しげに笑っている。

間違《まちが》いない。拾って、そして、すり替《か》えたのだ。

誓護が春に処分《しよぶん》したのはただのチョコレートで。

本物の毒入りチョコレートは、真白の切り札《カード》になったのか。

「旦那《だんな》さまが亡《な》くなって、すぐです。信じられなくて……信じたくなくて……真白も、こちらの修道院《しゆうどういん》をたずねました。お休みをいただいて」

「うん……覚えてる……」

「そして偶然《ぐうぜん》、見つけたんです。雪の下から顔を出していた……あの封筒《ふうとう》を」

何たる偶然。皮肉なめぐり合わせだ。やはり、悪いことはできない……。

「離婚届《りこんとどけ》と書かれていたでしょう？　それを見てピンときました。あれは旦那さまの無理心中なんかじゃない……。誰かが、旦那さまを亡き者にしようとしたんだって」

真白の声から次第《しだい》に抑揚《よくよう》が消えていく。

代わってにじみ出るのは、殺意。

「お二人が死んで、誰が得をしましたか？」

「……叔父さんか」

正確《せいかく》には、その偽者。今や漬物《つけもの》まみれの屍《しかばね》をさらす、哀《あわ》れな詐欺師《さぎし》だ。

毒入りチョコレートをチラつかせ、問い詰めたのか。そして、何とか懐柔《かいじゅう》しようとする相手の言葉をはねつけたがために、真白は殺されかけた……？

「そ、か。姫沙《きさ》さんは……」

誓護に叔父の不在《ふざい》を伝えるためじゃなく、

「叔父さんが行方《ゆくえ》不明になったから……捜《さが》しにきたんだな。ここへ」

叔父の足取りを追い、殺人者がいることを覚悟《かくご》の上で、探《さぐ》りにきたのか。

姫沙は『社長は先月から海外出張《しゅっちょう》』だと言っていた。行方不明の事実をひた隠しにしていた姫沙は、自らここを訪《おとず》れるしかなかった。殺人者との対決に備《そな》え、武器《ぶき》まで携《たずさ》えて……。

「鏡哉《きょうや》さまだけじゃありません」

真白はまるで爬虫類《はちゅうるい》のような、無感動な目を誓護に向けた。

「貴方《あなた》にも、動機があったんです。誓ちゃま……」

その通りだ。自分は両親を憎《にく》んでいた。まして、証拠《しょうこ》を隠したのも誓護。真白はそのことを知っている。誰が拾いにくるのか、それを確認《かくにん》するため、封筒を雪の中に戻《もど》したのだから。

真白は数年来、胸中《きょうちゅう》で温めていたに違《ちが》いない問いを、ついに発した。

「誓ちゃまが、旦那さまを殺したんですか？」

誓護は躊躇《ちゅうちょ》した。返答に悩《なや》む。肯定《こうてい》——それとも否定《ひてい》か。

「うん」誓護はニッと笑い、「……って言ったら、どうする？」

真白の答えは明快《めいかい》だった。

「死んでください」

背後《はいご》の樽《たる》を後ろ手に探る。やがて正面に回された手には金属製《きんぞくせい》の手斧《ておの》が握《にぎ》られていた。本来は氷を砕《くだ》くための道具だが、氷の代わりに誓護の頭をかち割《わ》ろうという、笑えない話。

笑えない話だったのに、誓護は笑い出した。

真白はぽかんとし、次にひるみ、それから怒《おこ》った。

「……真白は本気なんです！」

「ごめん。だってさ、傷《きず》の手当てしといて、『死ね』はないだろ？」

自分の頭、包帯で巻《ま》かれた頭を示《しめ》す。真白は鼻白んだ。

「本当のところを教えてよ。真白さん、僕を殺したいの？」

「……殺します」

「そうしたいの？」

「……殺すんです！」

「真白さん、いのりのために、歌を歌ってくれたよね」

「…………」

「真白さんが洗濯《せんたく》してくれたときは、何かいい匂《にお》いがしたよ」

「…………っ」

「僕らにとっては、真白さんはお姉《ねえ》――」

「やめて！」

ぽろぽろと涙《なみだ》を流しつつ、真白は叫《さけ》んだ。

「真白だって……お二人のことは、大好きでした。分不相応《ぶんふそうおう》ですけど、姉弟妹《きょうだい》みたいに、思ってました……。でも、それ以上に！」

両手で手斧を構《かま》え、床《ゆか》を踏みしめる。

「旦那さまを、愛していたんです」

誓護は無意識《むいしき》のうちに眉をひそめていた。

「……あんな男を？」

「そんなふうに言わないでください！　貴方の、たった一人のお父さまなんですよ？」

「父親だって？　父親の情《じょう》なんかアイツにはなかったよ。血も涙もないんだ」

「お立場が、あったんです！　旦那様は、とても、お優《やさ》しい方でした……。世間で言われてるような、冷血漢なんかじゃ、なかった……」

誓護は口をつぐんだ。哀《あわ》れだと思った。あの男が優しいのは若《わか》い娘《むすめ》に対してだけだ。そんなこともわからないのか。

それとも、真白の言う通り、愛すべき父だったのだろうか。不器用で愛情表現《あいじょうひょうげん》が下手くそなだけで、本当は家族を愛していたのだろうか。猟色の悪癖《あくへき》も、最初の妻を失った哀《かな》しみを忘《わす》れられず、心から愛せる後妻《ごさい》を探《さが》し続けていただけだったのか。

今となっては確《たし》かめようもないが、そうあって欲《ほ》しいと思った。そうでなければ——目の前の真白があまりにも哀れだ。カタキを取ろうと人を殺《あや》め、解体《かいたい》し、そして今まさに誓護の頭をかち割《わ》ろうとしている、この世間知らずの娘が。

真白がじりじりと間合いを詰《つ》めてくる。

生まれて初めて見る殺人者の瞳《ひとみ》は、ぞっとするほど落ち着いていて、そして凄《すご》みがあった。誓護が妙《みょう》な動きを見せたら、即座《そくざ》に攻撃《こうげき》する覚悟《かくご》だ。そういう面構《つらがま》えだ。うすら寒いものを背中に感じる。果たして、取り押《お》さえることができるだろうか？

ナイフや包丁ならまだしも、手斧はヘッドが重い分だけ対処《たいしょ》に困《こま》る。一度スピードに乗ってしまうと、簡単《かんたん》には止まってくれない。こっちは足はふらつくし、頭は痛《いた》むし、全身がだるい。

正直、立っているのもツライほどなのだ。

真白が一歩、踏《ふ》み出す。やむなく誓護は半歩退《しりぞ》く。真白がさらに踏み出す。やむなく誓護はさらに退く……。そんなことを数回繰《く》り返したとき、引けた腰《こし》が硬《かた》いものに触《ふ》れた。

扉《とびら》だった。

比喩《ひゆ》じゃなく微動《びどう》だにしない、不自然な硬さ。もうこれ以上は一ミリだって下がれそうにない。要するに、絶体《ぜったい》絶命。無慈悲《むじひ》で、残酷《ざんこく》な、絶対の壁《かべ》――

いや、待て。

見落としているぞ、桃原《ももはら》誓護。お前は重要なことを見落としている。

真白がここにいる。

真白がここにいるということは。

一体誰が、この部屋の鍵《かぎ》をかけたんだ？

（そう……か……。そういう……ことか！）

これはただの密室《みっしつ》じゃない。背中《せなか》の感触《かんしょく》が告げている。これは……セグメントの密室！

考えろ。手はある。落ち着け。知恵《ちえ》をしぼれ。冷静に、冷徹に計算しろ。

誓護はゆっくりと計算を始めた。思い描《えが》くのはｘｙ平面、求めるのは曲線がつくる面積だ。

そうしながら、大脳《だいのう》の半分で別のことを考える。

脱出《だっしゅつ》するには、どうすればいい？

簡単なことだ。閉《と》ざされた扉を開放すればいい。

セグメントの障壁《しょうへき》を破《やぶ》るには、どうすればいい？

これも簡単だ。障壁を生み出した、エン何とかの利剣《りけん》とかいうアイテム——おそらくはあの赤い本——で扉に触れればいい。

できるか？

……否《いな》、どう考えても不可能《ふかのう》だ。

強大な力を持った存在《そんざい》、しかも実体のない相手から、武器《ぶき》にも等しい道具を奪《うば》い取り、無理やり扉に押しつけるだって？　目の前には凶器《きょうき》を構《かま》えた殺人者が迫《せま》っていて、体はほとんど言うことを聞かず、おまけに敵《てき》にはこちらの思惑《おもわく》が筒抜《つつぬ》けだってのに？

無理だ。そんなこと、できるわけが……。

——いや。

いや、できる。桃原誓護には、それができる！

誓護はいつしか暗算することを忘れ、いのりのことを思い浮かべた。最愛の妹の姿《すがた》を。そろそろとポケットをまさぐり、無防備《むぼうび》なほど素直《すなお》に、右手に握《にぎ》りしめたものを意識《いしき》する。

真白の凶器はもう数歩の距離まで迫っている。だが、恐《おそ》れるには値《あたい》しない。

これさえあれば、形勢《けいせい》を逆転《ぎゃくてん》できる。

さあ、もっと近寄《ちかよ》れ。もっとだ。もっと側《そば》にこい。切り札はまだこちらの手の内にあるんだ。

そのことを思い知らせてやるぞ。

真白がさらに一歩を詰め、手斧《ておの》を握り直したその瞬間《しゅんかん》、

「下がって、真白」

可憐《かれん》な少女の声とともに、ぬっ、と人影《ひとかげ》が現《あらわ》れた。それも誓護の頭上、扉の天井《てんじょう》付近から。

誓護に覆《おお》いかぶさるような格好《かっこう》で、少女の上半身が扉に生えている。

少女は逆《さか》さまに誓護をのぞき込《こ》み、上品に笑った。

「言ったはずだわ。私には人間の心が読めるのよ」

い、い、い、しまった。誓護は胸中《きょうちゅう》でうめく。しまった。監視《かんし》されていた……。

少女が空中でゆっくりと反転し、扉から下半身を引っこ抜《ぬ》く。それからふわりと向きを変え、誓護に向かって白い腕《うで》を伸《の》ばした。

「その手に何を隠《かく》しているのかしら？　見せて頂戴《ちょうだい》」

「や、やめろ……っ」身をよじり、右手を体の後ろに隠す。

「やめないわ」

冷酷《れいこく》に告げる声。少女の右手が誓護の右手をつかんだ。細い骨格《こっかく》からは想像《そうぞう》もできないほど握力《あくりょく》が強い。誓護の手首が握りつぶされ、血管が悲鳴をあげる。

今だ、と思った。その言葉だけは、演技《えんぎ》や計算に紛《まぎ》れさせることができなかった。

右手のものを奪《うば》われると同時、少女の腕に飛びついた。指先か赤い背表紙《せびょうし》の本に触れる。確《かく》

たる手ごたえ。考えている余裕《よゆう》はない。だから、もぎ取った勢《いきお》いそのままに、身をひねり、腰《こし》を起点に跳《は》ね上げた。柔道《じゅうどう》で言えば体落としに近い体勢だ。そのまま、もろともに突《つ》っ込むような格好で、扉に向かって跳躍《ちょうやく》した。

があん、と鉄の扉が音を立て、表面が波打つように揺《ゆ》れた。その大げさな揺れ具合が、目論《もくろ》みの成功を告げている。

障壁、消失。

しかし——力任《まか》せに押してみても、扉はガチャンと鳴るだけで、開かれることはなかった。セグメントで封《ふう》じられていたばかりでなく、きっちり施錠《せじょう》もされていたのだ。

立ち尽くす誓護の腹部《ふくぶ》を、猛烈《もうれつ》な衝撃《しょうげき》が真下から襲《おそ》った。

体が浮き上がる。かと思えば、すさまじい膂力《りょりょく》にねじ伏《ふ》せられて、今度は床《ゆか》に叩《たた》きつけられた。五センチもバウンド。続いて少女の妖気《ようき》が爆風《ばくふう》と化し、誓護を吹《ふ》き飛ばす。誓護は途中《とちゅう》の樽《たる》を巻《ま》き込みながら、盛大《せいだい》な音を立てて床を転がり、壁に激突《げきとつ》して止まった。

げほっ、ごほっ、と咳《せ》き込む誓護。一方、少女はひどく不可解《ふかかい》そうな様子で、己《おのれ》の手の中のものを見つめていた。

それは一枚《まい》の紙切れだった。名刺《めいし》大の厚紙《あつがみ》。カードだ。印刷《いんさつ》されているのは子供《こども》が描《か》いた絵。チャペルを背にして並《なら》んだ、新郎新婦《しんろうしんぷ》の幸せな笑顔《えがお》——

「何かしら、これは。こんなものが、どうして切り札……」

はっとする。さすがに聡《さと》い。

「まさか……あの思考は欺瞞《ぎまん》……狂言《きょうげん》、だと言うの？」

嫌《いや》みの一つも言ってやりたいところだったが、痛《いた》みがひどく、かなわない。代わりに、できる限《かぎ》りの嫌みな顔で笑ってやった。

「そんな……あり得ないことだわ。あの極限状況《きょくげんじょうきょう》で、この私を釣《つ》り出すために表層《ひょうそう》思考を操作《そうさ》したと言うの？　演技で？　計算で？　だって、あの思考で、どうして……」

少女はらしくもなく狼狽《ろうばい》し、ムカデか毒蛙《どくがえる》でも見るような目で誓護を見た。

「どうして、私が真白を守ると、わかる……⁉」

仮《かり》に、誓護が本当に爆発物《きりふだ》のようなものを持っていたとして。

放置しても真白が負傷《ふしょう》するだけだ。教誨師《きょうかいし》が人間の命を守るために、誓護を妨害《ぼうがい》するなどという確証《かくしょう》はない。むしろ、そんなふうに考える方がおかしい！……。

誓護は痛む腹《はら》をさすりながら、やっとのことで言葉を返した。

「……貴女《あなた》自身が言ったことさ。この案件《あんけん》が解決してくれれば、それでいい、ってね」

「ええ……覚えているわ」

「だったら、簡単《かんたん》なことだよ。貴女は院長室の鍵《かぎ》をくれた……僕《ぼく》がここにくるよう仕向けた。貴女と真白さんが共犯《きょうはん》で、貴女が僕たちを閉《と》じ込めたのなら——どんなカラクリかは知らないけど——真白さんが僕を殺すまで、貴女の『案件』は『解決』しないんだ」

「だから当然、私は真白を守る……。こんな紙くずをもぎ取るために、自《みずか》らの存在系《コーデック》まで更新《こうしん》して……。なるほど、その一瞬《いっしゅん》をとらえれば、確実に私に触れることができるわ。貴方は、そこまで計算して……？」

漆黒《しっこく》の瞳《ひとみ》が闇《やみ》の中できらめき、畏怖《いふ》と敵意とをにじませる。

「怖《おそ》ろしい人間。——でも、残念だったわね？」

少女はすぐに落ち着きを取り戻《もど》し、例の穏《おだ》やかな微笑《ほほえ》みを浮かべた。戸惑《とまど》っている真白に近寄り、そっと肩《かた》に手をかける。

「そこまでは見事だったけれど、貴方は依然《いぜん》、袋《ふくろ》の鼠《ねずみ》だわ。たとえ分節乖離《セグメント》を破壊《はかい》したところで、ここは完全なる密室《みっしつ》よ。脱出《だっしゅつ》の手段《しゅだん》なんて存在しない。それとも、生身の私になら勝てると踏《ふ》んだのかしら。どちらにしても、貴方は真白の餌食《えじき》——」

「く、ふ……ふふ……はは」

少女が動きを止めた。笑みを消し、じっと誓護を見据《みす》える。誓護には思考を読むなんていう便利な力はないが、相手の考えていることは手に取るようにわかった。

この男は何を笑っている？　ただの虚勢《きょせい》か。それとも……一体、何を企《たくら》んだ？

「逃げ道はないって？　勝ち目もないって？」

「…………」

「百も承知《しょうち》なんだよ、そんなことは」

「────!?」

「僕の狙《ねら》いはただ一つ」

天を示《しめ》し、会心の笑みを刻《きざ》む。

「逃げ道がないなら──開けりゃいい」

少女の双眸《そうぼう》が驚愕《きょうがく》に見開かれた。

そう。セグメントの檻《おり》が解《と》かれれば。

声が届《とど》くのだ。誓護が一夜限りの契約《けいやく》を交《か》わした、とびきり美しく、恐ろしい存在《そんざい》に！

刹那《せつな》、どごーん、という轟音《ごうおん》が響《ひび》き、分厚い天井《てんじょう》が崩落《ほうらく》した。瓦礫《がれき》は空中でモロモロと崩《くず》れ、黒っぽい灰《はい》になって消えていく。この不自然な崩壊現象《げんしょう》、誰《だれ》の仕業《しわざ》か一目瞭然《りょうぜん》だ。

憎々《にくにく》しげな舌打《したう》ちとともに、少女は飛び退《の》き、壁《かべ》の向こうに姿《すがた》を消した。

その隙《すき》を逃《のが》さず、誓護は棒立《ぼうだ》ちの真白に組みついた。たやすく手斧《ておの》を奪《うば》い取り、腕《うで》をねじり上げる。急に動いたせいで頭がガンガンと痛《いた》み、視界《しかい》に星が散った。鼻血が出そうだ。

立ち込める煙《けむり》が晴れる頃《ころ》、コッ、コッ、と頭上で足音が響《ひび》いた。足音は真上で止まり、大きな亀裂《きれつ》のあいだから銀細工のような少女が顔を出す。

「職務怠慢《しょくむたいまん》よ、誓護」

ひどく冷淡《れいたん》に。そして憤然《ふんぜん》として。

「卑《いや》しい下僕《げぼく》の分際《ぶんざい》で、ご主人さまにご足労願うなんてね」

「はは……そりゃどうも、申し訳《わけ》ありませんでした、姫」

直後、アコニットはふわりと虚空《こくう》に身を躍《おど》らせた。

誓護はぎょっとして手を伸《の》ばした。案の定、アコニットはバランスを崩《くず》し、誓護と真白を下敷きにして着地した。どすん、と予想外に重たげな音がする。

「ててて……何やってんだよ⁉」

怒鳴《どな》るだけでも頭蓋《ずがい》に響《ひび》く。たぶん、今ので傷口《きずぐち》が開いた。

「ふん……お、思ったより、高いじゃない」

今さらビビってるのが丸わかりな表情《ひょうじょう》で吐《は》き捨《す》て、真白を尻《しり》の下に敷《し》いたまま、アコニットは誓護に右手を突《つ》き出した。

「……何？」ぽむ、とお手をする。

ぺちっと誓護の手をはたき、きりきりとまなじりをつり上げるアコニット。

「寝《ね》ぼけないで。〝振《ふ》り子〟を返せと言ったのよ」

「あ、じゃあ……？」

「そうよ、貴方《あなた》の役目はもうおしまい。……賭《か》けは貴方の勝ちよ、誓護」

うっすら微笑《ほほえ》んでくれた気がしたのは、目の錯覚《さっかく》だろうか。

アコニットは指輪を受け取り、右手の薬指にはめた。その途端《とたん》、目に見えて活力が戻《もど》る。生気が甦《よみがえ》り、肌《はだ》の色艶《いろつや》が増《ま》し、あふれんばかりの妖気《ようき》がたぎる。

本来の力を取り戻したアコニットは、誓護と真白を片手《かたて》に一人ずつつかみ、跳躍《ちょうやく》した。天井の亀裂をくぐり、軽々と地上に浮上《ふじょう》する。

亀裂の上は礼拝堂《れいはいどう》だった。誓護は床《ゆか》の上に投げ出され、しこたま尻を打ちつけた。

稲妻《いなずま》の衝撃《しょうげき》で長椅子《ながいす》が乱れ、床には大穴《おおあな》があき、タイルや木材の破片《はへん》が四散している。散らかり放題、といった風情《ふぜい》の礼拝堂で、見知った顔が誓護を待ち受けていた。

姫沙も、加賀見《かがみ》もいる。無理やりここに集められたのか、何が起こっているのかわからない様子で、呆然《ぼうぜん》と誓護を見下ろしている。そして、二人の後ろには——

「いのり！」

痛《わす》みも忘れて跳《は》ね起きる。倒《たお》れた椅子の向こう側、加賀見のすぐ後ろだ！

ちょうどよく手斧を持っている。誓護はとっさに手斧を構《かま》えて、駆《か》け出そうとした。

「いのりから離《はな》れろ、この……」

「待ちなさい、誓護！」

落雷が前進を阻《はば》む。足を止める誓護の前に、アコニットがふわっと降《お》り立った。

「紹介《しょうかい》するわ。貴方の叔父《おじ》よ」

「————」ゆっくりと、手斧を下ろす。「桃原……鏡哉？」

加賀見は黙《だま》っていたが、アコニットがこっくりとうなずいた。

「だとしても、その人は君といのりを！」

「そう、このアコニットに刃《やいば》を向けた。……貴方たち兄妹《きょうだい》を、得体の知れない怪物《かいぶつ》の魔手《ましゅ》から救い出そうとしてね」

一瞬《いっしゅん》の混乱《こんらん》。しかし、すぐに答えが出る。

そうか、それも逆《ぎゃく》だ。加賀見はいのりを害そうとしたのではなく――救出しようと、していたのか。人質《ひとじち》に取られ、誓護が脅《おど》されているのだと考えて。

真白と姫沙を拘束したのも、誰《だれ》が殺人犯かわからなかったから……。

「ふふふ、涙《なみだ》のご対面？　そんなくだらないことは後にして。本題に入るわよ」

アコニットは扇《おうぎ》を開き、指先で羽をもてあそびながら、上機嫌《じょうきげん》で言った。

「罪人《ざいにん》は、もうそこにいるのだから」

いのりも含《ふく》め、一同の視線が真白に集中する。

「……どういうことだ」

いち早く我《われ》に返り、姫沙が真白につかみかかった。

「貴様《きさま》、何をするつもりだった⁉　いや――」苦しげに言い直す。「何を、い、したんだ？」

修道服《しゅうどうふく》が引き裂《さ》かれそうなほど乱暴《らんぼう》に揺《ゆ》さぶる。姫沙の小さなこぶしに静脈が浮き出て、今にも破裂《はれつ》しそうだ。誓護は見かねて、二人のあいだに割《わ》って入った。

「よせよ！　正当防衛《ぼうえい》だ」

その一言で姫沙は察した。血走った目で真白を見上げる。

「……やはり、この女がこっ、……殺したのか？」

「先に手を出したのは野郎《やろう》の方だ。真白さんが責《せ》められることじゃない」

「黙《だま》れ、貴様に何が――」

「わかるさ！　この目で視《み》たんだ！」

「な、に……？」

「ひどいやり方だったよ。女性《じょせい》の首を絞《し》めて、壁《かべ》に叩《たた》きつけて。鬼畜《きちく》も鬼畜、あれが人間のやることかと思ったね。言わせてもらうけど、姫沙さん、あいつは死んで当然の男だと思うよ。五年前あいつが何をしたのか、それを知った後じゃ、特にね」

姫沙の両手から力が抜《ぬ》ける。誓護はその手を引きはがし、真白を解放《かいほう》した。

「……そうか。すべて、露見《ろけん》したのか。そしてもう……あの人は」

ぽろり、ぽろり、と涙があふれる。

姫沙はうずくまり、その場に泣き崩《くず》れた。嗚咽《おえつ》が漏《も》れる。他人に弱みを見せたがらない、強がりの姫沙が、人目もはばからずに泣いていた。

誓護はやりきれない気分になった。あんな腐《くさ》りきった犯罪者《はんざいしゃ》でも、死ねば涙を流してくれる女性《じょせい》がいる。逆に言えば、そんな誰かがいたにもかかわらず、あんな生き方しかできなかったことが許《ゆる》せない。それはひどく納得《なっとく》のいかない、やるせない怠慢《たいまん》だと思った。

「……すみません」

誰にともなく、真白がつぶやく。

「姫沙さんの言う通りです。真白は……どのツラ下げて……」

疲《つか》れきったような横顔に、ひとすじ、涙が伝い落ちた。

「……まだ聞いてなかったね。真白さん、どうしてアイツを殺したことを隠《かく》したの？」

真白がぼんやりと誓護を見る。

「だって正当防衛だろ。真白さん、あんな目に遭《あ》わされて、ほとんど殺されたも同然で。罪に問われなかったかも知れないのに、何で警察《けいさつ》に届《とど》けなかったんだよ。あんなふうに死体をバラバラにして、隠すなんて……死体損壊《そんかい》に、死体遺棄《いき》までつくじゃないか」

答えに詰まる真白の代わりに、アコニットがつぶやいた。

「……正当防衛じゃないからよ」

思わず振り向いてしまう。アコニットはため息をつき、肩《かた》をすくめた。

「すべては逆だったのよ、誓護。最初の残滓条痕《フラグメント》を思い返してみなさい。被害者《ひがいしゃ》の人相は、誰と判別《はんべつ》できないほどに乱《みだ》れていたわ。それはなぜ？」

決まってる。後からやってくる教誨師《アコニット》に、真白だと悟《さと》られないため——

いや、違《ちが》う？

そうだ、違う。話は逆だ。あれは——

真白じゃないと、悟られないため？

「そうか……あれは……計画的な殺人なんだ……」

人間なら間違いなく死んでしまうほどの攻撃《こうげき》を加えられた、あの女性。叩きつけられ、首を絞められたあの女性は真白じゃない。おそらく、あれは真白と共謀《きょうぼう》した教誨師《きょうかいし》……。真白は初めから殺すつもりで男を呼《よ》び出し、殺すつもりで闇《やみ》に身を潜《ひそ》めていたのだ。

「ご名答。さすがはアネモネのアコニット」

不意に、女性の声が割り込んだ。

いつの間に現《あらわ》れたのか。それとも、初めからそこにいたのか。

内陣《ないじん》の前、最前列の長椅子《ながいす》に、一人の女性が腰《こし》かけていた。悠然《ゆうぜん》と立ち上がる。こちらを振《ふ》り向いたその姿《すがた》は、シスター森と呼ばれていた、あの女性のものだった。

「ええ、そうです、桃原の若《わか》さま。全部わたくしの入れ知恵《ぢえ》ですわ」

「……貴女《あなた》は、誰なんです？」

答えはわかっていたのに、訊《き》いてしまった。

訊くまでもなく、思うだけでよかったのに。

不意につま先から煙《けむり》のようなものが立ちのぼったかと思うと、次の瞬間には白い炎《ほのお》が燃《も》え上がり、一瞬にして修道女《しゅうどうじょ》をのみ込んでしまった。

ぼぼぼ、と表面が燃え尽《つ》き、修道女の姿が変わる。

「……君影《きみかげ》さん」

もう一人の教誨師。先ほど誓護をいたぶった、あの黒髪《くろかみ》の少女だ。

「それは私の名前ではないわ。真白がとっさにつぶやいただけの、偽《いつわ》りの名前」

誓護は例によって積分の暗算を始めた。今さらだろうが何だろうが、誓護は最後までベストを尽くしたいタイプだ。

「自己紹介《じこしょうかい》の必要はないでしょうね。貴女は私を知っているもの」

少女の視線《しせん》は誓護を通り越《こ》し、アコニットを見つめていた。

「お久《ひさ》しぶりね、アコニット。麗王六花《れいおうりっか》のお姫《ひめ》さま」

「ふん……〝振《ふ》り子〟で時を早め、仮《かり》の肉体を老化させたのね」

「ええ、そう。真白を手助けしたくて。森女史の名義《めいぎ》とプロフィルを借りたのよ」

「あさましいこと。貴女らしい、くっだらない手口ね――鈴蘭《すずらん》」

知己《ちき》？

誓護は少なからず驚《おどろ》いた。世界中でどれだけの『大罪』が教誨師の『案件《あんけん》』となるのかはわからないが、それらをすべてフォローするための人員なら、けっこうな数だ。

だとしたら、これは稀有《けう》な状況《じょうきょう》なんじゃないか？

単なる偶然《ぐうぜん》か。いや、それとも何者かの作為《さくい》……？

「そうそう、お話の途中《とちゅう》だったわね」

教誨師の少女――アコニットは鈴蘭と呼んだ――は誓護に向き直った。

「真白は食べてしまったの。私という、甘《あま》い甘〜い毒入り林檎《りんご》。だって、真白は確信《かくしん》を持ったのだもの。愛する人を殺したのは、貴方《あなた》の叔父《おじ》と、その秘書《ひしょ》と、そして貴方だとね。復讐《ふくしゅう》を遂《と》げるためには、一人殺しただけで捕《つか》まるわけにはいかなかった……」

誓護は暗算を繰《く》り返しながら、脳《のう》のすみっこで会話を聞く。

「だから、私の手引きのもと、完全犯罪を成し遂《と》げようと工夫《くふう》したの」

「手引き……だって？」

「ええ、そう。私が方法を教えてあげたのよ。私は人間の知り得ないことを知ることができる。愚《おろ》かな人間どもの目から罪を隠すなんて、造作《ぞうさ》もないことだもの」

「そうやって……殺人を犯させたのか。フラグメントも、劣化させて……」

「そうよ。もうしばらく、ほかの教誨師《グリモアリス》には大人しくしていて欲《ほ》しかったから」

ぶつん、と不快《ふかい》な音が脳の奥《おく》で響《ひび》く。頭の中の問題集が真っ二つに裂《さ》けた。

「……貴女も教誨師なんだろ、アコニットと同じ」

「もちろん。明白なことだわ」

「だったら、何でそんな、誘惑《ゆうわく》するような真似《まね》をする！」

鈴蘭はしれっとして、こう答えた。

「烙印《らくいん》を押《お》したかったから」

「————!?」

「聞こえなかったかしら。私は一人でも多くの人間に烙印を押したかったの」

くすくすと笑いながら、鈴蘭は楽しげに続ける。まるでティータイムの談笑《だんしょう》のように。

「そのためには完全犯罪を成立させるのが一番だわ。貴方は知っているかしら？　大罪を犯せし者、人界の法にて裁《さば》かれざるとき、私たち教誨師《グリモアリス》は訪《おとず》れる――。だったら、裁かれない罪人《ざいにん》をこさえてあげればいい。理屈《りくつ》でしょう？」

誓護は絶句《ぜっく》した。何だって？　それはどういう理屈だ？　一人でも多くの人間を地獄《じごく》に堕《お》としたかったから？　そんな理由で、完全犯罪を実行させるのか？

そんなのはまるで、検挙数《けんきょすう》を稼《かせ》ぐために犯罪をそそのかす不良警官じゃないか。

いや待て。それよりも。

裁かれない罪人、とはどういう意味だ？

完全犯罪を成立させれば、教誨師《きょうかいし》が訪れる、だって？

だったら――

僕があの罪を隠《かく》したから。

いのりは生涯《しょうがい》、教誨師の影《かげ》に怯《おび》えなくちゃならなくなったのか？

「つまり、利害の一致《いっち》だわ。私の手ほどきによって、罪人は少なくとも現世《げんせ》での平安を得る。私は烙印を押す。ね、素敵《すてき》な相利共生でしょう？」

鈴蘭は楽しげに続けている。誓護の頭は最愛の妹のことで一杯《いっぱい》で、何も答えることができなかった。だが……。

「……ふざけないで」

言葉を失くす誓護に代わって、口を開いた者がいた。

「戯言《ざれごと》はたくさんよ、鈴蘭。ひどく耳障《みみざわ》り……カンに障る……」

紅《あか》い瞳《ひとみ》がらんらんと燃《も》えていた。黒い火の粉が飛び散り、周囲の空気が焦《こ》げる。

鈴蘭はくすりと笑い、挑発《ちょうはつ》的に言った。

「ふざけてなんかいないわ。罪人を煉獄《れんごく》に招待《しょうたい》するのは私たちの役目でしょう？」

「誘《さそ》い込むのは役目じゃないわ！」

「あら、人聞きの悪い……。罪人とは本質《ほんしつ》だわ。放っておいてもいずれは罪を犯すもの。私はそのときを早めているだけ。おとり捜査《そうさ》と何ら変わらない……！」

「暴論《ぼうろん》よ、それは」

「真白だって、ねえ？　私がやり方を教えてあげた途端《とたん》、迷《まよ》わずあの男を殺したわ。私が現《あらわ》れなかったとしても、遅《おそ》かれ早かれ、殺人を犯していたのよ」

ぎり、とアコニットが奥歯《おくば》を嚙《か》む。

「人界への過干渉《かかんしょう》は罪よ。明白な掟破《おきてやぶ》り……」

「不思議なことを言うのね、アコニット。塵《ゴミ》みたいな法規《ルール》には支配《しはい》されない——それは貴女《あなた》の言葉じゃなかったかしら」

「……支配されないわ。貴女《あなた》のヘリクツになんて、絶対に」

鈴蘭は困《こま》った顔をした。聞き分けの悪い子供《こども》を諭《さと》すような調子になる。

「ねえ、アコニット。貴女は一体どうしてしまったの。明白なことよ。人間なんて愚かでくだらないもの。幻想《げんそう》にすぎない現《うつ》し世で、真実の生を見つめようともせず、輪廻《りんね》という虚《むな》しいお遊びにうつつを抜《ぬ》かす、堕落《だらく》した存在《そんざい》よ。貴女ならわかるでしょう？」

アコニットは口をつぐんだ。

たった今、鈴蘭が言ったこと。それはアコニットの持論でもあったはずだ。愚かな人間、薄《うす》汚《ぎたな》い、おばかな存在。何度もそう繰り返していた。

しかし、アコニットはかぶりを振《ふ》った。一語一語、選ぶように言葉をつむぐ。

「……それは、違《ちが》うわ。鈴蘭」

「あら。どう違うと言うの？」

「人間たちもまた、現し世という現実《げんじつ》を生きてるの。現し世に生きる者にとっては、それこそが真実の生——いえ、有限《ゆうげん》の時間に縛《しば》られた現し世だからこそ、つむがれる絆《きずな》もあるわ。その絆のために命を投げ出せる者もいる……。来世があろうと、なかろうと、人間の生の価値《かち》は私たちと大差ない。……ひょっとしたら、私たちよりも」

アコニットは顔を上げた。きっ、と鈴蘭をにらみつけ、言い放つ。

「人間の生は人間のものだわ。私たちが玩具《おもちゃ》にしていいものじゃない！」

昂然《こうぜん》と気高い横顔。誓護は胸《むね》が熱くなった。

一方、鈴蘭は露骨《ろこつ》に落胆《らくたん》した。手にした本をひたいに押し当て、天を仰《あお》ぐ。

「ああ、アコニット……。鈴蘭は失望したわ。貴女がそんなヌルイことを言い出すなんて……とても残念よ。貴女だけは、私と同じ高みにいると信じていたのに」

「ふん……貴女と一緒《いっしょ》ですって？　反吐《へど》が出るわ」

「まあ、お下品。可哀相《かわいそう》なアコニット。貴女もまた、すっかり人間の毒が回ってしまったのね。あの愚かなクリソピルムのよう――」

ずばんっ、と雷電《らいでん》が生じる。アコニットの足もとから四方八方に稲妻《いなずま》が走り、大音量で空気を引き裂《さ》き、壁《かべ》をひと息に駆《か》け上がり、内陣《ないじん》が一瞬《いっしゅん》で燃《も》え上がった。電流は天井《てんじょう》にまで達し、群青《ぐんじょう》の空がぽっかりとのぞいた。

アコニットはバチバチと帯電しながら、本来透明《とうめい》な声をどす黒くして言った。

「その名前を出さないでって、言ったでしょう……？」

「あら怖《こわ》い。ふふ……激《げき》しやすいのは相変わらず」

「憐《あわ》れなのは貴女よ、下衆《げす》な鈴蘭。その穢《けが》れた舌《した》を引っこ抜《ぬ》いてあげる」

「貴女らしい正義《せいぎ》感ね。でも、いかなる正当性《せいとうせい》をもって？　私には何の罪もない。教誨師《グリモアリス》は人間にささやくことを禁じられてはいないのよ」

勝ち誇ったように見下ろす。くすくすという含み笑いが嫌みだ。

「残滓条痕毀損《フラグメントきそん》で訴える？　残念だけど、それも無理ね。壁を磨き、床《ゆか》を磨き——そうして実行したのは真白だもの。それに、私の手元には完全な更新履歴《メモリー》がある。これを提出すれば、私は罪には問われないわ」

「……つくづくおばかさんね、鈴蘭」

アコニットはあきれ顔であしらった。

「そんな塵《ゴミ》みたいな法規《ルール》で、このアコニットは縛《しば》れないわ！」

次の瞬間、アコニットは問答無用で稲妻を放った。

稲妻はもちろん電気の速度。発生した瞬間に着弾《ちゃくだん》している。誓護は舌をまいた。アコニットから生じたものだと理解《りかい》するのに数瞬を要した。

空間が黒い稲妻でケーキのように切り分けられる。電流は枝分《えだわ》かれ、からまり合いながら、鈴蘭を焼き尽《つ》くそうと降《ふ》りそそぐ。迎《むか》え撃《う》つ鈴蘭は赤い背表紙《せびょうし》の本を高く掲《かか》げていた。妖気《ようき》の霧《きり》が障壁《しょうへき》となり、雷撃《らいげき》を床へとアースする。

「いのり！」

周囲は耳をつんざく落雷の集中豪雨《ごうう》。当然、声は届《とど》かない。誓護はボロボロの体に鞭《むち》を打ち、這《は》うようにして妹のもとに駆けつけた。まさかとは思うが、戦闘《せんとう》に流れ弾《だま》はつきものだ。自らを盾《たて》にして、最愛の妹を火の粉から護《まも》る。呆然《ぼうぜん》と成り行きを見守っていたほかの人間たちも、巻《ま》き添《ぞ》えを恐《おそ》れて床に伏《ふ》せ、小さく縮《ちぢ》こまった。

やがて、雷撃の弾雨に競《せ》り負け、鈴蘭の守りの要《かなめ》、赤い本が後方に弾《はじ》かれた。

濃霧の障壁が弾け飛び、ほんの一瞬、鈴蘭の姿《すがた》があらわになる。

とらえた――と思った瞬間、鈴蘭の姿がふっと消えた。

特大の稲妻が虚空《こくう》を焦《こ》がす。鈴蘭を貫通《かんつう》し、床を粉砕《ふんさい》した。

もうもうと立ち込める黒い灰《はい》。しばらくして、その燃えかすとほこりの霧が晴れてみると、

鈴蘭は何事もなかったかのように、悠然《ゆうぜん》と立っていた。

ただし、体が半透明《はんとうめい》だ。輪郭《りんかく》がおぼろげで、向こう側が透《す》けて見える。

「まあ、危《あぶ》ない。あやうく大怪我《おおけが》をしてしまうところ」

チッ、とアコニットはお行儀《ぎょうぎ》悪く舌打《したう》ちした。

「……みじめな鈴蘭。しっぽを巻《ま》いて逃《に》げると言うの？」

「ええ、もちろん。アネモネのお姫《ひめ》さまが相手では分が悪いもの。疫病神《やくびょうがみ》は退散《たいさん》するわ。烙印《らくいん》は貴女《あなた》が押しておいて頂戴《ちょうだい》」

鈴蘭の周辺が白くもやがかったようになる。

「ごきげんよう。また会いましょう、花鳥頭《はなうず》の君」

白い妖気《ようき》が噴《ふ》き上がり、火焔《かえん》となって焼き尽《つ》くす。飛び散った火花の最後のひとひらが燃え

尽きたとき、そこにはもう誰《だれ》の姿もなかった。

鈴蘭が去っても、アコニットはしばらく臨戦態勢《りんせんたいせい》を崩さなかった。

全身に鎖《くさり》のような電流がまとわりつき、ズビッ、ズバッ、とものものしい音を立てている。よほど腹《はら》を立てているらしい。『憤懣《ふんまん》やる方ない』という立ち姿だ。

その電流がおさまると、今度は黒い妖気がごうごうとうなりを上げた。

ぎろり、と人間一同を睥睨《へいげい》する。

何に似《に》ているかと言えば、火焔を背負《せお》った不動明王だ。ひとにらみされただけでひれ伏《ふ》したくなる威圧《いあつ》感を身にまといつつ、アコニットはふわりと浮《う》き上がり、宙《ちゅう》に腰《こし》かけた。

心持ち背をそらし、だらりと足をたらす。怠惰《たいだ》な猫《ねこ》のようにだらけた姿勢《しせい》。だが、不思議と品がある。やや高いところに浮いているので、威厳《いげん》はいや増《ま》し、余計《よけい》に圧倒《あっとう》された。

「罪人《ざいにん》」

その威圧感に不釣《ふつり》合いなほど細く、可愛《かわい》らしい声で、アコニットは真白を呼《よ》んだ。

真白はちらっと誓護を見たが、何も言わず、助けを請《こ》うこともしなかった。

震《ふる》える足で立ち上がる。ぐずつくことはせず、気丈《きじょう》にアコニットの前に出た。

「貴女は罪を犯したわ。謀略《ぼうりゃく》によって一人の人間を殺し、さらに一人……誓護をも殺そうとした。屍《しかばね》を壊《こわ》して死者を辱《はずかし》め、罪を永遠《えいえん》に隠蔽《いんぺい》しようとした」

真白は黙《だま》ってうなずいた。何一つ、言い逃《のが》れはしない。

アコニットはじっと口をつぐみ、それからため息をつき、重々しく告げた。

「故《ゆえ》に、教誨師《グリモアリス》は有罪《ゆうざい》を宣告《せんこく》す」

真白はかすかに微笑《ほほえ》んだ。皮肉めいた、弱々しい笑み。

「それが、地獄《じごく》の沙汰《さた》、ですか？」

「……そうよ」

「それじゃ、今すぐ地獄に案内してください。死神《しにがみ》さん」

「……そんな野暮《やぼ》はしないわ」

アコニットが扇《おうぎ》を閉《と》じる。その黒い羽がメラメラと燃《も》え上がった。黒い炎《ほのお》。その熱気は誓護のところまで伝わり、扇の骨《ほね》があぶられてきしんだ。

アコニットは熱せられた扇を真白のひたいに押《お》しつけた。

ジュッ、と肉の焼ける音がする。真白が苦しみ、小さく悲鳴をあげた。

真白のひたいには何の傷痕《きずあと》も残っていないように見えた。その代わり、何か妖気《ようき》のような、ゆらゆらと不気味に揺《ゆ》らぐ翳《かげ》があった。物理的な傷痕とは違《ちが》うものの、そこには確《たし》かに、罪人《ざいにん》の『烙印』が押されたようだ。

真白はひたいに触《ふ》れながら、むしろサバサバとした表情《ひょうじょう》で言った。

「これで私、死んで地獄に行くんですね？」

「おばかさん……。死とはどういうことかわかってる？　輪廻《りんね》の輪から解《と》き放たれ、真の現《うつ》し世に還《かえ》ることよ。それは永遠の安息……。故に罪人は死を許《ゆる》されず、煉獄《れんごく》で永劫《えいごう》の苦しみを味わうの。……死など、貴女には許されないわ」

かくて罪人の死を禁《きん》ず――

「だから、私はこう告げるだけ」詩を吟《ぎん》ずるように。「vive《ウイウエ》, memor《メモル》 mortis《モルテイス》」

アコニットはいたわるように優《やさ》しく、そっと真白の頬《ほお》をなでた。

「烙印とともに生きなさい。迎《むか》えの馬車を楽しみに」

それだけ言うと、アコニットは黒い炎にまぎれて消えてしまった。

後にはぼんやりと立ち尽《つ》くす真白が残された。誓護も、姫沙も、鏡哉も、あまりにあっけない幕切《まくぎ》れに、言葉もなく立ち尽くすだけ。

罪人は死なず、ただ陰鬱《いんうつ》な未来を約束されただけで、放置された。

こうして、世にも不可思議《ふかしぎ》な事件《じけん》は、夜明けとともに幕を下ろしたのだ。

Episode 48

天井《てんじよう》や壁《かべ》に大穴があいたため、礼拝堂《れいはいどう》は冷気が吹《ふ》き込《こ》み、肌寒《はだざむ》かった。

にもかかわらず、誰も礼拝堂を去らない。雷撃《らいげき》を免《まぬが》れ、どうにか生き残ったストーブをかき集め、燃《も》え残った飾《かざ》り幕を毛布《もうふ》代わりに暖《だん》をとる。

誓護のとなりには真白が座っていた。少し離れたところには"本物の"叔父が憮然として足を組んでいる。さらに離れたところには姫沙が、一人だけ別の方を向いて放心していた。すっかり抜《ぬ》け殻《がら》のようになっている。ちょうど彼女の視線《しせん》の先に、地下室に通じる亀裂《きれつ》があるのだが、死体の場所を教えないのは誓護なりの情《なさ》けのつもりだ。

一体、この夜の出来事は何だったのか。

誰もが消化不良のまま、考えあぐねて黙《だま》りこくっている。

ただ一人、いのりだけはすうすうと寝息《ねいき》を立てていた。誓護のシャツをしっかと握《にぎ》り、胸《むね》に顔を埋《うず》め、全身でもたれかかっている。疲《つか》れと、怖《おそ》れと、そして再会《さいかい》の安堵《あんど》と。緊張《きんちょう》の糸が切れてしまったせいか、気絶《きぜつ》するような寝入り方だった。

いのりがこうして無事である以上、あの白い教誨師《きょうかいし》には勝ったということだろう。張《は》り詰《つ》めていたものが切れ、誓護もまた睡魔《すいま》に襲《おそ》われていた。あの緊張感の中、夜通し走り回ったのだから当然だ。いのりの体温が心地《ここち》よく、体がぼうっとする。このまま眠《ねむ》ってしまえたら、どんなに気持ちいいだろうと思った。

だが、まだ眠るわけにはいかない。

誓護はようやく考えをまとめ、となりの真白に呼《よ》びかけた。

「真白さん。この先、どうする?」

わざと砕けた調子で言う。せめて表面だけでも、昨日までの二人のように。

「真白さんが自首したいって言うなら、僕《ぼく》は止めないよ。でも、そうしないって言うなら、僕らはここで見たこと、知ったことを全部忘《わす》れる。もちろん、ここの修理費《しゅうりひ》も桃原で持つ。何なら、建て替《か》えてもいいしね」

チクリと罪悪《ざいあく》感が胸を刺《さ》した。これは真白のためを思って言っていることじゃない。今回の事件が公《おおやけ》になると、五年前の事件まで蒸《む》し返されかねない、という計算がある。

考えてみれば、残酷《ざんこく》な申し出だった。真白から罪を償《つぐな》う機会を奪《うば》い、日陰《ひかげ》で生きていけと言うに等しいのだから。

真白はじっと考え込んでいた。嚙《か》みしめるように、じっと。

やがて、ぐるっと礼拝堂を見回し、ぽつりと言った。

「……今日は片付《かたづ》けで忙《いそが》しくなりそうですね、これだけめちゃくちゃだと」

それから、にっこりとして、

「そのどさくさにまぎれて、あれを埋めることにします」

「……いいの？」

「はい。あの子にも言われましたから。烙印《らくいん》とともに生きるようにと」

早速《さっそく》片付けを始めるつもりか、真白は立ち上がった。力なく微笑《ほほえ》んで、

「雪の下には死体が埋まっている――あの伝説の通りになりますね」

「はは、伝説じゃ、きれいな女の子の死体だけどね」

軽口にまぎらせ、励《はげ》ますように笑い飛ばす。それから、誓護はこう言葉を継《つ》いだ。

「知ってる？　あの伝説、そんな昔にできたものじゃないんだよ」

「え……？」

真白が怪訝《けげん》そうに振《ふ》り向く。誓護は微笑み、種明かしをした。

「ここに幽閉《ゆうへい》されてたのは、親父《おやじ》の前妻《ぜんさい》。つまり、僕の実母《はは》だから」

「！」

真白はぽかんとした。そして、理由のわからない涙《なみだ》をこぼした。

真白は吹《ふ》っ切れたように涙を拭《ぬぐ》い、出口へと向かった。出がけ、一度だけ姫沙を振り返ったが、墓標《ぼひょう》のような姫沙の背中《せなか》に何も言わず——あるいは言えず——黙って出て行った。

誓護は真白を見送ると、今度は叔父《おじ》に向き直った。

「加賀見さ——あ、いや」親しみを込めて言い直す。「叔父さん」

叔父はぶすっとふてくされた。

「オジサンはやめろ。……傷《きず》つく」

「じゃ、鏡哉さん」

叔父は照れくさそうに、日焼けした頬《ほお》をゆるめた。

「……その名で呼《よ》ばれるのは、ずいぶん久《ひさ》しぶりだな」

「訊《き》いてもいいですか」

「ああ。今さら隠《かく》すこともない」

「ゆうべも訊いたけど。何でわざわざ偽名《ぎめい》で潜《もぐ》り込んでたの、ここに」

叔父は黙《だま》った。答えないのではなく、答えを整理しているようだった。

ややあって、ぼそぼそと語り出す。

「何か妙《みょう》なことになってたろ、桃原の家……。兄貴《あにき》が死んで、俺《おれ》のニセモノが幅《はば》を利《き》かせてた。こんな家、もう俺にゃ関係ねえとも思ったが……」

「僕といのりのこと？」

「……別に、同情《どうじょう》したわけじゃないぜ。ただ、俺が家を飛び出したせいで、いらん面倒《めんどう》を押しつけられてるのかと思ったら……な。少し、気になった」

それはたぶん、『少し』じゃない。叔父は『ずいぶん』気にしてくれたのだ。

「正面から怒鳴《どな》り込んでも偽者《にせもの》にゃ会えない……どころか、俺が消される可能性《かのうせい》もあった。だもんで、どうせならこのウデを生かすやり方はねえかと、智慧《ちえ》をしぼったのさ」

「……オッケー。概《おおむ》ね、わかりました」

誓護は大仰《おおぎょう》にうなずいた。いのりの髪《かみ》をそっと指ですく。

「じゃ、今のお答えを踏《ふ》まえた上で、お願いがあるんですが」

「何だ」

「僕といのりの後見人になってくれませんか」

叔父は目を丸くした。あきれたように誓護を見下ろす。

誓護が本気だとわかると、今度は眉間《みけん》にしわを寄《よ》せ、にらんだ。

「……俺はビジネスに関しては素人《しろうと》だ」

「それでも。貴方《あなた》が後ろで支《ささ》えてくれれば、僕もいのりも心強い。これは、アコニットを刺そうとするより、よっぽど嬉《うれ》しい助力です。——て言うか」

ぷっと噴《ふ》き出す。

「嘘《うそ》をついてもダメですよ。貴方は桃原の英才教育を受けてるし、経歴《けいれき》だって見事なものだ。貴方の留学先《りゅうがくさき》、MITの経営学《けいえいがく》コースだったそうですね」

「……筒抜《つつぬ》けか」

「叔父——つまり偽者のことですが——が僕の後見人に決まるとき、いろいろ調べてますからね。あの詐欺師《さぎし》が騙《かた》っていたのは、貴方の経歴なんでしょう？」

「日本のやり方は知らん。大体、偽者の偽者なんざ上手《うま》くいくわけが」

「その点は大丈夫《だいじょうぶ》。最近は欧米流《おうべい》がもてはやされてます。それに」

誓護は悪戯《いたずら》っぽく、枯《か》れた背中《せなか》に大声で呼びかけた。

「偽者をよく知る、実務《じつむ》経験豊《ゆた》かな女性《じょせい》がサポートしてくれるし……ね、姫沙さん？」

突然《とつぜん》話を振られ、姫沙はびくっとして振り返った。

ついに糾弾《きゅうだん》されるときがきたのかと、びくびくしている様子だった。誓護の言葉は聞こえていたらしく、今さらのように意味を吟味《ぎんみ》し、そして唖然《あぜん》とした。疑《うたが》わしげに誓護を見る。誓護はじっと目をそらさない。どうやら聞き間違《まちが》いじゃないとわかり、かくん、と姫沙のあごが外れた。

「わ、わ、わ……」ごくりと唾《つば》を飲む。「……私は、詐欺師の一味だぞ？」

「だからこそ、です。そのことがバレると、いろんな人に迷惑《めいわく》がかかる。誰が貴女たちの味方だったのか知りたいし、そいつらを罠《わな》にもかけたい。勝手にいなくなられちゃ困《こま》ります。ま、どうせ行くところもないんだろうけどね？」

姫沙は切れ長の目をさらに鋭《するど》くして、じっと誓護をにらんだ。

「……正気の沙汰《さた》とは思えんな」

「そりゃ、だって、正気じゃないし。こんな経験をした後だぜ？」

「……あきれ返る」

「どうぞご自由に」

「ふん……この……バカボンボンが……」

「あれ、姫沙さん泣いてる？」

「な、泣いてない！　調子に乗るな！」

小石をつかみ、投げる真似《まね》をする。しかし、小石が誓護を打つことはなかった。

姫沙は小石を取り落とし、両手で顔面を覆《おお》った。

それきり、もう泣き止まなかった。

誓護はそっといのりを引き離《はな》し、長椅子《ながいす》の上に寝《ね》かせた。

目を覚まさないよう一本一本、優《やさ》しく指をほどく。

「鏡哉さん、いのりをお願いします。冷えないように」

「……どこへ行く？」

「ちょっとね、友達に挨拶《あいさつ》したいんだ」

叔父に最愛の妹を任《まか》せ、誓護はすすけた廊下《ろうか》を渡《わた》り、二階へと向かった。

階段《かいだん》をのろのろと上がって、南向きのバルコニーに出る。

朝の冷気が心地《ここち》よい。肌《はだ》を切り裂《さ》くような風も、今はただすがすがしく感じた。

そして、そこに。

「……挨拶もなしにいなくなっちゃうほど、薄情《はくじょう》じゃないとは思ってたよ」

暁《あかつき》の太陽に照らされ、銀と紅《くれない》がキラキラとまばゆく光っている。髪が風に泳ぐさまは水面に銀鱗《ぎんりん》が跳《は》ねるよう。ちらりと見える首筋《くびすじ》はため息が出るほど透明《とうめい》な白。うるさそうに振《ふ》り向いた瞳《ひとみ》は、真紅《しんく》にきらめき、宝石《ほうせき》のように美しい。

手すりの上にアコニットが腰《こし》かけていた。毒入りのホットチョコレートが置かれた場所に。

まるで自分は毒だぞ、と強がって言い張《は》るかのように。

小鳥のさえずりを思わせる声で、毒づく。

「……ふん、本当に血の巡《めぐ》りの悪い男ね。いつまで待たせるのよ。凍《こご》えちゃうじゃない」

「あれ、待ってたの？」

返事の代わりにビリッと放電。誓護のすぐ鼻先だ。誓護はあわてて話題を変えた。

「それにしてもアコニットさん、ひどい格好《かっこう》ですよ？」

優美《ゆうび》だった黒いドレスは血で汚《よご》れてしまい、見る影《かげ》もない。

「貴方だって。髪がチリチリよ。服もボロボロ。顔もボコボコ」

「その大半は君という危険《きけん》な放火魔《ほうかま》の仕業《しわざ》なんだけぎゃあああ！」

結局、火だるまになる。

笑ってしまう。まったく――最後までこれかよ？

誓護は手すりにひじをのせ、アコニットを見上げた。

「どうするの、これから。よかったら、お茶でも一緒《いっしょ》にどう？」

「……私の役目は終わったわ。私は人界を離れ、自分の世界に還《かえ》るだけ」

「そっか、残念。もっといろいろ、聞きたいこともあったけど」

アコニットは退屈《たいくつ》そうに足をぶらぶらさせ、こんなことを言った。

「痕跡《こんせき》……消して行くこともできるわ」

「痕跡？」

「私が存在《そんざい》した、すべての痕跡」ちらり、と横目で誓護を見る。「その場合は、……関《かか》わった人間の記憶《きおく》も、すべて消し去ることになるけど」

じっと誓護の返事を待つ。私はどっちでもいいのよ、と言いたげに。

誓護は内心で苦笑《くしょう》した。素直《すなお》じゃないな。

「いいよ。こっちはこっちで何とかするから」

「……建物も直るのよ？」

「何言ってんだ。わざと壊《こわ》してくれたくせに」

「辻褄《つじつま》合わせが大変よ？　警察《けいさつ》もくるわよ？」

「上手《うま》くやるさ。この桃原誓護くんは、地獄の使いをも騙《だま》した男だぜ？」

「ふん……自信家ね。反吐《へど》が出るわ」

「お褒《ほ》めにあずかり光栄です、姫《ひめ》」

「ふん……」

「ゆうべは、ありがとな。いろいろ」

「ふん……」

「さっきのも、嬉しかったよ。君が味方してくれたみたいで」

「………ふん」

ふと、アコニットが足のぷらぷらをやめた。

背中《せなか》を丸め、自分の膝《ひざ》に視線《しせん》を落とす。

しばらくして、まるで独り言《ひと》のようなつぶやきが聞こえた。

「……アイスクリーム」

「ん？」

「悪くなかったわ。ソースがね」

「そう？　じゃ、いつかまた、ごちそうするよ。今度は手作りのアイスクリームをさ」

「おばかさん……。願い下げよ、人間の手料理なんて」

ふわりと浮《う》き上がり、手すりの上に立つ。

舞踊《ぶよう》のように優雅《ゆうが》な動き。その場でくるりとターンを決める。スカートが風をはらんでふくらみ、その下のフリルがひらひらと揺《ゆ》れた。

銀と紅の髪《かみ》が風になびき、隠《かく》れていたアコニットの顔があらわになる。

誓護を見下ろすその顔は、うっすらと優しく微笑《ほほえ》んでいた。

ゆらゆらと妖気が立ちのぼり、アコニットの姿《すがた》を覆い隠していく。

別れのときが近いのだと、誓護は悟《さと》った。

心が残る。自分でも驚《おどろ》く。

たった一晩《ばん》、一緒にいただけなのに。

痛《いた》い思いも、怖《こわ》い思いも、たくさん押《お》しつけられたのに。

この美しく、怖ろしい、でも本当はとても弱い、異世界《いせかい》の少女——猛毒《もうどく》を持つ花のような、この不思議な少女を、連れ帰りたいとさえ思っている。

「……貴方《あなた》は」

アコニットは誓護を見つめ、つぶやいた。

「絶対《ぜったい》に、あの子を裏切《うらぎ》らないで」

誓護はうなずいた。力強く。でも、軽《かろ》やかな笑顔で。

「誓《ちか》うよ」

アコニットは満足げに微笑み、そんな自分に腹《はら》を立てて顔をしかめ、最後はちょっとだけ寂《さび》しそうに、「……じゃあね」とつぶやいた。

「うん――」

誓護はいくばくかの願いを込《こ》めて、右手を差し出した。

「じゃあ、またヽヽ」

そして、アコニットは見えなくなった。

お愛想《あいそ》程度《ていど》に触《ふ》れた、指先の感触《かんしょく》だけを残して。

誓護は自分のてのひらを眺《なが》め、考えた。

わからないことは、いくらもある。

地獄《じごく》のこと。この世のこと。罪《つみ》のこと。結局のところ、何一つ解決《かいけつ》してはいない。何もかもが不確《ふたし》かで、曖昧《あいまい》で、とりとめがなかった。

それでも、確かなものは、ちゃんとここにある。

「……バレてるよ、いのり～」

声をかけられ、それはあわてた仕草をする。

誓護の背後《はいご》でこそこそ動く生き物がいた。そーっとガラス戸越《ご》しにこっちをうかがい、おそるおそるの視線を送っている。見ちゃいけないものを見ちゃった？

誓護は安心させるように笑顔を見せ、大きく両腕《りょううで》を広げて見せた。

妹のきれいな顔一杯《いっぱい》に微笑《ほほえ》みの花が咲《さ》く。

ぱっと飛び出してきて、ぎゅっとしがみつく。ぴったりとまとわりつく、確かなぬくもり。

誓護は妹の頭をひとしきりなでて、そうして――

「さあ、帰ろう！」

かくて兄妹《きょうだい》は手に手をつなぎ、仲良く家路についたのでした。

# あとがき

物事には順序というものがあり、それは逆転《ぎゃくてん》することがありません。殺人事件は誰《だれ》かが人を殺したから殺人事件なのであり、殺人者は人を殺したから殺人者と呼ばれるのです。

ですが、僕《ぼく》らは時として原因と結果を取《と》り違《ちが》えてしまうことがあります。

たとえば、サボっている（原因）ので本が出せない（結果）ように見える海冬《かいとう》レイジも、本当は本が出せない（原因）ので、まあ、見ようによってはサボっているように見えないこともない（結果）のです――のっけから言《い》い訳《わけ》!?

初《はじ》めての方には初めまして。

おなじみの方にはジワリ顔向けできなくなりつつあります、海冬レイジです。

前作の終了からちょうど一年。ずいぶん、あいだがあいてしまいました。

決して遊んでいたからではありません。ましてや、ハンターになって恐竜《きょうりゅう》を狩《か》っていたからとか、戦国時代《せんごくじだい》でバサラ者になっていたからでは、ないのです。そんなわけないじゃないですか。ハンターはお猿《さる》やヤドカリも狩りますし、戦国時代にはバサラ者だけじゃなくロボや若妻《わかづま》もいるのです。失礼しちゃいますね、まったくもう……オマエがまったくもォォ⁉

……やっ、あのっ、違うんですよ？　遊んでいたから書けなかったんじゃありません。それは順序が逆《ぎやく》というものです。頑張《がんば》っても書けなかったので、仕方《しかた》なく、やむを得《え》ず、イヤイヤ遊んでいたのです。よーし、とりあえず腹筋《ふつきん》一〇〇回！（罰《ばつ》）

正直《しようじき》、もう終わったかと思いました。

ボツとシメキリ破《やぶ》りを繰《く》り返《かえ》し、自信と名のつくものは書けない自信まで失《うしな》い、身も心もフトコロ具合《ぐあい》もズタボロだった僕……。書き手としてはかなり最悪の状態でした。

しかし、明《あ》けない夜はなく、出口のないトンネルはなく、終わらない悪夢《あくむ》はありません。ふさぎ込んで家に引きこもり、まるでミノムシのような生活を送る僕に、ある日、担当《たんとう》さんがこう言ったのです。

「頭丸《あたままる》めて編集部にこい。編集長にガツンと言ってもらう」

出版業《しゆつぱんぎよう》はヤ〇ザの世界、とは噂《うわさ》に聞いていましたが、それは本当だったのです（編集長と書いて『くみちょう』と読みます）。しかし、そんな安易《あんい》な脅《おど》しに屈《くつ》する僕ではありません。僕は担当さんの言葉を鼻《はな》で笑って、すぐさま仕事に取りかかりました。

……び、ビビったわけじゃないんだからねっ。

（実際《じっさい》には僕がワビ入れに行くどころか、担当さんが北海道《ほっかいどう》くんだりまで励《はげ》ましにきてくれました。忙《いそが》しい時期《じき》に日帰り出張《しゅっちょう》で。ますます頭が上がらない……）

そんなこんなで、この本を書いていたのは夏の終わり頃《ごろ》でした。

実は、原稿そのものは九月の時点でほぼ完成していました。ですが、そこから出版に至《いた》るまでの道のりは決《けっ》して平坦《へいたん》ではありませんでした。主に作者の精神面《せいしんめん》で、長い迷走《めいそう》の日々《ひび》が待ち受けていたのです。

「つうかコレ……本当に面白《おもしろ》いの？」

などと立ち止まって悩《なや》み出すともう止まりません。海冬レイジが飼《か》っている弱気《よわき》の虫《むし》は手のつけられない暴《あば》れん坊《ぼう》で、強気という強気を食いつぶしてしまいます。弱気になったり、励まされたり、また弱気になったり、落ち込んだり、あきらめたり、ヘコんだり、へばったり……一度などは自《みずか》らボツを願い出たこともありました。

「いやいやいやつまんなくないから！　いけるから！」

と担当さんに引き止めてもらうという、このジャンルの作家としては異例《いれい》のすったもんだの末《すえ》、どうにか出版に漕《こ》ぎつけたのです。

「いいんスか!?　本当に出しちゃっていいんスか!?　オレ生きてていいんスか!?」

「いいんだよ！　もういい加減《かげん》に腹《はら》くくれ――わっバカッ首じゃない腹！　腹！」

というやり取りがあったとかなかったとか。

そうした紆余曲折《うよきょくせつ》を経《へ》てきただけに、今回の出版は感慨《かんがい》もひとしお、ひょっとしたら受賞作が出たときよりも感慨深いかも知れません。

一方《いっぽう》で、本当にお店に並《なら》ぶのか、今でも信じられない気持ちです。

ずっしりと重たいゲラを一年ぶりに手にして、

「あ、ホントに出るんだ……」

と新鮮《しんせん》な驚《おどろ》きを覚《おぼ》えたのがつい先日のこと。こうしてあとがきを書いていても、不思議《ふしぎ》と実感が薄《うす》い感じ――ホントに出るの？

……いやっ、OK、ダイジョーブ！　出ないはずは……ない……はず！　担当さんが出るって言ったもん！　松竜《まつりゅう》さんが画稿を上げてくれたもん！

そうそう、今回は松竜さんが素敵《すてき》なイラストをつけてくださいました。

初めてラフ稿&カバー絵を見せてもらったのは、例によって弱気の虫にさいなまれ、くじけかかっていたときだったのですが……もうね、効果絶大《こうかぜつだい》。ユ○ケルどころかエリクサーもかくや、という効き目《きめ》っぷりで、見事《みごと》、海冬レイジを立ち直らせてくれました。ふははっ、圧倒的《あっとうてき》じゃないか、我《わ》が軍《ぐん》は！

アコニット、可愛《かわい》いです。誓護《せいご》くんならずとも、このいのりにはメロメロでしょう。作者も幸《しあわ》せ一杯《いっぱい》なのですが、一つだけ問題があります。ビジュアルが素敵すぎる分、文章が足を引《ひ》っ張《ぱ》らないようにしなければっ、と絶賛《ぜっさん》プレッシャー中——贅沢《ぜいたく》な悩みだな！

こんなふうに大勢《おおぜい》の人に支《ささ》えられ、励まされ、付加価値《ふかかち》をつけてもらって、どうにか、自信を持ってオススメできる本になりました。

あとがきを立ち読み中の方、騙《だま》されたと思って一章をパラ見してみてください。それで「騙された⁉」という場合は、たぶんその先もつまらないので、平積《ひらづ》み台の一番目立《いちばんめだ》つところに戻《もど》してもらうとして（てへ♪などとかわいこぶってみる）、「面白いかも？」という部分が一か所でもあったらば、お話が本当に盛り上がるのはそこからッですので、続きは是非《ぜひ》、おうちで楽しんでいただきたいなと思います。

そして、最後まで読み終えて本を閉じるそのとき、「楽しかった！」と思ってもらえたなら、書き手の端《はし》くれとしては至上《しじょう》の栄誉《えいよ》、これに勝《まさ》る喜《よろこ》びはありません。

海冬レイジの新刊をずっと待《ま》っててくれた人、お待たせしちゃってごめんなさい。そして、ありがとう。この本が出版できたのは、そんな貴方《あなた》のおかげです。

そしてもちろん、初めてお目にかかる貴方にも、ありがとう。

誰かが本を出したから、読む人がいるのだと、皆《みな》さんは思われるかも知れません。でも、本当は逆なのです。読んでくれる人がいて、初めて本は世に出ます。書き手というものは、一人きりでは存在できない存在です。待っててくれる誰か――これから出会う誰か。それは僕の中の奥深い部分で、確かな原因として存在します。

ふとしたことでヘコみ、ヘコたれる、ごくフツーの生活力もない、弱くて、情けない、ダメダメな僕……こんな僕に、少しでも恩返しできることがあるとすれば。

それはやっぱり、書くことしかありません。

書くこと。

書き続けること。

負けないこと。

決して自分からは倒れないこと。

そうした決意を織《お》り込んで――

大それたことに、タイトルに『I』の字を付《つ》け足《た》してしまいました。

このあとがきを書いている一月末現在、既《すで》に二冊目を準備中《じゅんびちゅう》です。お話の続きをちゃんと皆さんのお手元に届けられるように、大それた宣言《せんげん》が嘘《うそ》にならないように、僕は僕にできることをするつもりです。願わくば、次のお話で、再びお目にかかれますように！

2007年1月　海冬レイジ

富士見ミステリー文庫　FM66-8

# かくてアダムの死《し》を禁《きん》ず

## 夜想譚グリモアリスⅠ

海冬レイジ　かいとうれいじ

平成19年3月15日　初版発行

発行者――小川　洋
発行所――富士見書房
〒102-8144 東京都千代田区富士見1-12-14
電話　編集 (03)3238-8585　営業 (03)3238-8531
振替　00170-5-86044
印刷所――暁印刷
製本所――BBC
装丁者――朝倉哲也


ISBN978-4-8291-6385-6 C0193

FUJIMI MYSTERY BUNKO

富士見ミステリー文庫

# バクト！

海冬レイジ／vanilla

## 清純派・美人教師が挑む、一世一代の大バクチ!!

札幌西北高校のマジメな美人教師・音無素子には、重大な秘密があった。それは、生徒の両親の借金を肩代わりするために始めたギャンブル。一千万円の借金を抱えた彼女は、教え子・国定ヒロトを頼るが……。第4回富士見ヤングミステリー大賞受賞の、斬新なギャンブル・ミステリー!!

富士見書房

FUJIMI MYSTERY BUNKO

富士見ミステリー文庫

# バクト！Ⅲ
The Fortuna

海冬レイジ／vanilla

## 絶好調ギャンブル・ミステリー第3弾は波乱の展開！

身に覚えのない窃盗容疑で逮捕寸前、逃亡を図った音無素子が語る、二転三転のストーリー!! ダランベール黙示録〈偽典〉の謎に巻き込まれた素子の前に、なぜかヤクザの犬と化した“二代目バクト”国定ヒロトが……。彼女は『愛の力』でヒロトをまっとうな道（？）に戻せるのか!?

富士見書房

FUJIMI MYSTERY BUNKO
富士見ミステリー文庫

# バクト！IV
## The Revolver

海冬レイジ／vanilla

**ダランベール黙示録を巡り、豪華客船で始まる大バクチ！**

音無素子は、副担任を務めるクラスの、船による卒業旅行に同行することになった。国定ヒロトも一緒に来るよう説得してみたが、あえなく撃沈。そんな失意の音無は、間違えて豪華客船〈クイン・メアリ〉号に乗り込んでしまう！　しかし、そこにはヒロトとありすの国定兄妹が!?

富士見書房

FUJIMI MYSTERY BUNKO

富士見ミステリー文庫

# バクト！V

## The Ghost

海冬レイジ／vanilla

### 敵の狙いは復讐――。二代目バクトついに敗れる！

三年前、国定ヒロトに全てを奪われた男・サガは、ヒロトを執拗に追っていた。狙いはヒロトへの復讐、そしてダランベール黙示録！　ある日音無素子の携帯に、ヒロトを誘拐したとサガから連絡が入る。彼が助かる条件は、凄腕の女ディーラー・美雪に音無が勝利することだった!!

富士見書房

FUJIMI MYSTERY BUNKO

富士見ミステリー文庫

# バクト！VI
The Hustler

海冬レイジ／vanilla

## 想いは千々に乱れて……。〈黙示録〉の謎が明らかに!?

ありすは修学旅行先の京都で、謎の連続自殺事件に巻き込まれる。そして彼女自身も音無にもうすぐ自殺してしまうと言い出した。一方、ヒロトは沙都里が突然失踪したことに加え、音無に対し芽生え始めていた信頼感が裏切られ、苛立ちを募らせるが……。急展開のシリーズ第6弾!!

富士見書房

FUJIMI MYSTERY BUNKO

富士見ミステリー文庫

# バクト！Ⅷ
The Gambler

海冬レイジ／vanilla

## 国定ヒロト、死す——!?
## 激動のシリーズ最終巻!!

音無先生が関わっていた後ろめたい出来事が、校長に知られてしまった！彼女は例によってヒロトに相談するべく、彼の自宅に向かうが、到着寸前、突然そのマンションが爆発！　その後ヒロトは生死&行方不明になり……。ヒロトは本当に死んでしまったのか？　涙のシリーズ完結編!!

富士見書房